DUMONT

Berlin: Ein Mann wird zusammengeschlagen, der Täter entkommt unerkannt. Kripo-Hauptkommissarin Louise Bonì wird zu den Ermittlungen hinzugezogen, denn eine Spur führt nach Freiburg. Sie hat es mit einem beunruhigenden Fall zu tun: Der Täter scheint ein Profi zu sein, das Opfer ein Geheimdienstspitzel, die einzige Zeugin weiß mehr, als sie sagt, und im Hintergrund agiert der Verfassungsschutz, verweigert aber die Kooperation. Ein ums andere Mal wird Louise Bonì ausgebremst – doch wann hätte sie sich davon je beeindrucken lassen? Sie spürt, dass sich das Netz immer enger zusammenzieht. Doch bis sie die Wahrheit entdeckt, ist es für einen der Beteiligten bereits zu spät …
Oliver Bottini erzeugt in Kommissarin Louise Bonìs fünftem Fall eine faszinierend-bedrohliche Atmosphäre der Spannung, der sich keiner entziehen kann.

Oliver Bottini

Das verborgene Netz

Ein Fall für Louise Bonì

DUMONT

Von Oliver Bottini sind bei DuMont außerdem erschienen:

Der kalte Traum
Ein paar Tage Licht
Mord im Zeichen des Zen
Im Sommer der Mörder
Im Auftrag der Väter
Jäger in der Nacht
Im weißen Kreis

man hat sich verlaufen im eigenen tal
aber wie das erklären –

aus »troglodyten« von
Annina Luzie Schmid

August 2017
DuMont Buchverlag, Köln

Deutsche Erstveröffentlichung 2010 bei
S. Fischer Verlag GmbH, Frankfurt am Main
Umschlaggestaltung: Lübbeke Naumann Thoben, Köln
Umschlagabbildungen: *Treppe:* © plainpicture/Bjanka Kadic,
Frau: © plainpicture/Millennium/Captureworx
Gesetzt aus der Garamond
Druck und Verarbeitung: CPI books GmbH, Leck
Gedruckt auf säurefreiem und chlorfrei gebleichtem Papier
Printed in Germany
ISBN 978-3-8321-6315-0

www.dumont-buchverlag.de

PROLOG

DIE LETZTEN KILOMETER in der Dunkelheit, bevor am Ende der Autobahn der Funkturm auftauchen würde, eine Stahlnadel aus mattgelbem Licht. Mike Reuter liebte diesen Anblick, und selbst wenn er gefahrlos hätte fliegen können, wäre er immer mit dem Auto gefahren, diesmal aus dem Südwesten quer durch das ganze Land. Die wenigen Minuten im lichtlosen Grunewald, an dessen Ausläufern der illuminierte Turm wartete, waren reine Magie. Vorfreude und eine unbestimmte Sehnsucht erfüllten ihn, wie immer, wenn er nach Berlin kam. Als könnte auf dieser beinahe schnurgeraden Straße alles anders werden, ein neues Leben beginnen.

Dann beschrieb die Autobahn kaum merklich eine Kurve, und der Funkturm erschien, ein Anfang, vielleicht auch ein Ende, auf jeden Fall eine Verheißung, und für ein paar Momente war Mike beinahe glücklich.

An der Ausfahrt Konstanzer Straße verließ er die Autobahn. Er hatte sich ans Fahren ohne Navigationssystem gewöhnt, prägte sich die Strecken auf Parkplätzen und in Raststätten ein. Den Hohenzollerndamm überqueren, die Konstanzer bis zur Brandenburgischen Straße, links abbiegen, das Hotel gleich rechts. Langsam fuhr er daran vorbei. Ein breiter Gehsteig mit weißen Plastiktischen, an denen eine Gruppe älterer Touristen saß. Auf der anderen Straßenseite das Café, in dem Gretzki auf ihn wartete. Ein Tisch an der Außenwand, ein rötlich glimmender Punkt, der für einen Augenblick einen Kreis beschrieb – Gretzki hatte ihn gesehen.

Zwei Querstraßen weiter stellte Mike den Wagen ab, auf Umwegen kehrte er zu dem Café zurück.

Drei junge Männer, türkisch- oder arabischstämmig, in eine lautstarke Unterhaltung verstrickt, zwei ältere Frauen, ein krummer alter Mann mit langen Haaren und einem kleinen Hund; und im Dunkel an der Wand reglos Gretzki.

Er setzte sich zu ihm und sagte: »Ich hoffe, du hast nicht vor, dir das Rauchen abzugewöhnen.«

»Keine Sorge.« Schmunzelnd schob Gretzki ihm die Schachtel hin, und er zündete sich eine Zigarette an. Das Gelächter der Touristen drang zu ihnen herüber. Die Anspannung wuchs, wie immer in der Dunkelheit. Zu viele blinde Flecken, zu viele Möglichkeiten. Mikes Blick irrte von Gesicht zu Gesicht, Bewegung zu Bewegung, von dunklen Fenstern zu erleuchteten, bis er sich zwang, damit aufzuhören.

»Entspann dich«, sagte Gretzki freundlich.

Sie warteten, bis die Bedienung den Espresso gebracht hatte.

Während Mike Zucker hineinrührte, begann Gretzki mit leiser Stimme zu berichten. Die Maschine war pünktlich gelandet. Er hatte zur Sicherheit zwei seiner Männer mitgenommen, sie hatten ja nur Fotos der Zielperson gehabt. Außer ihnen hatte niemand am Flughafen gewartet. Gretzki hob die Zigarette an die Lippen, die Glut färbte seine verknitterte Haut rötlich. Die Zielperson war mit dem Taxi zum Hotel gefahren, fügte er hinzu, von Tegel nach Wilmersdorf, auch nicht gerade die billigste Variante.

Seit ihrer Ankunft vor einer Stunde war sie nicht mehr aufgetaucht. Keine Kontakte, keine Telefonate bislang, auch nicht während der Fahrt.

Sie saßen dicht nebeneinander, und Mike atmete den Rauch ein, den Gretzki beim Sprechen aus dem Mund entweichen ließ.

»Sonst irgendwas?«

Gretzki schüttelte den Kopf.

Ohne den Hoteleingang aus dem Blick zu lassen, hob Mike die Tasse an die Lippen. Die Touristen standen auf, traten an den Straßenrand, wo ein Großraumtaxi gehalten hatte. Speckige Männer in Poloshirts und Bundfaltenhosen, mittlere Managementebene bedeutungsloser Firmen, die Frauen ähnlich massig und ähnlich gekleidet, falsches Gold blitzte herüber, Ruhrpott oder eine Kleinstadt abseits der Autobahnen. Lärmend quetschten sie sich in das Taxi, Zeit für die Berliner Nacht.

»Du siehst müde aus«, sagte Gretzki.

»Viel zu tun.«

»In *Freiburg*?« Ein sanftes Lachen, Scherze à la Gretzki.

Er mochte Gretzki nicht. Ein kleiner, schmaler Mann Mitte fünfzig mit leblosen Augen, ein Schattenmensch, ideal für die Branche, aber zu arrogant und selbstzufrieden. Mikes Vater hatte ihn vor zehn, elf Jahren aus einer Clique ehemaliger BND- und Verfassungsschutzleute herausgefischt, inzwischen leitete er die Berliner Niederlassung. Es gab keine Klagen, keine Fehler. Er hatte Verbindungen, Erfahrung, und Mikes Vater vertraute ihm.

Trotzdem, er mochte Gretzki nicht.

»Was muss ich wissen?«, fragte Gretzki.

Mike wandte sich ihm zu.

Sie hörten Esther Grafs Telefone ab, lasen ihre E-Mails.

Sie hatten gewusst, mit welcher Maschine sie fliegen würde und welches Hotel sie gebucht hatte. Doch sie wussten noch immer nicht, weshalb sie nach Berlin gekommen war. Sie hatte Anfang Oktober zweimal von einer Telefonzelle aus gesprochen, in ihrer Mittagspause. Vielleicht wegen Berlin, vielleicht nicht.

»Verstehe«, sagte Gretzki.

Gegenüber sammelte ein Hotelangestellter die Flaschen und Gläser von den Tischen ein. Durch die Fenster konnte Mike in den Barraum sehen, der leer war bis auf einen Gast am Tresen. Einer von Gretzkis Männern.

»Ist sie wichtig?«

»Wichtig und nützlich«, erwiderte Mike.

»Und wenn sie die Nerven verliert, fliegen wir auf?«

»Ja.« Er lauschte dem »Wir« nach. Gretzki hatte mit der Operation nichts zu tun, half nur aus, weil Esther über das Wochenende in Berlin war. Das »Wir« war für seine Verhältnisse zu beflissen.

»Noch jemand im Spiel?«

Mike zögerte. »Schwer zu sagen.«

Gretzki fragte nicht nach, wusste, was das bedeutete: Augen offen halten. Reglos saß er da, ein Teil der Dunkelheit, überlegen, unverwundbar, so kam es Mike vor. Es hatte Jahre gegeben, da wäre er gern wie Gretzki gewesen.

»Sie hat Zimmer 34, du die 35.«

»Gehen die Zimmer zur Straße oder nach hinten raus?«

»Nach hinten raus.«

Mike spürte, wie Gretzkis Augen über ihn glitten. Ein Gefühl, als bewegten sich Blutegel auf seiner Haut.

»Was, wenn du ihr im Flur zufällig über den Weg läufst?«

»Sie hat mich nie gesehen«, sagte Mike.

Er dachte an den Funkturm und die unbestimmte Sehnsucht. Zu dieser Sehnsucht gehörte, dass er nichts mehr mit Menschen wie Gretzki zu tun haben wollte. All den Ehemaligen aus West und Ost, den Kriegern, die sein Leben bevölkerten. Teil des »Wir« waren.

»Wanzen und Kameras sind installiert. Die Standortliste und die Geräte sind in einem Koffer unter dem Bett.«

Mike nickte, während er versuchte, den selbstgefälligen Klang in Gretzkis Stimme zu ignorieren. Sie hatten das Zimmer hergerichtet, noch bevor Esther überhaupt im Hotel eingetroffen war.

Keine Fehler, viel Erfahrung.

Plötzlich verspürte er den Wunsch, Gretzki zu schlagen. Ihn in eine Gasse zu zerren und wieder und wieder zu schlagen. Als könnte er sich auf diese Weise von allem, wofür Gretzki stand, befreien.

»Sie hat an der Rezeption ein Taxi für morgen bestellt. Neun Uhr.«

»Weißt du, wohin?«

»Nein.« Gretzki legte den Zimmerschlüssel auf den Tisch. »Wie lange brauchst du uns?«

Mike nahm den Schlüssel. »Bis wir wissen, weshalb sie hier ist.«

»Willst du eine Theorie? Ein hübscher Käfer, aber verklemmt und einsam. Kommt nach Berlin, um sich auszutoben.«

Mike erwiderte nichts. Er zog den Aschenbecher heran, drückte den Zigarettenstummel aus.

»Swingerklub, Lesbenparty, Schwulenbar. Oder Drogen.« Gretzkis Augen sahen ihn düster an.

»So?«

Gretzki tastete nach der Zigarettenschachtel, ohne ihn

aus dem Blick zu lassen. »Oder eine Internetbekanntschaft.«

»Wir werden sehen.«

»Das ist Berlin«, sagte Gretzki.

Mike wandte sich ab und versuchte, die plötzliche Wut zu kontrollieren. Vielleicht, dachte er, sollte er es tatsächlich tun – Gretzki schlagen. Auf diese Weise alles beenden, noch heute Abend.

Die Wut ebbte ab, als er wieder den Grunewald vor sich sah, den Funkturm mit seinem freundlichen Licht.

Das, dachte er, war Berlin.

Ein kleines Zimmer mit Holztäfelung, Vorhänge, die nach Zigarettenrauch stanken, auf dem schmutzigen Teppich vor der Badtür ein riesiger Wasserfleck. Als er sich auf das Bett setzte, sank er tief in die Matratze. Zimmer mit oder ohne Raufasertapete, heruntergekommen oder luxuriös, mit festen oder weichen Matratzen, stinkend oder duftend, immer fremd, immer an ein anderes, ähnliches Zimmer angrenzend, in dem sich jemand aufhielt, der nicht ahnte, dass er überwacht wurde.

In den ersten Jahren hatte er dieses Leben genossen. Fremd und unsichtbar zu sein, und doch geschah nichts, ohne dass er es mitbekam. Er hatte die *Macht* genossen.

Die Bettfedern quietschten, als er sich nach unten beugte und Gretzkis Aluminiumkoffer hervorzog.

Eine Kamera im Baldachin der Deckenleuchte, eine in einem Gemälderahmen an der Wand zu seinem Zimmer, eine im Bad im Lüftungsschacht über der Tür. Je eine Wanze im Telefon, unter der Schreibtischplatte, auf der Rückseite der Badheizung. Kein toter Winkel, und selbst ein Flüstern würde zu hören sein – ein perfekt präpariertes Zimmer. Nicht zum ersten Mal dachte Mike, dass sein Vater zu Recht große Stücke auf Gretzki hielt.

Die Zimmerlampen waren ausgeschaltet, und es dauerte einen Moment, bis er Esther im trüben Schein des Mondes auf dem kleinen Schwarzweißmonitor sah. Sie hatte das Fenster geöffnet, hockte auf dem Sims, in einer Hand eine Zigarette, in der anderen ein Glas, Rotwein vermutlich, das einzige alkoholische Getränk, das sie mochte. Sie trug eine Jeans und die hellblaue Bluse, die ihm so gefiel, die Haare offen, hatte die Beine ausgestreckt, den Kopf zurückgelehnt. In dem großen Fensterrahmen wirkte sie noch zierlicher als sonst. Ihre Bewegungen waren langsam, und er glaubte zu spüren, dass sie ein wenig zur Ruhe gekommen war.

Sie hatte Hotel und Flug am 20. Oktober in der Firma über das Internet gebucht. Verwandtenbesuch, hatte sie zu den Kollegen gesagt. Es gab keine Verwandten in Berlin.

Sie hatte keine Telefonate mit Berlin geführt, keine entsprechenden E-Mails geschrieben, weder vom Büro noch von zu Hause aus. Zwei Tage vergingen, sie warteten und rätselten. Dann kamen sie auf die Idee, die Bewegungsprofile der Zeit davor durchzusehen, und stießen auf die beiden Anrufe aus einer Telefonzelle Anfang Oktober. »Sie ist aufgeflogen«, hatte sein Vater gesagt und sich mit Gretzki in Verbindung gesetzt.

Auf dem Monitor entstand Bewegung, Esther glitt von der Fensterbank. Vor dem Bett verharrte sie, streifte einen Pullover über. Die Weinflasche in der Hand, kehrte sie zum Fenster zurück.

Wolken zogen vor den Mond, sie verschwand im Grauschwarz. Dann eine Ahnung von Weiß – ihre Wange, ihr Hals, das Dekolleté.

Dass sie bereits geredet hatte, war im Grunde auszuschließen. Keine entsprechenden Treffen, keine geheimnisvollen neuen Bekannten, und an ihrem Verhalten hatte sich nichts verändert. Aber sie konnten nicht ausschließen, dass sie kontaktiert worden und deshalb nach Berlin gekommen war – zwei kurze Anrufe aus einer Telefonzelle, eine Minute fünfzig, eine Minute zehn.

Sie hatten gewusst, dass sie labil war. Deshalb waren sie vor sieben Monaten an sie herangetreten.

Das war die hohe Kunst: Im richtigen Moment zu akquirieren, im richtigen Moment abzutauchen. Sie hatten zu lange gewartet. Egal, was in Berlin geschehen würde, sie mussten sie fallenlassen. Es stand zu viel auf dem Spiel.

In Mikes Jackentasche vibrierte das Handy – Gretzki. *Alles da, was du brauchst?,* hatte er geschrieben.

Wieder dieser Gedanke: zu beflissen für Gretzki.

Er zog den rechten Handschuh aus. *Alles da,* antwortete er.

Auf dem Monitor flammte ein Feuerzeug auf. Schweigend saßen sie da, rauchten, seit sieben Monaten miteinander verbunden und doch auch wieder nicht.

Esther im Bad, unter der Dusche, beim Eincremen, in Blümchennachthemd und Socken am Waschbecken. Beim Zähneputzen stützte sie sich wie immer mit der linken Hand auf dem Beckenrand ab. Vier Minuten, zwei für oben, zwei für unten, selbst das Fiepen der elektrischen Zahnbürste übertrug die Wanze. Dann Zahnseide, Gesichtspflege, Abend für Abend die gleichen sparsamen Bewegungen, die gleichen Abläufe, als folgte sie einem festgeschriebenen Programm.

Abend für Abend, Morgen für Morgen, seit er sie kannte.

Später, als sie schlief, nahm er den kleinen Rucksack, verließ das Zimmer und ging ins Erdgeschoss hinunter. Ein ausgefranster Läufer verschluckte jedes Schrittgeräusch, aus dem Barraum drang Schlagermusik. Durch die Glasscheibe der Doppeltür sah er am Ende des Tresens Gretzkis Mann, ein erstarrter, massiger Körper ohne Gesicht, der Kopf außerhalb des Lichtscheins. Für einen Moment wirkte er wie ein lauerndes Reptil, und Mike verfluchte sich dafür, dass er Menschen wie ihn und Gretzki in Esthers Umgebung gebracht hatte.

Er trat auf den Gehsteig. Auch Gretzki war sicher noch in der Nähe, in einem Auto, einem Gebäudeeingang, nah genug jedenfalls, um ihn zu bemerken. Er wandte sich nach rechts. Unter seiner Haut prickelte das Adrenalin, sein Herzschlag hatte sich beschleunigt. Alle Sinne wachsam, fingen Geräusche, Bewegungen, Lichtreflexe auf, die relevant sein könnten. Keine Kontakte, keine Telefonate, hatte Gretzki gesagt, und auch in Freiburg war ihnen nichts aufgefallen. Doch er wusste, dass das nichts bedeutete. Zu oft hatte er Menschen observiert, Informanten von einer auf die andere Seite geholt, in einem zweiten oder dritten Ring um eine Zielperson gestanden. Nein – keine Kontakte, keine Telefonate bedeutete nichts, und solange sie nicht wussten, weshalb Esther nach Berlin geflogen war, schien alles denkbar.

Dass noch jemand an ihr dran war – oder an ihm.

Bin noch mal unterwegs, schrieb er.

O. k., antwortete Gretzki.

Mit dem Funkpeiler überprüfte er unauffällig, ob der Wagen in der Zwischenzeit verwanzt worden war. Dann fuhr er zum Kurfürstendamm, hielt sich stadteinwärts, bog ab, bog wieder ab. Langsam glitt er durch Kopfsteinpflastergassen, seine Augen wanderten zwischen Straße und Rückspiegel hin und her. Gesichter, die für Momente ins Scheinwerferlicht gerieten, undeutliche Bewegungen außerhalb. Auch wenn er nicht mehr sein wollte wie Gretzki, beneidete er ihn doch um seine Ruhe. Gretzki war, was er tat, das machte ihn überlegen, und die Überlegenheit machte ihn ruhig. Er konnte den Schatten abstreifen. Konnte vergessen und vielleicht sogar vertrauen.

Nach dreißig Minuten war Mike davon überzeugt, dass ihn niemand verfolgte. Wieder der Kurfürstendamm, der Verkehr stand, ein Pkw war auf einen der gelben Doppeldeckerbusse aufgefahren und hatte sich quergestellt. Auf den Gehsteigen zogen Touristenströme vorüber, an einer Fassade flammten die blauen Neonbuchstaben eines Varietés auf, erloschen im immer gleichen Rhythmus. Gretzkis abfällige Worte über Berlin fielen ihm ein. Er dagegen mochte alles an dieser Stadt. Die Möglichkeiten, die sie bot, die Unwirtlichkeit, die Weite, die baumbestandenen Seitenstraßen, selbst die schwerfälligen Busse und die verkniffenen Gesichter ihrer Fahrer.

Die Phantasien, die Berlin auslöste, in denen alles denkbar war.

Weitere zwanzig Minuten später trat er auf die Brandenburgische Straße und spürte von einem Schritt zum nächsten Gretzkis Augen auf sich liegen.

Gretzki, der alles sah, alles wusste, natürlich auch, was er vorhatte.

Langsam ging er auf das Café zu, in dem er sich mit Gretzki getroffen hatte. Stühle und Tische waren fort, auch der langhaarige Alte mit dem unruhigen Hund war verschwunden.

Als auf der Hotelseite der Straße eine Treppenhausbeleuchtung ansprang, kehrte er dorthin zurück. Eine Frau eilte auf den Gehsteig, er fing die zufallende Tür auf. In dem feucht riechenden, schmalen Flur verharrte er und beobachtete, wie die Tür mit einem Klicken ins Schloss glitt. Lautlos lief er in den dritten Stock hinauf. Neben einem Fenster zur Straßenseite blieb er stehen.

Nachdem das Flurlicht erloschen war, nahm er das Nachtfernglas aus dem Rucksack und begann, die gegenüberliegende Gebäudefront abzusuchen, Fenster für Fenster, Haus für Haus.

Fünf Minuten verstrichen, ohne dass ihm etwas Ungewöhnliches auffiel. Da vibrierte das Handy.

Haus links von Cafe, schrieb Gretzki. *Treppe zum Sou.*

Mike hob das Fernglas. Ein Haus mit schmiedeeisernem Geländer, eine Treppe führte zum Souterrain, die Fenster vom Gehsteig halb verdeckt. Kein toter Winkel, aber viel Dunkelheit.

Gleich, schrieb Gretzki.

Die Wolken gaben den Mond frei, und vor den beiden Linsen tauchte ein Frauengesicht auf. Schmale Brille, gewölbte Nase, kurzes Haar, der Blick in Richtung Hoteleingang gewandt. Der geschlossene Mund bewegte sich, sie kaute. Um den Hals ein Trageriemen, vielleicht eine Kamera, vielleicht ein Fernglas. Keine Private, das war leicht zu erkennen. Das Bewusstsein, auf der Seite des Staates zu stehen, prägte die Gesichter, die Körperhaltung. Eine besondere Form von Selbstsicherheit, die keinen Zweifel kannte.

Mike fluchte stumm. Er zweifelte nicht daran, dass die

Frau wegen Esther dort unten stand. Die Lawine war in Bewegung geraten, und sie hatten es nicht bemerkt.

Kannst du rausfinden, wer sie ist?, schrieb er.

Morgen wissen wir's, antwortete Gretzki.

Mike beobachtete die Frau noch eine Weile, dann verstaute er das Fernglas im Rucksack. Er hatte nicht den Eindruck, dass sie von ihm und Gretzki wusste. Die Frage war nur, ob Esther von ihr wusste.

Am Samstagmorgen Nieselregen, die Stadt vollkommen grau, als wäre alles Bunte aus ihr herausgesogen worden. Ändert sich erst im April wieder, hatte Gretzki mit einem müden Achselzucken gesagt, und Mike hatte sich gefragt, ob das die Schwachstelle in Gretzkis Panzer der Überlegenheit sein mochte: dass er seiner Heimat überdrüssig geworden war.

Zwanzig vor neun, sie saßen in Gretzkis Passat, fünfzig Meter vom Hoteleingang entfernt.

»Erzähl schon«, sagte Mike.

Die Frau mit der Brille war um ein Uhr abgelöst worden, von einem Mann in einem zerknitterten Anzug. Schlechte Haltung, nachlässige Rasur, ein lustloser Beamter ohne Ehrgeiz und Stil, Gretzki tippte auf DDR-Herkunft. Eher Kripo oder Verfassungsschutz als BND, sagte er, da hielt man bisweilen noch etwas auf sich.

Mike überlegte, wie eine Berliner Behörde – welche auch immer – ins Spiel gekommen war. Genügten zwei kurze Telefonate ohne jeglichen Vorlauf, um einen Kontakt herzustellen und eine Verabredung zu treffen?

Gretzki schien seine Gedanken erraten zu haben. »Die wissen nicht, dass wir da sind. Sie sind an ihr dran, nicht an uns.«

»Wo sind sie jetzt?«

Gretzki wies auf einen blauen Audi, der auf der gegenüberliegenden Straßenseite nahe der Souterrainwohnung parkte. Die Insassen waren im Regen kaum zu erkennen. Zwei Schemen, Fahrer und Beifahrer, einer hielt eine Zeitung.

»Dieselben wie letzte Nacht?«

»Nein, zwei Frische. Die Gewerkschaft achtet auf ausreichend Schlaf.«

Mike lächelte höflich.

Vor dem Café ging der Alte auf und ab, die Hände auf dem Rücken, der Hund folgte ihm. »Kein Tag in dieser Stadt ohne Bekloppte«, murmelte Gretzki. »In Freiburg studieren sie, dann kommen sie nach Berlin und werden bekloppt.«

In diesem Moment trat Esther vor das Hotel, Kopf und Schultern von einem leuchtend gelben Regenschirm mit der Aufschrift GOSOLAR verdeckt. Sie hielt den Schirm schräg, um nach dem Taxi Ausschau halten zu können. Ihre Haare waren zu einem Zopf gebunden, Strähnen hatten sich gelöst, die an ihrer Stirn klebten. Sie war blass und wirkte noch unruhiger als sonst.

»Willst du, dass wir eingreifen, wenn sie jemanden trifft?«, fragte Gretzki.

»Nein.«

»Wir können sie ohne Probleme für ein paar Tage verschwinden lassen. Dann taucht sie am Kottbusser Tor wieder auf, bei den Junkies, und die Junkies sagen jedem, der fragt, dass sie eine Weile mit ihnen unterwegs war, und weil sie noch ein bisschen Heroin im Blut …«

»Nein«, unterbrach Mike. »Es reicht, wenn wir wissen, wen sie trifft.« Zum ersten Mal fragte er sich, ob Esther in

Gefahr war. Vielleicht hatte er die Interessen der Auftraggeber falsch eingeschätzt. Gretzki mochte nicht der Einzige sein, der sie für ein paar Tage verschwinden lassen würde. Und viele Menschen waren aus geringeren Anlässen getötet worden.

Das Taxi kam. Esther wollte vorn einsteigen, Gretzki sagte: »Vorn liegt die Stulle.« Mike sah den Taxifahrer gestikulieren, hastig trat Esther zur Fondtür. Gretzki kicherte.

Sie fuhren im Konvoi, das Taxi, der Audi, Gretzki und er.

Gretzkis Berliner Netze funktionierten, keine zehn Minuten später kam der Anruf. Er nahm das Handy aus der Freisprecheinrichtung und hielt es sich ans Ohr.

Sie standen an einer Ampel vor dem Großen Stern, das Taxi und der Audi waren von anderen Wagen verdeckt. Die Siegessäule, die im Sonnenlicht so glänzen konnte, ragte matt in den Himmel. Mike dachte daran, dass die Berliner die Säule »Goldelse« nannten und den Kurfürstendamm »Ku'damm« und die Kongresshalle »Schwangere Auster«, und was das über sie aussagte. Bezeichnungen, die zugleich zärtlich und verächtlich klangen.

»Sieh an«, sagte Gretzki ins Telefon.

Die Ampel schaltete auf Grün. Esthers Taxi hielt sich in Richtung Norden, der blaue Audi folgte. Auf der Nebenspur schräg dahinter in einem Kleinwagen ein Fahrer, der Mike vage bekannt vorkam. Gretzkis Reptilienmann.

Dann war das Telefonat beendet.

»Wir hatten recht«, sagte Gretzki, während er eine Zigarette aus der Schachtel fingerte. »Verfassungsschutz Berlin. Baden-Württemberg hat um Unterstützung gebeten.«

Mike nickte. Das änderte alles. »Hast du noch mehr?«

Gretzki stieß den Rauch aus. »Die Namen der Fahnder. Und eine Kopie der Anfrage aus Baden-Württemberg.«

»Die brauche ich.«

»Viel steht nicht drauf.«

»Seit wann sie an ihr dran sind?«

»Nein.«

»Kannst du mir die Observierungsprotokolle besorgen?«

»Geht alles Montag oder Dienstag an dich raus.«

»Und das Gesprächsprotokoll, falls es doch ein Gespräch gibt.«

Sie fuhren jetzt in östlicher Richtung, passierten eine Kreuzung mit dem Hinweisschild MITTE. Gretzki hatte die Stirn gerunzelt, schien über mögliche Ziele nachzudenken. Aber dann sagte er: »Überleg dir das mit den Junkies, Mike.«

»Nein, das ist keine Option.«

Die kühlen Augen lagen auf ihm, und Mike ahnte plötzlich, dass Gretzki alles wusste, was es über ihn und Esther zu wissen gab.

Wenig später bog das Taxi in einen Komplex aus roten Backsteingebäuden ein und hielt, und Gretzki hielt ebenfalls und sagte: »Sieh mal an.« Er wies auf die Häuser links und rechts. »Die Charité.«

»Auf welche Krankheiten sind die spezialisiert?«

»Auf alle.«

Esther stieg aus. Als der gelbe Regenschirm aufsprang, rollte der Audi an ihr vorbei. Schweigend beobachteten sie, wie sie zum Haupteingang lief. Der Audi verschwand in einer Querstraße, doch Gretzkis Reptilienmann war plötzlich da und betrat das Gebäude unmittelbar hinter ihr.

Zwei Anrufe, eine Minute fünfzig, eine Minute zehn. Zeit genug, um einen Arzttermin zu vereinbaren? Oder doch, um einen Kontakt herzustellen und einen möglichst unauffälligen Treffpunkt auszumachen?

In Freiburg zwei Zahnarztbesuche innerhalb der vergangenen sieben Monate. Einmal Frauenarzt, einmal Internist, Influenza, sie war eine Wochen krankgeschrieben gewesen. Jetzt die Charité.

»Ich brauche alles, was ihr kriegen könnt«, sagte Mike.

»Dann muss ich ein paar Telefonate führen. Vielleicht jemanden treffen.«

Gretzki bewegte sich nicht, und Mike verstand. »Ruf mich an, wenn sich was tut.«

»Natürlich.«

Seine Augen glitten zu dem Taxi, das nach wie vor einige Meter vor ihnen in zweiter Reihe stand. »Ihr rührt sie nicht an, haben wir uns verstanden?«

»Ja. Ist keine Option, Mike.«

Er stieg aus. Der Regen war stärker geworden und fühlte sich kalt an.

Ein Flug über das ganze Land, nur um sich in einem Krankenhaus untersuchen zu lassen? Er hatte Fotokopien von Esthers Patientenakten gesehen. Keine ungeklärten Symptome, keine Notwendigkeit für weitergehende Untersuchungen. Warum also die Charité?

Und seit wann war der Verfassungsschutz involviert?

Keine Stulle auf dem Vordersitz, sondern Zeitungen und ein abgegriffenes Buch, kein Taxifahrer, sondern eine Taxifahrerin.

Auf dem glatten, hellen Leder der Rückbank, wo Esthers Regenschirm gelegen hatte, zitterten Wassertropfen mit den Unebenheiten der Straße, verliefen in den Kurven. In der Luft lag noch der Duft ihres Parfüms.

Mike spürte den Blick der Fahrerin im Rückspiegel, bevor sie sprach. »Und jetzt? Haben Sie sich entschieden?« Ein Schwall aus Zischlauten, Schwäbisch, mit Inbrunst hervorgestoßen.

»Da vorn wieder links.«

Ein Kopfschütteln, ein Knurren, erneut ein Zischen.

Vor der nächsten Kreuzung ließ er sie anhalten, reichte ihr zwanzig Euro. »Immer geradeaus fahren, bis Sie bei zehn Euro sind. Der Rest ist Trinkgeld.«

Er stieg aus, ging die paar Schritte bis zur Querstraße. Die dunkelroten Gebäude, die im Regen unendlich trist wirkten, der Audi nicht zu sehen, auch Gretzkis Passat war verschwunden. Er widerstand dem Impuls, Esther und dem Reptilienmann in die Klinik zu folgen, überquerte stattdessen die Straße. Wieder fühlte er Blicke im Rücken, Augen, die sich mit ihm mitbewegten, wo immer er ging. Die er nicht loswurde, nicht einmal dann, wenn er schlief, seine Träume waren von Augen bevölkert.

Ein paar Häuser weiter fand er ein Café. Selbstbedienung an der Theke, dahinter lustlose Angestellte, fahle Gesichter im Kunstlicht. Aus der Küche drangen wütende Stimmen, der Espresso roch wie zweimal aufgebrüht.

Er setzte sich in eine Ecke gegenüber von Fensterwand und Tür und griff nach dem Handy.

Sein Vater ging sofort dran.

»Wir haben offiziellen Besuch aus Stuttgart und Berlin.«

Ein Feuerzeug klickte, ein tiefer Atemzug. Schließlich sagte sein Vater: »Dann müssen wir saubermachen.«

»Ja.«

Sie schwiegen.

»Kein guter Moment für Besucher«, sagte sein Vater. »Kennen sie uns?«

»Wahrscheinlich nicht, nur unsere Freundin.«

»Gute Bekannte?«

»Sieht nicht so aus.«

»Sicher?«

»Nein, sicher bin ich nicht.«

Zwei junge Frauen betraten das Café, aus Umhängetaschen ragten Spiralblöcke – Studentinnen. Er kannte Geschichten von Studenten, die in Universitätsfluren von einem der Dienste angeworben worden waren. Doch diese beiden wirkten harmlos, das Gekichere klang echt.

»Wann kommst du nach Hause?«, fragte sein Vater.

Nach Hause, dachte er. Frankfurt also, nicht Freiburg. »Morgen Nachmittag.«

»Gut. Wir müssen neu disponieren.«

Die Studentinnen gingen mit Pappbechern. Der Streit in der Küche schien sich gelegt zu haben. Aus den Lautsprechern drang plötzlich Popmusik.

»Und unser Berliner Freund?«

»Wie immer eine große Hilfe.«

»Ja«, sagte sein Vater, »man kann sich auf ihn verlassen.«

Er legte das Handy auf den Tisch, griff nach der Espressotasse. Das Warten begann.

Drei Stunden später kam Gretzki. Das selbstgefällige Lächeln, die selbstbewussten Bewegungen – sogar hier, in diesem unscheinbaren Café, hatte er ihn gefunden.

»Komm«, sagte Gretzki freundlich.

Sie gingen hinaus, stiegen in den Passat.

»Überweisung von einem Internisten aus Freiburg«, sagte Gretzki. »Verdacht auf Depression und Angstneurose. Sie hatte zwei Termine heute, einen bei einem Verhaltenstherapeuten, einen bei einem Angstexperten.« Er schüttelte den Kopf. »Was es alles gibt.«

»Kann das fingiert sein?«

»Die Termine sind echt.«

»Wie heißt der Internist aus Freiburg?«

Gretzki lächelte geduldig. »Köpfler.«

Mike nickte. Köpfler hatte im Spätsommer die Influenza behandelt. Merkwürdig war nur, dass er in der Patientenakte weder den Verdacht auf eine psychische Krankheit noch die Überweisung erwähnt hatte.

»Andererseits …«, sagte Gretzki.

Ihre Blicke begegneten sich, und natürlich dachten sie dasselbe: All das musste nichts heißen – die Charité, die Depression, die Termine.

Sie würden an Esther dranbleiben, bis sie wieder ins Flugzeug stieg.

Kurz nach vierzehn Uhr verließ sie das Krankenhaus und winkte ein Taxi heran. Reinhardtstraße in westlicher Richtung, nach Süden auf die Straße des 17. Juni, wieder die Siegessäule. Sie folgten mit fünfzig Metern Abstand, diesmal allein, der Verfassungsschutz war abgetaucht, auch Gretzkis Reptilienmann nicht zu sehen.

»Ich muss hier raus, Mike«, sagte Gretzki plötzlich. »Aus Berlin.«

Mike musterte ihn, ohne etwas zu erwidern.

»Für das Büro finde ich jemanden. Und vielleicht habt ihr ja woanders Verwendung für mich.«

»Wo zum Beispiel?«

»Freiburg wäre nicht schlecht.« Gretzki lachte verlegen.

Mike nickte, während er versuchte, den Gedanken zu verdrängen, der ihm durch den Kopf schoss: dass Gretzkis Äußerung mit Esther zu tun hatte.

»Hügel wären schön, weißt du. Hier ist alles offen, in alle Richtungen, man fühlt sich … Als würde der Stress aus allen Richtungen in die Stadt kommen.«

»Der Stress?«

»Der Stress, der Schmutz. All die Bekloppten und Verqueren. Und wenn man ein paar Hügel um sich herum hat, dann halten die das auf, zumindest …«

»… symbolisch.«

»Genau.« Gretzkis Lächeln wirkte erleichtert.

»Ich rede mit meinem Vater.«

»Danke.«

Das Taxi bog in die Brandenburgische Straße ein und blieb gegenüber vom Hotel vor dem Café stehen. Esther unter dem Regenschirm, auf eine Lücke im Verkehr wartend, ihr Gesicht gerötet. Plötzlich stand der alte Säufer hinter ihr, den Hund im Arm, zwei Köpfe größer als sie. Regenwasser tropfte ihm von Stirn und Nase. Er beugte sich zu ihr hinunter, Esther fuhr herum und wich zurück.

»Gibt's das?«, murmelte Gretzki erstaunt.

Der Alte hielt ihr eine Hand hin, sprach auf sie ein, der Hund begann zu kläffen und zu zappeln. Esther schüttelte den Kopf, endlich wandte sich der Alte ab. Der Hund sprang zu Boden, gemeinsam entfernten sie sich.

Gretzki lachte. »Na ja, so weit ist es wohl noch nicht gekommen, dass der Verfassungsschutz die Bekloppten anheuert.«

Mike löste die linke Hand von der Gurtschließe, die rechte vom Türgriff.

Gretzki bog in die Konstanzer Straße ein und bremste. »Und jetzt?«

»Wir bleiben dran. Wenn der Verfassungsschutz wieder auftaucht, besorg noch zwei, drei Leute. Und lass den Alten überprüfen.«

Gretzki nickte. »Entspannen, Mike.«

»Ja«, sagte er und stieg aus und folgte dem gelben Regenschirm in Richtung Hotel, Gretzkis Blick im Rücken.

Noch immer Regen, ein stetes Pochen an der Fensterscheibe und, leiser, aus dem Lautsprecher. Esther lag seit ihrer Rückkehr auf dem Bett, angezogen und zusammengerollt, irgendwann war sie eingeschlafen.

Um vier eine SMS von Gretzki: *Der Bekloppte ist nur bekloppt.*

Gegen halb fünf setzte die Abenddämmerung ein. Mit jeder Minute verschwand Esther nun ein Stückchen mehr in der Dunkelheit.

Erneut vibrierte das Handy. *Wir sind allein,* schrieb Gretzki.

Das Bild auf dem Monitor war inzwischen grau und körnig. Mike wechselte von der Kamera im Baldachin der Deckenlampe zu der in dem Gemälderahmen an der Wand und zurück, erkannte nicht einmal mehr Esthers Konturen.

Plötzlich mischten sich ins Pochen des Regens weitere Geräusche – aus dem Flur waren Schritte zu hören, die sich langsam näherten. Die Schritte eines Mannes.

Ein Kribbeln lief über Mikes Haut, sein Herz raste. Er war aufgestanden, hielt den Kopf gesenkt, die Walther schon in der Hand. Gretzki würde sich lautlos bewegen. Der Reptilienmann? Nur ein Gast?

Die Schritte verharrten vor Esthers Zimmer. Ein leises Klirren erklang, vielleicht Schlüssel, vielleicht Münzen in einer Hosentasche, ein Feuerzeug. Ein Messer, eine Pistole, die gegen einen Ehering stieß …

Mike hob die Walther und schlug mit dem Griffstück gegen die Zwischenwand, einmal, noch einmal. Aus dem Lautsprecher war ein Rascheln zu hören, dann sprang auf dem Monitor Licht an. Esther saß auf dem Bett, erschrocken in seine Richtung blickend.

Im Flur Stille.

Lautlos trat Mike in den Eingangsbereich. Wieder das Klirren, leiser diesmal. Jetzt hörte er den Mann atmen.

Ein Schritt, das Klirren, hastige Atemzüge.

Das Schnappen des Riegels, als Mike die Zimmertür aufsperrte, kam ihm ohrenbetäubend laut vor. Nur schnell sein jetzt, dachte er und glitt in den Flur. Ein breites, ausdrucksloses Gesicht blickte ihm entgegen, nicht der Reptilienmann, niemand, dem er je begegnet war. Eine Waffe war nicht zu sehen, die Hände des Mannes steckten in den Jackentaschen. Jetzt fuhren sie heraus, doch Mike war schon bei ihm und schlug mit der Pistolenhand zu, ein zweites Mal, während der Mann mit einem Wimmern zurückwich. Mike fing ihn auf, als ihm die Knie wegbrachen, drängte ihn in Richtung Treppenhaus, den Gestank von Schweiß und Frittierfett in der Nase, eine Hand auf dem aufgerissenen Mund, die andere am Hinterkopf dagegen drückend, starrte in tränende Augen. Dicht aneinandergedrängt stolperten sie auf die Tür zu. Im Treppenhaus stieß er den Mann von sich, schlug erneut zu und noch einmal und noch einmal.

Ächzend sackte der Mann zusammen.

Als Mike sich über ihn beugte, nahm er im Rücken einen

Luftzug wahr, plötzlich lagen Arme wie stählerne Klauen um seine Brust, drängte sich ein massiger Körper gegen ihn. Eine Stimme an seinem Ohr, die seinen Namen flüsterte, dann sagte die Stimme: »Du musst hier weg, Mike.«

Er ließ sich hochziehen.

Die Arme gaben ihn frei. »Wir kümmern uns um ihn«, flüsterte die Stimme, und er drehte sich um und sah den Reptilienmann an und nickte.

»Lebt er?«, fragte Gretzki, der in der offenen Tür stand.

Blut aus den aufgeplatzten Lippen, aus der gebrochenen Nase, eine dunkelrote Lache unter dem Kopf, die Schläfe verfärbt. Arme und Beine lagen verdreht, Atembewegungen waren nicht zu erkennen.

Der Reptilienmann kniete nieder und suchte den Puls. »Ein bisschen.«

»Gehen wir, Mike«, sagte Gretzki.

Eine Viertelstunde später saß er in seinem Wagen. Die Brandenburgische Straße, am Hotel vorbei, ein paar Minuten danach die Stadtautobahn im Samstagnachmittagsverkehr. Er hatte seine Sachen in die Reisetasche geworfen, das Hotel durch den Hofausgang verlassen. Gretzki würde das Equipment abbauen, die Rechnung bezahlen, morgen Esthers Zimmer säubern.

Im Gehen hatte Mike ein letztes Mal auf den Monitor geschaut. Esther hatte das Licht wieder ausgeschaltet, war nicht mehr zu erkennen gewesen.

»Nicht vergessen«, hatte Gretzki zum Abschied lächelnd gesagt. Mike hatte die Anspielung nicht gleich verstanden – Berlin, der Stress, Freiburg, die Hügel.

Das Handy summte, Gretzki schrieb: *Hans Peter Steinhoff, Hamburg, freier Journalist. Mehr i. d. nächsten Tagen.*

Er antwortete nicht. Mit Steinhoff hatte er nicht gerechnet.

Alles schien aus dem Ruder zu laufen.

Der Funkturm dieses Mal von Osten, aber er warf nur einen kurzen Blick darauf. Dann war er auf der Autobahn und durchquerte im dichten Verkehr den Grunewald.

Steinhoff lebte, würde in der Flurtoilette im dritten Stock erwachen. Falls die Polizei den Gast aus Zimmer 35 zur Fahndung ausschrieb, würde sie nicht weit kommen. Der Name war falsch, niemand hatte ihn gesehen, in diesem Augenblick kehrte er in die Dunkelheit zurück.

I

Der Schutzengel

1

DIE TÜRKLINGEL RISS LOUISE BONÌ aus dem Traum, der sie seit ihrer Rückkehr Nacht für Nacht heimsuchte. Fünfunddreißig matte Gesichter, siebzig lustlose Augen, alle auf sie gerichtet. Sie stand vor einer grünen Tafel, Kreide in den weiß verfärbten Fingern der rechten Hand, starrte auf die Zeiger einer überdimensionalen Uhr an der Wand hinter den Polizeischülern, zählte die Sekunden und starb vor Langeweile. Niemand sagte ein Wort, niemand rührte sich, so vergingen die Stunden. Wertheim in der fränkischen Provinz hatte sich in ihr Unterbewusstsein geschlichen und wollte nicht wieder hinaus.

Sie schlug die Decke zurück, setzte sich auf. 14 Uhr 45, vielleicht Samstag, vielleicht schon Sonntag, in jedem Fall November. Der Annaplatz war in Nebel getaucht, die Kirche ein schwarzer Schatten, vor den Straßenleuchten schräg fallende Regentropfen.

Seit sie wieder in Freiburg war, schlief sie fünfzehn Stunden am Tag. An manchen Tagen lagen zwei Ausgaben der *Badischen Zeitung* vor der Tür. An manche Morgendämmerung schloss sich übergangslos die Abenddämmerung an. Zwei Monate Langeweile verkehrten den Lauf der Zeit.

Ein Versuch, Buße zu tun. Im Sommer hatte sie im Dienst einen verhafteten Vergewaltiger geschlagen. Rolf Bermann hatte ihr die Selbstanzeige ausgeredet – eine Verurteilung hätte sie den Job gekostet – und hinter den Kulissen verhandelt. Am Ende hatten sich Marianne Andrele, die Staatsanwältin, und Reinhard Graeve, der Kripoleiter, davon überzeugen lassen, dass sie wegen Erschöpfung und eines leichten Schocks nicht bei Sinnen gewesen war. Ein paar Wochen Urlaub und Wertheim waren der Kompromiss gewesen.

Wenn sie geahnt hätte, dass in der fränkischen Provinz der Tod durch Ödnis drohte, hätte sie sich womöglich nicht darauf eingelassen. Die Wochenenden mit Ben in Freiburg hatten sie gerettet.

In Bens Lieblings-T-Shirt und Lieblings-Shorts taumelte sie in den Flur. Auf dem Boden lagen Wollmäuse, Schuhe, Kleidung, Zeitungen, Pizzakartons, im Spiegel bewegte sich unter einem Dschungel dunkler Haare ein Gespenst. Ein paar Monate ohne die neonhellen Flure der Kripo, die gestressten Kollegen, die alltägliche Anspannung, und das ganze Leben war ein Chaos.

Erneut klingelte es, dann drang aus der Gegensprechanlage eine zaghafte Stimme aus der Vergangenheit: »Louise, wir sind's schon.«

Zwei schüchterne kleine Männer, der eine hing seit Sekunden an ihrem Hals, der andere hielt Blumen und Kuchen in den Händen und wusste nicht, wohin damit.

»Und deine Mami?«, flüsterte Louise.

»Ist ein bisschen krank«, flüsterte ihr Bruder.

»Wir sollen Grüße ausrichten«, sagte ihr Vater.

»Was hat sie?«

»Ach, eine Erkältung.«

»Sie hat Traurigkeit«, flüsterte ihr Bruder.

»Haben Frauen manchmal«, flüsterte sie. »Jetzt aber runter.«

Die dunklen Locken flogen hin und her, die dünnen Arme schlossen sich fester um ihren Hals. »Keine Traurigkeit mit Blut.«

»Louise, wo …«

Sie wandte sich zu ihrem Vater um. »In der Küche.«

Gemeinsam sahen sie ihm nach, Wange an Wange, die große Schwester, der kleine Bruder, dessen Namen auszusprechen ihr auch nach zwei Jahren noch schwerfiel. Der Name gehörte, genau wie die lockigen Haare und die skeptischen Augen, zu dem anderen, dem echten Bruder. Der war 1983 bei einem Autounfall ums Leben gekommen und 1996 ohne große Umstände ersetzt worden, soweit das mit einer anderen Frau möglich gewesen war.

Seitdem gab es zwei Germains – einen toten und einen lebenden, der nichts dafür konnte, dass der Erste tot war. Dass ihr gemeinsamer Vater sieben Jahre gebraucht hatte, um Louise von der neuen Familie zu erzählen.

»Hast du etwa vergessen, dass wir kommen?«, rief ihr Vater aus der Küche.

Sie antwortete nicht. Germain, der nicht loslassen wollte, ihr Vater im Durcheinander ihrer Küche, ein bisschen viel für die schwergängigen Momente nach dem Aufwachen und dem Wertheim-Traum.

Sie gähnte ausgiebig.

Aus der Küche drangen Geräusche. Etwas klirrte, wurde über Holz geschoben. Ein Rascheln. Schranktüren klappten zu, Wasser lief. Schubladen rollten auf, rollten zu. Ein Räuspern, Stille. Dann wieder Wasser und das lustige Schnauben, das die fast leere Plastikflasche von sich gab, wenn man die Reste Spülmittel herauspresste.

Seufzend schloss sie die Augen, sah ihren Vater am Spülbecken. Akribisch wurden die Hemdsärmel nach oben geschlagen, dann tauchten die kleinen, schlaffen Hände ins Spülwasser. Sie fand das nur gerecht, auch ihr Vater sollte Buße tun. Wenn es nach ihr ging, für den Rest seines Lebens.

»Na dann«, sagte sie, schleppte den neuen Germain mit ins Bad und warf die Tür zu.

Die Blumen in einer Vase auf dem Esstisch arrangiert, eine Kerze angezündet, der Duft von frischem Café au lait. Dazu ein halbes Dutzend Kuchen- und Gebäckstücke, die aussahen, als stammten sie aus der Privatconfisserie des französischen Präsidenten. Wenn es ums Essen und Trinken ging, brach der Franzose in ihrem Vater durch, den er seit vierzig Jahren zu eliminieren versuchte. Der Akzent geschliffen, deutsche Spießigkeit antrainiert, die französische Familie ignoriert, und all das nur, um die sechziger und siebziger Jahre zu vergessen, die Auseinandersetzungen mit ihrer Mutter, den Zerfall der Familie, das Scheitern eines Lebensplans, natürlich den Tod Germains ein paar Jahre danach.

Schweigend aßen sie, mit ihrem Vater zu sprechen wurde immer schwieriger. Manches konnte in Gegenwart des neuen Germain nicht angesprochen werden – dass es einen anderen Germain gegeben hatte, die Traurigkeit ohne Blut seiner Mutter –, anderes ging ihren Vater nichts an – Ben, *das Problem*, Wertheim.

Zaghaft wies er mit der Kuchengabel auf einen Notizzettel neben der Vase. »Du fliegst nach Berlin?«

Sie runzelte die Stirn, zog den Zettel heran. Stichwörter, Flugdaten für den morgigen Montag, von Karlsruhe / Baden-Baden nach Berlin-Tegel. Vage Erinnerungen formten sich in ihrem Gehirn. Ein Anruf von Rolf Bermann an einem Morgen – möglicherweise dem heutigen –, eine Bitte der Berliner Kollegen um Ermittlungshilfe. Eine Spur, die nach Freiburg führte.

»Ja, sieht so aus.«

»Dienstlich?«

Sie nickte.

»Mit Pistole?«, fragte Germain.

»Man darf keine Waffen in Flugzeuge mitnehmen«, sagte ihr Vater.

»Louise schon.«

»Nein, auch Louise darf das sicher nicht.«

»Die Polizei darf alles.«

»Nicht alles, Germain.«

»Alles.«

»Louise, wenn du ihm bitte …«

»Musst du in Berlin einen Killer abholen?«

»Germain …« Ihr Vater brach ab. Resignation lag in seinen Augen, und für einen kurzen Moment tat er ihr beinahe leid.

Dann musste sie lächeln. Er hatte Jahre gebraucht, um zu akzeptieren, dass sie zur Polizei gegangen war. Ein Kind tot, das andere bei der Kripo – gab es für einen wie ihn Schlimmeres?

Dass auch das neue Kind von der Polizei fasziniert war.

Weil Germain genau informiert werden wollte, erzählte sie, sichtlich zum Verdruss ihres Vaters.

Nein, sie musste keinen Killer abholen, sondern mit einem Mann sprechen, der in einem Hotel in Berlin von einem anderen Mann verprügelt und mit einer Pistole bedroht worden war. Weil sich dieser andere Mann mit einem falschen Namen bei dem Hotel angemeldet hatte und von niemandem gesehen worden war, wussten ihre Berliner Kollegen nicht weiter und …

»Und weil die nicht weiterwissen, rufen die Louise an«, sagte Germain und zog die Augenbrauen triumphierend hoch.

»Das wird so nicht ganz korrekt sein«, sagte ihr Vater.

»Ist es.«

»Die haben dann die anderen Gäste überprüft«, sagte Louise, »und in dem Zimmer, vor dem der eine Mann den anderen angegriffen hat, hat eine Frau aus Freiburg gewohnt. Aber die hat keine Ahnung, was los war. Und weil das Ganze irgendwie sehr merkwürdig ist, und weil meine Kollegen nicht weiterwissen, kommen sie auf komische Ideen …«

»Und *deswegen* rufen die Louise an«, murmelte ihr Vater.

Für einen Moment herrschte Schweigen. Dann begann Louise zu lachen, und ihre beiden kleinen Männer stimmten ein.

Man entspannte sich. Germain erzählte von der Schule, ihr Vater von Bekannten in Kehl, deren Namen und Geschichten sie sofort wieder vergaß. Als Germain auf der Toilette war, sagte ihr Vater leise: »Und … das Problem?«

Da war es mit der Entspannung vorbei.

»Das Problem?«

»Du weißt schon, das Problem mit dem Alko…«

Abwehrend spreizte sie die Finger auf dem Tisch. »Es gibt kein Problem.«

»Das ist schön zu hören.«

»Es gab eines, und jetzt gibt es keines mehr, okay?«

»Ja. Das ist … schön.«

»Und Karin?«

»Oh, sie hat eine sehr unangenehme Erkältung.«

»Das ist Quatsch, Papa.«

Ihr Vater starrte sie überrascht an, dann senkte er den Kopf und begann, mit der Gabel Kuchenkrümel vom Rand des Tellers zur Mitte zu schieben, bis dort ein kleiner brauner Haufen entstanden war. Als nichts mehr herumzuschieben war, sah er auf. »Möchtest du noch einen Café au lait?«

»Betrügt sie dich?«

»Aber *nein*, Louise.« Er erhob sich rasch, streckte die Hand aus.

Sie ließ ihn einen Moment so stehen, dann reichte sie ihm ihre Tasse.

»Was macht denn dein neuer Freund?«

»Habe ich einen neuen Freund?«

»Ich dachte … Hattest du nicht kürzlich einen Ben Liebermann erwähnt?«

»Der ist alt, den gibt es seit fast einem Jahr.«

»Schon *so* lange?« Ihr Vater rang sich ein Lächeln ab, das genauso gut liebevoll wie verzweifelt sein konnte. »Dann wird deine Mutter ihn bestimmt schon kennen.« Ohne eine Antwort abzuwarten, verschwand er in Richtung Küche.

Ja, Ben und sie waren Anfang August für eine Woche in der Provence gewesen. Wundervolle Tage mit Ben, knarzende Tage mit ihrer Mutter, die mit Polizisten ebenfalls Probleme hatte, wenn auch andere als ihr Vater. In den Sechzigern und Siebzigern war ihr »der Staat« der ärgste aller Feinde gewesen, und die vergangenen Kriege ließen sich nicht so leicht vergessen. Weil Ben den Dienst 2004 freiwillig quittiert hatte, war sie letztlich zwar bereit, ihm eine Chance zu geben. Doch ein aufgebrachter Attac-Funktionär, ein desillusionierter Sozialpädagoge oder ein in Ehren gescheiterter Fahrradkurierexistenzialist wären ihr lieber gewesen als ein ehemaliger Kriminalbeamter.

In der Toilette rauschte die Spülung, in der Küche der Milchschäumer. Dann stand ihr Vater wieder vor ihr, die Tasse in der Hand. »Ich dachte, vielleicht lernen wir ihn heute kennen.«

»Er ist gerade nicht in Freiburg.«

»So?«

Sie schwieg.

Er stellte die Tasse vor sie und setzte sich. »Du siehst müde aus.«

»Und du unglücklich.«

»Nein, nein, Louise, es ist nur … Der Altersunterschied, weißt du, vierunddreißig Jahre, man muss verstehen, dass man unterschiedliche Interessen und Bedürfnisse hat.«

»Wenn sie dich betrügt, schmeiß sie raus.«

»Sie raus…?« Er brach ab. Schweigend sahen sie sich an, und für einen Moment empfand Louise ein Gefühl der Verbundenheit. Vater und Tochter, beide vom Ehepartner hintergangen – falls sie recht hatte –, beide am Ende gedemütigte Idioten.

Sie räusperte sich. Zeit für ein paar offene Worte unter Leidensgenossen.

Da hob ihr Vater einen Finger an die Lippen: Germain war im Anmarsch.

»Wer ist eigentlich der Mann im Klo?« Germain stieg auf seinen Stuhl, schlug die Beine zum Schneidersitz unter. »Auf dem Foto.«

»Ein … Freund von Louise«, erwiderte ihr Vater.

»Er sieht aus wie ich.«

»Aber nein, Germain, das bildest du dir ein. Noch einen Kakao?«

»Er sieht trotzdem aus wie ich.«

Ihr Vater griff nach Germains Becher. »Ich mache dir noch einen, ja?«

»Wie heißt der Klomann?«

Ihr Vater erstarrte in der Bewegung, erwiderte ihren Blick, Panik in den Augen. Sag es, Papa, dachte sie, sonst tu ich's. Kein Freund, sondern ein Toter.

»Äh, Klaus«, antwortete er. »Oder, Louise?«

»Lustig«, sagte Germain. »Wie der Bekannte von der Mama.«

Louise seufzte. Nichts hatte sich geändert. Wie sie selbst und der tote Germain wuchs der neue Bruder mit Lügen und Geheimnissen auf. Mit einer falschen Geschichte.

Und wie früher spürte sie, dass sie das nicht ertrug.

Gegen fünf streiften Vater und Bruder identische grüne Anoraks über, setzten identische blaue Wollmützen auf. Während der eine, die Hand schon an der Klinke, vor der Tür stand, hing der andere wieder an ihrem Hals und presste die Wange an ihre.

»Kann ich heute bei dir schlafen?«, flüsterte er.

»Nein«, flüsterte sie.

»Warum?«

»Ich muss doch morgen nach Berlin.«

»Kann ich dann morgen bei dir schlafen?«

»Nein. Aber bald mal, okay?«

Die Locken flogen hin und her. »Morgen oder heute.«

»Geht nicht.«

»Du könntest dich ruhig auch mal um mich kümmern.«

Louise sagte nichts. Ein Satz, den sie jahrelang im vorwurfsvollen Schweigen ihres Vaters zu hören geglaubt hatte, vor allem nach dem Tod Germains.

Sie setzte den neuen Bruder ab, küsste ihn so zärtlich auf die Wange, wie es ihr möglich war. »Irgendwann mal, aber nicht jetzt.«

Dann waren die beiden fort, während die Lügen und Geheimnisse und all die zwiespältigen Gefühle, die sie in ihr auszulösen pflegten, noch für eine Weile bleiben würden.

Sie kehrte ins Wohnzimmer zurück. Der Tisch abgedeckt und abgewischt, Geschirr und Besteck gespült und in den Schränken verstaut, nur die Blumen erinnerten noch an den Besuch der neuen und alten Verwandtschaft aus Kehl. Sie setzte sich auf das Sofa. Wie immer empfand sie in solchen Momenten das Bedürfnis, sich ein Glas oder zwei einzuschenken. Die Vergangenheit wegzutrinken, so wie ihr Vater sie in seiner übertriebenen Pedanterie mit einem feuchten Küchenlappen wegzuwischen schien.

Letzteres mochte funktionieren, Ersteres nicht.

Um halb sieben rief Rolf Bermann an und erkundigte sich, wie der Nachmittag »mit den Kehlern« gewesen sei, und sie erwiderte, wie ein Nachmittag mit Kehlern eben so sei: ein wenig träge.

Er lachte. Im Hintergrund brüllten Kinder – die Bermanns waren bei fünf angelangt –, bellten Hunde – zwei –, plärrten Fernseherstimmen – mindestens vier. Die Bermann'sche Sonntagsidylle.

»Ruhe, Leute, ich telefoniere!«, rief Bermann dröhnend.

Louise trat an die Balkontür, versuchte, durch ihr Spiegelbild hindurch in die neblige Dunkelheit zu blicken, sah nur sich selbst, den Widerschein der Wohnzimmerlampe und die Straßenlaternen.

Die Kinder und die Hunde waren verstummt.

»Ich habe vorhin noch mal mit Berlin telefoniert«, sagte

Bermann. »Der zuständige Kollege heißt Rohwe. Er wird dir gefallen, er hat Ahnungen.«

»Was sagt er?«

»›Ick hab da irjendwie 'n komischet Jefühl.‹«

»Geht's konkreter?«

»›So 'ne Ahnung, weeßte. Ick hab da so 'ne Ahnung.‹« Bermann lachte zufrieden. Auf der Liste seiner liebevoll gepflegten Abneigungen standen an erster Stelle die Schwaben, dicht gefolgt von den Schwulen, eigenwilligen Frauen, den Intellektuellen und den Psychologen. Auf Rang sieben oder acht, noch vor den Politikern und den Islamisten, rangierten die Berliner. Platz 1 der Liste seiner Sympathien wiederum teilten sich Kinder und willige Frauen, Platz 3 belegte das jeweils neue Auto.

So jedenfalls ließ sich Bermanns offizielles Verhalten kategorisieren. Inoffiziell sah es anders aus, doch da er seine inoffiziellen Abgründe höchstens für fünf Minuten pro Woche nicht unter Kontrolle hatte, spielte das keine Rolle. Die Widersprüche wären ohnehin nur schwer zu ertragen gewesen, für ihn, für alle anderen – Louise stand, seit sie nicht mehr trank und äußerlich wieder ansehnlich war, in der Spitzengruppe *beider* Listen.

»Weeßte«, sagte Bermann inbrünstig.

»Deswegen schickst du *mich* hin, wegen der Ahnungen?«

»Janz jenau.«

Sie war zum Lichtschalter gegangen, hatte die Lampe ausgemacht und kehrte nun im Dunkeln zur Balkontür zurück. Draußen der Nebel, der um die Straßenleuchten herum fast weiß war, Nieselregen und irgendwo an einem Fenster jenseits des Platzes der erste goldgelb strahlende Weihnachtsschmuck. Sie freute sich darauf, in wenigen

Stunden ins Kripoleben zurückzukehren, wenn auch über den Umweg Berlin. Die Langeweile an der Akademie in Wertheim, der Verwandtenbesuch, der Bermann'sche Familienlärm und nun auch noch die Erinnerung daran, dass Weihnachten bevorstand – zu viel Stillstand für ihren Geschmack.

»Alles wie immer, was?«

Bermann lachte. »Ick bin zu alt, um mir zu ändern.«

»Zum Glück«, erwiderte Louise und legte auf.

2

REGEN UND GRAU AUCH IN BERLIN, dazu ein scharfer Wind, der die Tropfen unter die Überdachung vor den Eingängen von Tegel trieb. Neben Eberhardt Rohwe – Mitte Dreißig, Kriminaloberkommissar bei der Polizeidirektion 2 – eilte sie zum Parkplatz inmitten des Gebäuderinges und kam sich winzig vor: Rohwe maß gut und gern zwei Meter.

Er deutete auf einen schwarzen Zivilwagen, hielt ihr die Tür auf. Während sie sich anschallten, sagte er: »Kaffee bei uns, Tatort oder gleich ins Krankenhaus?«

»Tatort, Krankenhaus und dann Kaffee bei euch.«

Rohwe nickte, ließ den Motor an, fuhr los. Er war kein attraktiver Mann, aber ihr gefielen seine Augen, der klare, intelligente Blick, der erkennen ließ, dass im Kopf dahinter eine Menge ernsthafte Gedanken abliefen.

Und sie mochte sein kompromissloses Berlinerisch.

»Schon mal hier gewesen?«

»Ein-, zweimal für ein paar Tage. Und natürlich auf Klassenfahrt, Ende der Siebziger.«

»Mit dem obligatorischen Besuch drüben.«

»Ein paar Stunden am Alexanderplatz.«

Rohwe lächelte flüchtig. Er hatte den Kopf eingezogen, um nicht anzustoßen. Die Haare waren kaum länger als sein Dreitagebart, auf seiner regennassen Wange saßen zahlreiche Muttermale. »Gibt es in dieser Republik irgendjemanden, der nicht auf Klassenfahrt in Berlin war?«

Sie zuckte die Achseln. »Die staatliche Bildungspolitik.«

»Und, woran erinnerst du dich?«

»Willst du's wirklich wissen?«

»Alkoholexzesse?«

Sie hatten das Flughafengelände hinter sich gelassen, waren auf die Stadtautobahn gefahren. Das Grau des Himmels schien mit dem Grau der Straße und der gesamten Stadt zu korrespondieren. Sie dachte, dass die Winter von Berlin unerträglich sein mussten – Kälte, Wind und alle Farben stumpf und kraftlos. Keine Stadt für sie.

Sie wandte sich Rohwe wieder zu. »Falsches Thema.«

»Berlin oder Exzesse?«

»Alkohol.«

»Also kein Bier im Revier.«

»Seit zweieinhalb Jahren nicht mehr, und dabei bleibt es, und mehr gibt's dazu nicht zu sagen. Mach mal Musik, Eberhardt.«

»Nicht Eberhardt, bitte, so nennen mich nur meine Exfrauen.«

»Wie dann?«

Er schaltete den CD-Player ein, drehte die Lautstärke herunter. Element of Crime, eine der deutschen Platten, *Die schönen Rosen*, Bens Lieblingsband und Lieblingsplatte. »Rowi oder Ebbe.«

»Na, dann Ebbe.«

»Soll ich von Samstag erzählen? Oder willst du dir erst den Tatort ansehen?«

»Erst will ich deine Frage beantworten. Woran ich mich erinnere.«

Rohwe warf ihr einen kurzen Blick zu. »Ich bin auf alles gefasst.«

»Sex in einer Museumstoilette.«

Er lachte. »Verstehe – die staatliche Bildungspolitik. Welches Museum?«

»Vergessen. Und jetzt darfst du erzählen, vor allem von den Ahnungen, ich stehe auf Ahnungen.«

Das meiste wusste sie bereits von Rolf Bermann, neu war, dass Rohwe von zwei Tätern und einem versuchten Tötungsdelikt ausging. Hans Peter Steinhoff, das Opfer, erinnerte sich zwar nur an *einen* Mann – einen Mann, der aus Zimmer 35 gekommen sei, grundlos auf ihn eingeschlagen und ihn mit einer Pistole bedroht habe. Doch die Kriminaltechniker hatten in der Blutlache im Treppenhaus, wo Steinhoff das Bewusstsein verloren hatte, Fragmente von Schuhabdrücken gefunden und in der Toilettenkabine, wo er erwacht war, Teile von weiteren, die mit den ersten nicht identisch waren. Zum einen passte das Sohlenmuster nicht, zum anderen die Substanz – diesmal kein Blut, sondern Reste von feuchtem Hundekot. Da Steinhoff allein gewesen war, als er das Bewusstsein wiedererlangt hatte, konnten sie nicht von einem zufälligen Helfer stammen. Auch ein Toilettenbenutzer kam nicht in Frage, dafür waren die Abdrücke zu deutlich um die Stelle herumgruppiert, an der Steinhoff gelegen hatte. Nun frage man sich natürlich, sagte Rohwe, weshalb nur einer der Täter Steinhoff angegriffen habe, wenn sie zu zweit gewesen seien.

»Und? Irgendeine Idee?«

Er schüttelte den Kopf. »Keine schlüssige. Wir wissen bloß, dass der zweite über die Treppe gekommen ist, auf dem Teppich waren auch Abdruckspuren von Kot.«

»Wenn Steinhoff ihn nicht gesehen hat, muss er später gekommen sein als der andere.«

»Richtig. Vielleicht erst, als der schon weg war.«

»Wie heißt der Mann aus der 35?«

»Friedrich Müller.« Laut Personalausweis lebte Müller in Dortmund. In der angegebenen Straße wohnte tatsächlich ein Mann mit diesem Namen. Doch er war am Wochenende nachweislich nicht in Berlin gewesen. Ein Busfahrer, er hatte am Samstag Dienst gehabt.

»Falscher Name, falscher Ausweis«, sagte Louise.

»Ja.«

Sie verließen die Autobahn, folgten dem Kaiserdamm in Richtung MITTE / BRANDENBURGER TOR / REICHSTAG, bogen nach Süden ab. Stadtautobahn, Damm, Chaussee – als wollte diese Stadt in jedem Moment signalisieren, wie groß und bedeutend und unübersichtlich sie war. Definitiv keine Stadt für sie, sie brauchte Helligkeit und Sonne und Überblick. In Freiburg waren von jedem Standort aus die Hügel im Norden, Osten oder Süden zu sehen, und man wusste, dass man die Stadt in allen Richtungen nach zehn Minuten Fahrt hinter sich gelassen hatte, falls es einmal nötig war. Hier stand man nach zehn Minuten drei Ampeln weiter und war immer noch umgeben von Beton und Menschenmassen.

Falls Ben im Frühjahr nach Berlin ging, müsste er ohne sie gehen. Von Zuneigung und Brot allein konnte der Mensch nicht leben, zumal der Freiburger. Ein paar Hügel ringsum brauchte es schon, selbst wenn man sie nicht nutzte, um hinaufzusteigen, sondern nur, um sich hin und wieder an ihrem Anblick zu erfreuen.

Sie raffte die Haare im Nacken zusammen, schlang ein Gummi darum. »Hat Steinhoff im Hotel gewohnt?«

»Nein, er hat eine Toilette gesucht.«

»Im dritten Stock?«

»Die im Untergeschoss war besetzt.«

»Hm. Ich hätte gewartet, bis sie frei ist.«

»Vielleicht hat er Probleme mit der Prostata.«

Sie lächelte. »Irgendwas gestohlen?«

»Geldbörse, Brieftasche, Handy.«

»Der falsche Friedrich Müller schlägt Steinhoff zusammen, der zweite Mann findet ihn, schleppt ihn auf die Toilette und beklaut ihn? Wohl kaum.«

»Wir sind in Berlin«, sagte Rohwe.

»Das ist nicht zu übersehen. Aber es geht nicht bloß um versuchte Tötung und Diebstahl.«

»Nein?«

»Dann hättest du mich nicht kommen lassen.«

Rohwe widersprach nicht.

»Womit wir endlich bei deinen Ahnungen wären, richtig?«

»Noch nicht. Nur bei einem Gerücht.«

Aus irgendeiner Tasche von Rohwes hellblauer Jeansjacke drang unvermittelt »We Will Rock You« von Queen. Er runzelte die Stirn, kniff die Lippen zusammen, machte keine Anstalten dranzugehen.

Als das Telefon verstummt war, sagte Louise: »Was für ein Gerücht?«

»Dass Steinhoff hin und wieder für den BND unterwegs ist.«

Hans Peter Steinhoff gehörte zu den Reportern, deren Namen kürzlich im Zusammenhang mit der Journalisten-Affäre des BND genannt worden waren. Der Nachrichtendienst hatte seit 1993 BND-kritische Autoren überwacht, außerdem offenbar Spitzel rekrutiert, die Informationen über Kollegen, aber auch über Mitarbeiter des Dienstes sammeln sollten. Angeblich hatte der BND auf diese Weise herausfinden wollen, aus welchen internen Quellen die

Journalisten Insiderinformationen erhalten hatten. Einer dieser Spitzel, hieß es, sei Hans Peter Steinhoff gewesen.

»Worum geht es da noch mal?«

Rohwe warf ihr einen verwunderten Blick zu. Sie zuckte die Achseln. Im Sommer für zwei Monate Unterricht an der Akademie in Wertheim, vor Langeweile wie gelähmt, undenkbar, Zeitungen zu kaufen, geschweige denn zu lesen, und wer ertrug Radionachrichten auf Fränkisch?

Er grinste. »Angeblich um die Plutonium-Affäre des BND. Die in den Neunzigern, du erinnerst dich?«

»Vage. War Steinhoff damals involviert?«

»Wissen wir nicht.«

Sie lehnte sich im Sitz zurück, sah aus dem Fenster. Versuchte Tötung eines ehemaligen oder noch aktiven BND-Spitzels, Ermittlungen in Berlin – so hatte sie sich die Rückkehr in den Dienst nicht vorgestellt. »Hast du mit ihm gesprochen?«

»Ja.«

»Und ihn nach der BND-Sache gefragt?«

»Ja. Er äußert sich nicht dazu.«

»Und du hast es dabei belassen.«

»Richtig. Ich verhalte mich immer korrekt, zumindest im Dienst.«

»Ich nicht, vor allem nicht im Dienst.«

»Ich weiß, dein Ruf eilt dir voraus.« Die Sache mit den Terroristenjägern vor ein paar Jahren, sagte Rohwe, habe kurzzeitig für Aufregung gesorgt unter den Berliner Kollegen. Versucht da eine Kollegin aus der Provinz, eine Handvoll ausgebildeter Islamistenkiller zu stellen! Marschiert allein einen Berg hoch und hält dem Kommandoführer die Wumme an den Kopf! Bekommt ein Messer in den Bauch und überlebt auch noch! »Du hast Fans bei uns.«

»Porträt als Bildschirmhintergrund und so?«

»Wir haben Aufkleber gedruckt.«

Sie lachten.

»Dann weißt du das mit dem Alkohol auch?«

Rohwe hielt vor einem Hotel und stellte den Motor ab, stieg jedoch nicht aus. Die klaren Augen lagen auf ihr. »Inoffiziell.«

»Und du wolltest es offiziell wissen.«

»Ich gebe nichts auf Gerüchte, schon gar nicht, wenn es um Kollegen geht.«

»*Sehr* korrekt, wirklich.«

Er hob eine Augenbraue. »Zurück zu Steinhoff. Er kooperiert nicht. Er hat Anzeige erstattet, aber mehr als das Notwendigste erzählt er nicht. Anfangs war er wohl in Panik, aber als ich mit ihm gesprochen habe, war davon nichts mehr zu bemerken. Da war er …« Rohwe zögerte. »Einsilbig.«

»Na, mal sehen. Badischer Charme versetzt Berge.«

In Rohwes Augen trat ein Anflug von Strenge. »Bring mich nicht in Schwierigkeiten, ja? Ich hab Kinder, zwei Exfrauen und teure Hobbys.«

»In Krankenhäusern gibt es Kantinen. Du trinkst eine Kanne Kaffee, ich rede mit Steinhoff.«

Er schüttelte den Kopf. »Vergiss es.«

»Wenn's so einfach wäre.«

»Ist es, Louise. Das ist unsere Stadt, du bist hier Gast und spielst nach unseren Regeln.«

Sie seufzte. »Ich werde mir Mühe geben.«

»Klingt wie eine Drohung.«

Sie lachten erneut. Doch Rohwes Augen blieben streng.

»›Gast‹ stimmt übrigens nicht ganz. Ihr habt mich angefordert.«

»Nun ja«, sagte Rohwe gedehnt.

»Nun ja?«

Ein unangenehmer Verdacht keimte in ihr auf, und Rohwe bestätigte ihn. Rolf Bermann hatte einen Ausflug »der Kollegin Bonì« nach Berlin für ratsam gehalten, »wenn's euch recht ist«. Der Freiburger Alltag sei arg trist für eine stets energiegeladene Ermittlerin wie sie, eine Reise in die Hauptstadt genau das Richtige in diesen ereignislosen Spätherbstmonaten in der Provinz. Ein Lächeln flog über Rohwes Gesicht. Zwischen diversen Anweisungen an die Küche – »das Ei bitte genau drei Minuten, Schätzchen«, »der Espresso heute doppelt, Schätzchen« – hatte Rolf Bermann die Ermittlungshilfe telefonisch auf eine Opferbefragung durch die Freiburger vor Ort ausgedehnt. »›Freut euch, ihr bekommt die Beste‹, hat er gesagt.«

Louise schüttelte fassungslos den Kopf. Die Bermann'schen Spielchen nahmen immer eigenartigere Formen an.

Wieder erklang »We Will Rock You« aus den Tiefen von Rohwes Kleidung, wieder rührte er sich nicht.

»Hartnäckige Freundin?«

»Weiter im Text … Was willst du noch wissen?«

»Was hat die Zeugin aus Freiburg mitbekommen?«

Rohwe wiegte den Kopf hin und her. Auch Esther Graf hatte nicht viel zu sagen. Sie hatte geschlafen, war von einem »Tumult« geweckt worden, hatte kurz darauf Schritte und Geräusche aus dem Nebenzimmer gehört und sich dann wieder hingelegt. Die Streifenbesatzungen, die als Erste am Tatort gewesen waren, hatten sie zu Steinhoff befragt, genauso der Sofortdienst, der später geholt worden war. Aber sie kannte ihn nicht. Rohwe selbst hatte nicht mit ihr gesprochen. Als er am Sonntagnachmittag vom Sofortdienst übernommen hatte, war sie bereits wieder in Freiburg gewesen.

Er hob die Hand an den Mund, räusperte sich. Sie hatten also eine versuchte Tötung, zwei Täter, die niemand gesehen hatte, ein Opfer, das nicht so recht reden wollte, und eine Zeugin, die wenig gehört und nichts gesehen hatte. All das, in Kombination mit dem Gerücht in Bezug auf Steinhoff, machte naturgemäß misstrauisch. »Und damit sind wir bei meinen Ahnungen. Erfahrung mit dem BND?«

»Nicht viel. Hin und wieder helfen sie, hin und wieder stellen sie sich quer.«

Die Berliner Kripo, sagte Rohwe, habe naturgemäß gelegentlich Kontakt zum BND. Tausende Politiker, Diplomaten, Geheimdienstleute, die Hooligan-Problematik, dazu komme, dass Berlin neben London und New York Zentrum der organisierten Kriminalität aus Osteuropa sei …

»Mach's kurz, Ebbe.«

Er zögerte. »Seit ich weiß, dass Steinhoff vielleicht für den BND arbeitet, gehe ich davon aus, dass mich mein Chef irgendwann zurückpfeifen wird. Du weißt schon. Dass wir den Fall totmachen sollen.«

Es dauerte einen Moment, bis sie verstand. »Die Anrufe.«

Rohwe lächelte düster. »Er steht auf Queen.«

»Verdammt. Worauf warten wir?«

Sie stieg aus, lief im strömenden Regen über den Gehsteig, betrat das Hotel. Eine andere Stadt, dasselbe Spiel. Irgendeine Behörde zog die Strippen, irgendjemand ließ sich beeindrucken, und der Fall war kein Fall mehr.

Im Foyer blieb sie stehen. Links die Rezeption, rechts eine geöffnete Doppeltür zur Hotelbar, zu sehen war niemand. Im Hintergrund unerträgliche deutsche Schlagermusik – und plötzlich ein quäkendes »We Will Rock You«.

»Louise«, sagte Rohwe hinter ihr. Er hielt das singende

Telefon in der Hand. »Ich muss drangehen. Wenn du noch was wissen willst, dann frag jetzt.«

»Welche Zimmer?«

»34 die Frau, 35 der Tatverdächtige.«

»Sind die Zimmer noch beschlagnahmt?«

»Nein, aber sie werden erst morgen für Gäste freigegeben.«

»Bekomme ich den Bericht der Techniker?«

»Wenn du wieder in Freiburg bist.«

Sie rollte die Augen, Rohwe zuckte die Achseln.

»In welchem Krankenhaus liegt Steinhoff?«

»Martin Luther in der Caspar-Theyß-Straße. Falls du, ähm, dringend einen Arzt brauchst, nimm ein Taxi, ist nicht weit.«

»Was wisst ihr über die Waffe?«

»Nichts. Keine Ahnung, ob Schreckschuss oder scharf.«

Rohwe hob das Handy ans Ohr. Das Gespräch war kurz und einseitig, er sagte kaum ein Wort. Während er das Telefon in die Gesäßtasche steckte, nickte er. »Brandstiftung in Schmargendorf. War schön, dich kennengelernt zu haben.« In seinen Augen lag Bedauern.

Louise schluckte den Ärger hinunter, ergriff seine ausgestreckte Hand.

»Ich muss deinen Chef informieren. Was soll ich ihm sagen?«

»Dass ich mir den Alexanderplatz ansehen und in Erinnerungen schwelgen werde.«

Rohwe lächelte, dann ging er, ein dürrer, gekrümmter Zweimetermann, der nicht konnte, wie er wollte, und das für ihren Geschmack zu bereitwillig akzeptierte. Trotzdem empfand sie unvermittelt das Bedürfnis, ihm nachzulaufen, ihn zu bitten, sie nicht allein zu lassen. Wir müssen ja nicht rauf in den dritten Stock, ein Kaffee in der Bar genügt, noch ein paar Minuten reden …

Reglos starrte sie auf die gläserne Eingangstür, die sich in diesem Moment schloss. Das Bedürfnis wurde immer drängender, in der Brust war plötzlich ein Druck und im Kopf Angst. Wütend lachte sie auf. Das kannte man doch, das war doch überwunden geglaubt. Das stammte aus den Vorjägermeisterzeiten, aus den Vorehezeiten, aus ihrer wilden Steinzeit, als sich gelegentlich weite Ozeane der Apathie in ihrem Körper ausgebreitet hatten.

Sie holte tief Luft. Ruhig bleiben, Bonì.

Bewegen, Bonì.

Sie ging zur Rezeption. Unter den Schlüsseln, die an Haken hinter dem Tresen hingen, befanden sich auch die zu den Zimmern 34 und 35. Sie hatte sich auf die Rückkehr in den Dienst gefreut, auf das Miteinander, hatte unendliche Lust gehabt, sich wieder in Rätsel zu verbeißen, mit den Kollegen Vierzehnstundentage abzuarbeiten. Und nun das: Wie so oft ausgebremst und allein, noch dazu in dieser riesigen, tristen Stadt.

Sie holte die Schlüssel, eilte zur Treppe, nahm zwei Stufen auf einmal. Die Beine waren ein wenig wackelig, in den Schläfen hämmerte der Puls. Die Dämonen waren ganz offensichtlich nicht vertrieben worden, sondern saßen noch in ihr und warteten auf günstige Gelegenheiten.

Ja, dachte sie, es gibt ein Problem, Papa, ganz gelöst ist es wohl noch nicht.

Als sie im dritten Stock stand, wurde es besser. Das hatte auch früher oft geholfen: Wut, Aktion, Entschlossenheit.

Und natürlich ein Fall.

Ein Hamburger Journalist, der möglicherweise für den

BND arbeitete, war mit einer Waffe bedroht und zusammengeschlagen worden und wollte nicht kooperieren. Der Tatverdächtige hatte unter einem falschen Namen im Hotel gewohnt. Nach der Tat war eine weitere Person erschienen und hatte das Opfer vom Treppenhaus in die Toilette geschleppt. Eine Zeugin hatte etwas gehört, aber nichts gesehen. Ein Polizeichef hatte einen Anruf erhalten und setzte seinen Ermittler an einen anderen Fall. Zu viele merkwürdige Umstände, wenn man bedachte, dass nicht allzu viel geschehen war.

Sie stöhnte auf. Nichts in der Hand, und doch verstrickt in tausend lose Fäden. Ganz abgesehen davon, dass sie in fremden Gefilden wilderte und dass es keinen Fall mehr gab.

In Zimmer 35 ein Schrank, ein Bett, ein Schreibtisch mit Fernseher. Eine Wand holzgetäfelt, vor dem Bad auf dem Teppich ein Wasserfleck. Ein Hotelzimmer wie viele, anonym, beliebig, lieblos eingerichtet.

Zimmer 34 lag spiegelverkehrt und war genauso deprimierend.

Noch einmal das Treppenhaus, dann die Toilette, überall der scharfe Geruch von Putzmitteln. Das Blut und die Schuhabdruckspuren waren längst weggewischt worden. Sie wusste, dass sie hier nicht weiterkommen würde. Erst die Kriminaltechniker, später die Zimmermädchen – hätten die einen etwas übersehen, dann hätten es die anderen gefunden.

Sie folgte dem Flur, bog um eine Ecke. Acht weitere Zimmer. Rohwe zufolge waren sechs davon am Samstagnachmittag vermietet, die Gäste aber nicht im Hotel gewesen. Die beiden Zimmer gegenüber von 34 und 35 hatten leer gestanden.

Sie kehrte zum Ort des Angriffs zurück. Vier Personen involviert – ein Opfer, zwei Täter, eine Zeugin.

Und möglicherweise der BND.

Die Täter waren verschwunden, den BND konnte man nicht fragen. Blieben Opfer und Zeugin.

Und die Zustände, irgendwo tief in ihren Eingeweiden.

Unten noch immer Schlager und keine Angestellten – ein Hotel ohne Bedienstete, ohne Gäste. Nur die Geister von Roland Kaiser oder Roberto Blanco, oder wie diese Schnulzenkönige eben so hießen.

Sie hängte die Schlüssel an die Haken. Auf dem Weg zur Tür klingelte das Handy. »Mach bloß keinen Scheiß«, sagte Rolf Bermann ohne Gruß.

Der Tag der strengen Chefs.

Einen Augenblick lang war sie drauf und dran, ihn zu beschimpfen. Schon am ersten Arbeitstag nach drei Monaten Pause hatte er sie sich aus dem Weg geräumt und nach Berlin verschoben …

Aber es tat zu gut, seine Stimme zu hören.

»Du störst, Rolf.«

»Fahr zum Türkenmarkt am Maybach-Ufer.«

»Was soll ich da?«

»Salat kaufen, Halstücher kaufen, Döner essen. Dinge tun, die normale Frauen tun. Dann fährst du zum Flughafen und kaufst Kosmetik.«

»Haben dich die Pullacher angerufen?«

»Nein, nur der Weeßte-Kollege.«

Sie war im Foyer stehen geblieben, lauschte dem Klang seiner Stimme. Bermann war ein zuverlässiger Gradmesser für ihren Gemütszustand. Je schlechter es ihr ging, desto willkommener war er.

Bewegungen jenseits der gläsernen Eingangstür ließen sie aufsehen. Eine Frau und ein Mann betraten das Hotel. Die Frau nahm ihre Brille ab, trocknete sie mit einem Taschentuch. Der Blick des Mannes streifte Louise.

»Also, mach keinen Scheiß, ja?«, sagte Bermann.

»Und das kommt ausgerechnet von dir.« Sie beendete die Verbindung. An der Frau und dem Mann vorbei ging sie in Richtung Tür. Wieder lagen die Augen des Mannes für einen Moment auf ihr.

Vor dem Hotel blieb sie stehen und wartete. Seit zwanzig Jahren Polizistin, da erkannte man Kollegen.

Zehn, zwölf Sekunden verstrichen, die beiden kamen nicht.

3

WÄHREND DER FAHRT zum Krankenhaus griff sie die losen Fäden wieder auf. Nur eines schien klar zu sein: Im Mittelpunkt stand Hans Peter Steinhoff.

Und die Kollegen? Eberhardt Rohwe von dem Fall abgezogen, eine Stunde später tauchten zwei Ermittler auf. Doch von welcher Behörde?

»Auf Krankenbesuch?«, fragte der Taxifahrer, ein kleiner Greis, aus dessen Ohren weiße Büschel wuchsen.

»Sozusagen.«

»Verwandt?«

»Nein.«

»Schlimm?«

»Noch nicht.«

»Hoffen wir das Beste.«

»Für mich?«

»Den Kranken.«

»Wird ausgerichtet.«

Sie zog das Handy aus der Anoraktasche. Keine Nachricht von Ben. Er war seit einer Woche in Sarajewo, vor zwei Tagen hatten sie zum letzten Mal telefoniert, beides schien Ewigkeiten zurückzuliegen. Ein Besuch in der Vergangenheit – und vermutlich auch ein Versuch, den Freiburger Frust loszuwerden. Die ersten vier Monate ein Job als Nachtwächter auf einem kaum frequentierten Parkplatz in Freiburg-St. Georgen, seitdem arbeitslos, weil ihm die baden-württembergische Polizei die Türen nicht wieder öffnen wollte. Stellenangebote als Security-Mann bei einer Supermarktkette und als Türsteher einer Diskothek in Karlsruhe hatten ihn nicht interessiert.

Im Oktober war dann über einen ehemaligen Kollegen die Anfrage aus Potsdam gekommen: ein Verwaltungsjob beim Bundesgrenzschutz, der wenige Monate zuvor in »Bundespolizei« umbenannt worden war. Abteilung 4, »Internationale Angelegenheiten, Europäische Zusammenarbeit«, Bens Spezialgebiet. Ein, zwei Jahre lang Schreibtischarbeit, dann mal sehen. Warum nicht wieder im Rahmen der Europäischen Polizeimission nach Bosnien und Herzegowina? Die *State Investigation and Protection Agency* stand noch längst nicht auf eigenen Beinen.

Sarajewo, na toll, hatte sie gesagt.

Wir werden sehen, hatte Ben gesagt.

Glaub nicht, dass ich mitkomme und mit den anderen Anhängseln Damenprogramm mache.

Und Berlin?

Müsste ich mir erst mal ansehen.

Nun hatte sie es sich angesehen und wusste, dass sie weder nach Sarajewo noch nach Berlin mitgehen würde. Eine Fernbeziehung drohte. Aber vielleicht war das ja auch gar nicht so schlecht. Distanz verhinderte, dass man sich selbst in zu viel Nähe verlor. Eine Gefahr in ihrer Beziehung mit Ben, an den sie sich mit Haut und Haaren gewöhnt hatte.

Der Taxifahrer hielt. »Zehn dreißig.«

»Elf.«

»Quittung?«

»Nein, danke.«

Sie legte zwei Scheine in eine zittrige, haarige Hand, bekam Wechselgeld.

»Na dann tschüss.«

Sie stieg aus, folgte dem Taxi mit dem Blick. Durch das Seitenfenster waren nur die obere Kopfhälfte und die Hände des Fahrers zu sehen. Ein bizarrer Anblick in einer bizarren Stadt.

Sie wandte sich dem Eingang des Krankenhauses zu. Die Kripo offiziell draußen, doch irgendeine Ermittlungsbehörde war noch an dem Fall dran. Immerhin, dachte sie, etwas Positives hatte das Ganze: Die Guten waren im Überfluss vertreten.

Dann wurden die Umstände noch rätselhafter: Hans Peter Steinhoff hatte das Krankenhaus am frühen Morgen auf eigene Verantwortung verlassen, gegen den Rat des behandelnden Arztes.

Zwei Krankenschwestern, die nur dies wussten, nach langem Suchen dann ein Assistenzarzt, der immerhin mitbekommen hatte, dass Steinhoff allein gegangen, von niemandem abgeholt worden war. Der Arzt ließ sich vom badischen Charme erweichen und zeigte ihr die Krankenakte. Platzwunde am Hinterkopf, Nase gebrochen, zwei Zähne ausgeschlagen, Prellungen auf der ganzen linken Gesichtshälfte. Ohne Bewusstsein eingeliefert, am Sonntagmorgen erwacht. Lebensgefahr hatte nicht bestanden, aber vor Anfang nächster Woche hätte man Steinhoff nicht entlassen.

Die Nachtschwester der Station war am Morgen nach Hause gegangen. Louise bat den Assistenzarzt um ihre Privatnummer. Er schüttelte den Kopf und verwies sie an den Ärztlichen Direktor, die Pflegedirektorin oder den Geschäftsführer.

Seufzend begann sie mit der Suche.

Aber sie hatte kein Glück. Der Direktor war im Urlaub,

die Pflegedirektorin im Mitarbeitergespräch, der Geschäftsführer beim Mittagessen außerhalb.

Sie mochten sich nicht, diese Stadt und sie.

Draußen, vor dem Eingang, rief sie Rohwe an. »Wird immer merkwürdiger, Ebbe.«

Er seufzte.

Sie erzählte von den Ermittlern im Hotel, von Steinhoff. Als Rohwe nichts erwiderte, lehnte sie sich an eine der schmalen Säulen vor dem Eingangsbereich und wartete schweigend.

Pfützen auf dem Gehweg, in denen sich das weiße Gebäude spiegelte. Regentropfen ließen das Abbild verschwimmen.

Sag was, Ebbe.

»Hm«, sagte Ebbe. »Steinhoff hat vorhin angerufen.«

»Was? Bei dir?«

»Beim Kollegen. Ich … äh … war nicht da.«

Sie schnaubte durch die Nase. Die Berliner hörten auf ihre Chefs – der Fall war totgemacht worden.

»Und? Hat dir der Kollege mitgeteilt, was Steinhoff wollte?«

Rohwe lachte unbehaglich. »Er hat ihn nicht ganz verstanden.«

»Dachte ich mir. Was hat er denn verstanden?«

»Offenbar wollte Steinhoff die Anzeige zurückziehen.«

»Geht doch gar nicht.« Versuchte Tötung war ein Offizialdelikt. Die Kripo hätte in jedem Fall weiterermitteln und die Staatsanwaltschaft einschalten müssen.

»Weiß er wohl nicht.«

»Oder der Kollege hat ihn falsch verstanden.«

»Wir tippen auf Letzteres.«

»Ihr wollt das abklären, wenn Steinhoff wieder anruft?«

»Genau.«

»Und bis dahin kümmert ihr euch um die Brandstiftung in Schnackendorf.«

Rohwe sagte nichts.

»Dafür bist du zur Kripo gegangen? Um wegzuschauen?«

Er räusperte sich. Sie rechnete mit Protest oder einem unverständlichen Berliner Fluch, doch nichts dergleichen kam, er sagte nur: »Schmargendorf.«

Der Regen war stärker geworden. Sie löste sich von der Säule, trat tiefer in den Schutz der Überdachung.

Sag was, Ebbe.

»Mal angenommen …«, sagte Ebbe und brach ab. Seine Stimme klang distanziert, aber nicht unfreundlich. Der Zwiespalt war deutlich zu spüren: Mitmachen oder auflegen?

»Mal *was* angenommen?«

»Dass du die zentrale Frage aus dem Blick verlierst.«

»Und die wäre?«

»Warum Steinhoff im Hotel war.«

Er hatte recht. Zwölf Zimmer auf der dritten Etage, acht davon vermietet. Doch nur in zwei Zimmern hatten sich am Samstagnachmittag Gäste befunden – Esther Graf in 34, der Tatverdächtige in 35. Was, wenn gar nicht Steinhoff im Mittelpunkt stand, sondern Graf? Oder der Mann aus Zimmer 35? Wenn Steinhoff deswegen im Hotel gewesen war?

»Und wir wissen wirklich nichts über den Kerl aus der 35?«

»Wir?«

»Na ja, *ihr*.«

»Nein, nichts.«

»Ach komm, Ebbe. Irgendwas müsst ihr doch haben.«

Rohwe holte tief Luft. »Gib mir fünf Minuten.«

Knapp vier Minuten später rief er zurück. Seine Stimme ging im Verkehrslärm fast unter, er stand im Freien. Wenn schon nicht korrekt, dachte sie, dann wenigstens nicht innerhalb der heiligen Hallen.

Die ersten Informationen der Techniker zu Zimmer 35 waren am Mittag eingetroffen. »Keine Fingerabdrücke. Weder auf den Türklinken, noch auf den Badarmaturen, noch auf der Drückerplatte oder dem Deckel der Toilette.«

»Die Zimmermädchen haben sich Mühe gegeben.«

»Und die Türklinken abgewischt?«

»Na ja, wir sind in Berlin, hier ist doch alles möglich, oder?«

Rohwe lachte nicht. »Ein gefälschter Ausweis, keine Fingerabdrücke ... Das Zimmer wurde professionell gesäubert.«

»Ein bisschen weit hergeholt.«

»Wir haben auch keine Fasern, Haare oder Hautpartikel auf Kopfkissen, Bettlaken, Decke gefunden. *Keine,* Louise. Das Zimmer wurde gesäubert. Die Frage ist: von wem? Von ihm selbst, nachdem er Steinhoff verprügelt hat? Die Zeit wird er sich nicht genommen haben. Also von dem zweiten Mann. Er räumt das Opfer aus dem Weg, dann beseitigt er die Spuren in der 35.«

»Na gut, gehen wir also davon aus, dass wir es mit Profis zu tun haben.«

»Wir?«

»Ihr.«

»Nein«, sagte Rohwe. »Nicht wir. Du.«

Vier Stunden bis zum Abflug, Zeit genug für MITTE / BRANDENBURGER TOR / REICHSTAG. Doch Louise Bonì und Sightseeing, das ging nicht zusammen, zumal in dieser Stadt, die nur Beton und Wolken zu bieten hatte. Also fuhr sie mit dem Bus nach Tegel, nahm an einem Imbiss eine Currywurst mit Pommes zu sich, in einem Stehcafé einen Latte macchiato, schlenderte anschließend dreimal durch den Hallenring und dachte nach. Wertheim, die Verwandten aus Kehl, Ben, die ungewisse Zukunft. Das große Ganze.

Das Leben war zweifellos besser seit dem Entzug in Oberberg und der Entwöhnung im Kanzan-an vor gut zweieinhalb Jahren, aber etwas stimmte nicht, etwas fehlte. Sie hatte gedacht, sie wäre mittlerweile stabil, doch das war wohl ein Irrtum. Der Dienst und seit einem Jahr Ben, mehr gab es nicht. Kaum Freunde, keine Lust auf Urlaub, keine Leidenschaften. Keine Ziele, Perspektiven. Noch immer führte sie, ganz wie ihre Mutter mit siebzig Jahren, an allen Fronten Kämpfe, als spürte sie sich nur im Widerstand. Kein Innehalten, kein Entspannen.

Nein, irgendetwas stimmte nicht.

Vielleicht, dachte sie, als sie schließlich am Gate saß, waren die Entscheidung, Mick zu heiraten, der Alkohol, die Selbstaufgabe im Dienst, der fortwährende Kampf gegen alles und jeden nur Versuche davonzulaufen – wovor auch immer.

Im Zweifel natürlich vor sich selbst.

Gegen neunzehn Uhr landete sie in Karlsruhe / Baden-Baden. Kein Novemberregen mehr, kein Nebel, stattdessen war es überraschend mild, und von den Zuständen und Zweifeln keine Spur mehr. Gut gelaunt ging sie zum Polizeiposten am Flughafen, holte ihren Wagenschlüssel. Ein paar schwache Stunden in Berlin, das kam vor, das durfte nicht überbewertet werden. Sie war eben ein Südmensch, im Norden gerieten Körper und Seele aus dem Tritt.

Aber man war besser wachsam. Ging vielleicht mal wieder auf einen Kaffee mit Katrin Rein, der blonden Lieblingspsychologin.

Als sie eben ins Auto gestiegen war, rief Bermann an. »Wo bist du?«

»In Karlsruhe.«

Er brummte zufrieden. Keinen Tag drangehängt in Berlin, keine Chefs verärgert, keine drohenden Beschwerden aus der Hauptstadt.

»Wie war der Türkenmarkt?«

»Wunderbar, danke für den Tipp.«

»Ich wusste, dass er dir gefällt. Was gekauft?«

»Ganze Tüten voll. Blaue Halstücher, rote Halstücher. Herzanhänger, Plüschtiere und so was.«

»Musst du mir bei Gelegenheit mal zeigen.«

»Morgen, wenn du möchtest.«

»Braves Mädchen.«

Sie lächelte widerwillig. Vielleicht war das Bermanns neue Strategie: Scheingespräche führen. Nicht mehr aufregen.

»Wir haben einen Einbruch für dich.«

»Wie schön.«

»Eine Villa in Günterstal, da kennst du dich ja aus.« Sie hörte ihn glucksen. Der Fall Asile d'enfants hatte sie Anfang 2003 nach Günterstal geführt, zu Richard Landen. Sie war für eine Weile – eineinhalb Jahre, genau gesagt – an Landen hängengeblieben. Bis heute war nicht klar, was Rolf Bermann daran nicht gepasst hatte – dass Landen ein Intellektueller war oder dass sie sich in ihn verknallt hatte.

»Ich werde morgen mit Esther Graf sprechen, Rolf.«

»Esther wer?«

»Esther Graf. Die Zeugin.«

Sie ließ den Motor an, steckte das Handy in die Freisprechvorrichtung. »Nur um das abzuschließen. Esther Graf ist in Freiburg.«

»Red lauter, ich versteh dich nicht.«

Sie schwieg.

»Was für 'ne Zeugin?«

»Wir sehen uns morgen, Rolf.«

»Um halb acht in alter Frische.«

»Vergiss deinen Sekundanten nicht.«

Wieder das Glucksen. Kein Zweifel: Da hatte sie einer vermisst.

Eine gute Stunde später betrat sie ihre Wohnung. Keine Nachricht auf dem Anrufbeantworter, und die beiden Zimmer leerer als sonst. Manchmal war Ben da, wenn sie vom Dienst nach Hause kam, saß über einer Zeitung oder einem Buch oder las am Laptop Stellenanzeigen im Internet, und beim Kochen sagte er Dinge wie »Ich war heute am Bodensee, bin da spazieren gegangen« oder »Ich war in Gérardmer, hab deinem Onkel beim Absinthtrinken zugeschaut«, und gelegentlich entrutschte ihm ein »Schatz« oder ein »Süße«, und dann lachten sie überrascht.

Sie setzte sich aufs Sofa, aß die beiden übriggebliebenen Kuchenstücke vom Vortag. Hinter all den offenen Fragen in Bezug auf Berlin schimmerte ein Gedanke auf, den sie noch nicht fassen konnte. Erst als sie den Teller in die blankgeputzte Spüle stellte, konkretisierte er sich. Kein Gedanke, sondern eine weitere Frage: Wann waren die Zimmer 34 und 35 gebucht worden?

Sie startete den Laptop, suchte die Telefonnummer des Hotels heraus. Acht-, neunmal das Freizeichen, dann erklang eine lustlose Männerstimme. Kein Berliner diesmal, sondern ein Bayer. Minutenlang murrte und raunzte er, dann hatte der badische Charme gesiegt. Vielleicht wurde auch nur ein Weißbier schal.

Was der Bayer aus dem Buchungsprogramm herauslas, machte ihren Ärger wett. Esther Graf hatte am 20. Oktober per E-Mail reserviert, Zimmer 35 war zwei Tage später telefonisch gebucht worden. Ein Vermerk im Buchungsprogramm besagte, dass Friedrich Müller konkret nach diesem Zimmer gefragt hatte und auf keinen Fall in ein anderes gelegt werden sollte.

Ein Stammgast?

Nein. War zum ersten Mal da.

Sie legte auf.

Warum hatte der Unbekannte Zimmer 35 verlangt? Ihr fiel nur eine Antwort ein: weil es neben dem Zimmer von Esther Graf lag.

Sie sah auf die Uhr. Kurz nach neun, früh genug, um eine Zeugin aufzusuchen, die nichts gesehen und wenig gehört zu haben behauptete.

Zumindest als man sie auf sehr korrekte Weise vernommen hatte.

4

ESTHER GRAF WOHNTE in Littenweiler am östlichen Stadtrand von Freiburg. Von der B 31 aus folgte Louise einer Straße den Hang hinauf, die geradewegs in den Wald zu führen schien und erst unmittelbar davor eine scharfe Kurve beschrieb. Hinter der Biegung bemerkte sie Treppen, zehn Meter über dem Straßenniveau lag ein kleines Haus. Sie stellte den Wagen ab, gönnte sich einen Moment der Erinnerung. Kirchzarten keine fünf Kilometer entfernt, nicht viel weiter südlich das Große Tal, von dem aus sie mit Thomas Ilic die Flanke des Rappenecks hochgestiegen war – der heiße Sommer 2003. Am Anfang hatte eine kleine Scheune gebrannt, am Ende hatten mehrere Menschen ihr Leben gelassen.

Und Illi so traumatisiert, dass er für Monate krankgeschrieben war und sich mittlerweile in den Vorruhestand hatte versetzen lassen.

Wieder ein Vertrauter weniger.

Viele alte Kollegen fort, viele neue gekommen, und da lag das Problem: Sie fand es zunehmend schwerer, sich an neue zu gewöhnen.

Sie stieg aus. Im Haus brannte Licht, alle Fenster waren erleuchtet. Die Stufen glitschig, im schwachen Schein einer fernen Straßenlaterne nahm sie sie vorsichtig und rekapitulierte dabei, was sie über Esther Graf wusste.

Allzu viel war es nicht.

Vom Treppenabsatz führte ein gepflasterter Weg zum

Haus. Neben der Tür lehnte ein gelber Regenschirm, auf dem Klingelschild stand nur der Nachname. Sie läutete, hörte jenseits der Tür Schritte, dann eine verunsichert klingende Frauenstimme.

Sie leierte ihr Sprüchlein herunter.

Die Tür ging auf, eine dunkelblonde Frau erschien. Anfang dreißig, die Haare nach hinten gebunden, schlank, vielleicht eins dreiundsechzig, durchaus hübsch, doch das Gesicht wirkte blass und erschöpft.

Ein Blick in die reglosen Augen, die in dunklen Höhlen lagen, genügte, und Louise wusste Bescheid. Auch hier stimmte vieles nicht, fehlte etwas.

Sie kam bis in den Flur. Nachdem Esther Graf die Haustür geschlossen hatte, blieb sie stehen und sagte: »Was möchten Sie wissen?«

»Würde ich gern im Sitzen mit Ihnen besprechen.«

»Geht es um Berlin?«

»Ja.«

»Aber ich habe Ihren Kollegen doch schon …«

»Ich weiß.«

Schweigend musterten sie sich. Die eine wartete auf Fragen, die andere darauf, dass sie ins Wohnzimmer geführt wurde. Louise unterdrückte ein Lächeln. Ein Patt.

Der Flur war schmal, die Decke niedrig, es roch nach Backofenhitze und angebranntem Teig. Eine Tür führte zur Küche, eine zu einem Zimmer, beide waren geöffnet. An der Garderobe hingen, achtlos übereinandergeworfen, Blazer, zwei, drei Mäntel, Schals. Darunter ein Durcheinander von Schuhen, auf einer Stufe der Treppe ins obere Stockwerk ein Haufen Schmutzwäsche.

»Ich bin nicht auf … Besuch vorbereitet.«

»Schon in Ordnung. Bei mir sieht's nicht anders aus.«

»Ich glaube nicht, dass ich Ihnen weiterhelfen kann.«

»Dauert nur ein paar Minuten. Darf ich?« Louise zog den Anorak aus, hängte ihn über einen dunkelblauen Mantel an die Garderobe.

Esther Graf seufzte. »Na gut, kommen Sie.«

Das Wohnzimmer glich einer dunklen Höhle, ein Albtraum für jeden Klaustrophobiker. An zwei Wänden standen schwarzbraune Bücherregale, die restlichen Möbel hatten den gleichen Ton. Mahagoni, aber vermutlich nur die Farbe, das Material sah nach IKEA aus. Vor den beiden Fenstern rotblau gemusterte Vorhänge, die vor jeglichen Blicken von draußen abschirmten.

Esther Graf deutete auf einen Sessel, setzte sich selbst auf das Sofa. Zwischen ihnen, gleichsam als Barriere, stand der Couchtisch mit den Resten einer Abendmahlzeit: rotes Plastikset, ein Teller mit den Rändern einer Tiefkühlpizza, ein halb gefülltes Rotweinglas, eine zerknüllte Stoffserviette, daneben eine Fernbedienung. Esther Graf nahm sie, machte den stumm geschalteten Fernseher aus und fragte erneut: »Was möchten Sie wissen?«

»Im Grunde dasselbe wie meine Kollegen in Berlin.«

»Aber es gibt doch sicher einen …«

»Einen Bericht? Gibt es.« Louise lächelte.

Esther Graf sah auf die Fernbedienung in ihrer Hand, dann gab sie den Widerstand auf und erzählte, was Louise schon wusste, kein Wort mehr, keines weniger.

»Was genau meinen Sie mit ›Tumult‹?«

»Geräusche einer Rauferei. Schläge, Stöhnen, einen unterdrückten Schrei. Schnelle Schritte.«

Louise nickte.

»Und später normale Schritte, dann war jemand im Nebenzimmer.«

»Wie lange?«

»Ich weiß es nicht, ich habe mich nach ein paar Minuten wieder hingelegt.«

»Da waren von nebenan noch Geräusche zu hören?«

»Ja.«

»Was für Geräusche?«

»Nichts Ungewöhnliches. Geräusche wie aus jedem Hotelzimmer. Dann wurde das Zimmer gesaugt.«

Louise dachte an Eberhardt Rohwes Vermutung. Gesaugt, gesäubert – Profis. »Hatten Sie Angst?«

»Ja.«

»Warum haben Sie niemanden informiert? Das Hotelpersonal, die Polizei?«

Esther Graf zuckte die Achseln. »Ich wollte mich nicht einmischen. Ich wusste ja gar nicht, was passiert war.«

»Wissen Sie es inzwischen?«

»Nein, ich ... nicht genau. Ein Mann wurde zusammengeschlagen, oder?«

»So könnte man's auch nennen.«

»Wie nennen Sie es denn?«

»Versuchte Tötung.«

»Versuchte ...« Esther Graf brach ab.

»Ist Ihnen sonst etwas aufgefallen? Vorher, nachher?«

»Nein.«

Nichts gesehen, kaum etwas gehört. Louise glaubte Esther Graf, und das passte ihr nicht.

Sie stand auf, ging zum Esstisch, lehnte sich daran. Die verstellten Wände, die niedrige Decke lagen wie eine geschlossene Hülle um den Raum, der ihr fast wie ein Kerker vorkam.

Esther Graf schien sich in dem Kerker wohlzufühlen.

»Hat Sie der Tumult im Flur geweckt?«

Esther Graf war sich nicht sicher. Da sei, sagte sie, auch ein dumpfes Klopfen oder Hämmern gewesen, im Zimmer nebenan. Das habe sie wohl geweckt.

»Ein Klopfen oder Hämmern?«

»Als würde jemand einen Nagel in die Wand schlagen.«

»In einem vermieteten Hotelzimmer?«

Ein vages Achselzucken.

»Die Wand zwischen Ihrem Zimmer und dem daneben?«

»Ja.«

Louise rief sich den Anblick der 35 in Erinnerung. Keine verputzte Wand, sondern eine Holztäfelung. »Jemand schlägt gegen die Wand, Sie wachen auf, dann beginnt der Tumult im Flur?«

Esther Graf nickte. Zwei Schläge, dann ein paar Sekunden Stille, bevor die Tür nebenan aufging und … Erneut das Achselzucken.

Louise runzelte die Stirn. Ihr Blick fiel auf den Teller mit den Pizzarandstücken. Sie deutete darauf. »Darf ich?«

Überrascht hob Esther Graf die Augenbrauen.

»Hunger«, sagte Louise und lächelte.

Mit dem Teller kehrte sie zum Tisch zurück. Während sie die kalten Teigreste aß, stellte sie weitere Fragen, erst ein paar harmlose, auf die Esther Graf zögernd antwortete. Kein Mann, keine Kinder, sie lebte allein. Keine Beziehung im Moment, nein, dafür blieb einfach keine Zeit. Kaufmännische Ausbildung, seit sechs Jahren angestellt bei der GoSolar AG, einer Firma aus der Solarbranche, Assistentin eines Abteilungsleiters im Bereich Research & Development.

»In Haid?«

»Was ich nicht … Ja, in Haid. Was ich nicht verstehe, ist … Sie tun fast so, als hätte das Ganze mit mir zu tun. Das, was in Berlin passiert ist.«

Louise stellte den leeren Teller auf den Tisch und fuhr sich mit dem Ärmel des Pullovers über die Lippen. Grafs Stimme und Miene hatten sich kaum merklich verändert, wirkten angespannt. Irritiert nahm sie zur Kenntnis, dass diese Veränderung nicht ihr Misstrauen geweckt hatte, sondern ihr Mitgefühl. »Wäre das möglich?«

»Ich wüsste nicht, wie. Ich meine, ich …« Graf brach ab. Wieder sah sie auf die Fernbedienung hinunter, dann legte sie sie vorsichtig auf den Tisch. Ihre Hand zitterte.

»Der Mann, den wir suchen, der Tatverdächtige, hat im Zimmer neben Ihnen gewohnt, weil er dieses Zimmer verlangt hat. Er war kein Stammgast. Wir müssen in Erwägung ziehen, dass er Sie kennt.«

Esther Graf sah auf. »Unmöglich!«

Louise nannte den falschen Namen, Friedrich Müller, Dortmund. Graf kannte ihn nicht.

»Wer wusste, dass Sie nach Berlin fahren?«

»Mein Chef und ein paar Kollegen.«

»Und warum waren Sie in Berlin?«

Esther Graf lehnte sich zurück, starrte Louise mit großen Augen an. Sie schluckte, schüttelte den Kopf.

Dann kamen die Tränen.

Louise hatte sich aufs Sofa gesetzt, eine Hand auf Esther Grafs Schulter gelegt, mehr wäre ihr aufdringlich vorgekommen, doch die Hand musste sein, und sie schien auch nicht zu stören. Eine Viertelstunde verging, ohne dass ein Wort fiel. Louise fragte nicht nach, und Esther Graf hatte offenbar nicht das Bedürfnis, sich mitzuteilen. Sie weinte lautlos, schnäuzte sich hin und wieder, trocknete sich die Wangen ab. Irgendwann räusperte sie sich und sagte, sie habe Termine in der psychologischen Abteilung der Charité gehabt. Louise nickte, obwohl sie nicht ganz verstand, weshalb man achthundert Kilometer weit flog, um psychologische Beratung zu bekommen – mehr Psychologen pro Quadratmeter als in Freiburg fand man vermutlich auf der ganzen Welt nicht.

Graf schien ihre Verwunderung zu bemerken. Ihr Hausarzt, sagte sie, habe einen Schwager in der Charité, der eine Koryphäe sei. Außerdem hätte sie Angst gehabt, in Freiburg von jemandem gesehen zu werden, der sie kenne. Von einem Bekannten, einem Kollegen. Sie hätte Angst gehabt, Schwierigkeiten zu bekommen.

»Schwierigkeiten? In der Firma?«

»In der Firma, mit meinem Vermieter, in der Bank. Wenn ich einmal einen Kredit brauche, und die wissen, dass ich …« Sie brach ab.

»Dass Sie was?«

»Dass ich Probleme habe.«

»Was für Probleme?«

Graf zuckte die Achseln.

»Depressionen?«

Keine Antwort, und auch Louise schwieg. Sie verstand die Angst vor Schwierigkeiten, zumindest was die Firma betraf. Sie hatte ja Ähnliches erlebt.

»Und dann das Gerede …«

»Wie geht es jetzt weiter? Sie können nicht jede Woche nach Berlin fliegen.«

»Nein.«

»Was werden Sie tun?«

»Das … weiß ich noch nicht.«

»Was hat Ihnen der Arzt geraten? Der in der Charité?«

Erneut antwortete Esther Graf nicht.

»Stationäre Therapie?«

»Ich … Sie haben mir eine Einrichtung im Schwarzwald empfohlen.«

Sag's nicht, dachte Louise.

»Die Oberberg-Klinik«, sagte Esther Graf.

Kurz darauf erhob Louise sich, um zu gehen. Esther Graf war an diesem Abend weder in der Lage noch willens, weitere Fragen zu beantworten. Apathisch saß sie auf dem Sofa, machte keine Anstalten, sie zur Tür zu begleiten. Sie weinte nicht mehr, aber irgendein Dämon hatte sie fest im Griff.

Louise hasste Momente wie diesen, in denen die Kluft zwischen beruflicher Notwendigkeit und menschlichem Anstand so offensichtlich wurde. Wollte sie mehr erfahren, musste sie Graf bedrängen. Bedrängte sie Graf, schubste sie sie in einen Abgrund. Wie sie es auch drehte und wendete, sie trug Verantwortung.

»Kann ich Sie jetzt allein lassen?«

»Ja«, sagte Esther Graf und stand nun doch auf.

Im Flur schlüpfte Louise in den Anorak. »Haben Sie irgendeine Vorstellung, wer der Mann in Zimmer 35 gewesen sein könnte?«

Graf schüttelte den Kopf. Sie lehnte an der Wand, hatte die Arme vor der Brust verschränkt. Die Augen waren jetzt klein, verschwanden fast in den schwarzen Höhlen.

»Jemand aus Ihrer Firma? Ein Exfreund, der Sie nicht vergessen kann?«

»Ich … weiß es doch nicht.«

»Werden Sie bedroht?«

»Aber nein ...« Graf hob das Taschentuch, presste es gegen die Nase. In ihren Augen standen wieder Tränen.

»Ich kann Sie nicht schonen«, sagte Louise. »Ich würde es gern, aber ich kann nicht. Ich muss wissen, was in Berlin geschehen ist. Warum es geschehen ist.«

Graf sagte nichts, doch ihre Miene war Antwort genug – bitte gehen Sie, und kommen Sie nie wieder.

»Ich kann nicht«, sagte Louise und trat in den Regen hinaus.

Minutenlang saß sie im Auto, blickte auf die hellen Fenster der kleinen Häuser, die sich bis ins Zentrum von Littenweiler den Hang hinunterzogen. Hin und wieder glitten Schatten durchs Licht, wurde es irgendwo dunkel und irgendwo hell. Auf der Straße drei Menschen und ein Hund, in einem Auto ein Pärchen, die Köpfe dicht aneinander. Jahrelang war sie froh gewesen, nicht mehr Teil einer wie auch immer gearteten Gemeinschaft zu sein, in der ihre Autonomie gefährdet wäre und Abhängigkeiten drohten. Doch seit Ben in Freiburg lebte, fiel ihr das Alleinsein immer schwerer. Einer der vielen Widerstände in ihr war zusammengebrochen, ein Stimmchen winselte im Stundentakt *ruf ihn an/zieh mit ihm zusammen/heirate ihn* und ähnlichen Quatsch. Die Seele war ein unerschöpfliches Reservoir an immer neuen Sentimentalitäten.

Wer hätte das gedacht? Das Leben wurde mit zunehmendem Alter nicht einfacher, sondern schwieriger.

Mechanisch warf sie einen Blick aufs Handy. Noch immer keine Nachricht aus Sarajewo.

Ruf ihn an, winselte das Stimmchen. Halt's Maul, dachte Louise.

Esther Graf hatte ihr, davon war sie überzeugt, Informationen vorenthalten, ob nun absichtlich oder unabsichtlich. Informationen, die vielleicht erklären würden, weshalb sie, Steinhoff und der Unbekannte am selben Samstagnachmittag im selben Hotel gewesen waren.

Die logische Kette war brüchig, aber sie schien nur in eine Richtung zu weisen. Der Unbekannte, der kein anderes Zimmer gewollt hatte als das neben Esther Graf. Hans Peter Steinhoff, der nicht im Hotel gewohnt hatte und doch in den dritten Stock gegangen war. Der tätliche Angriff, der vielleicht versuchte Tötung gewesen und später als Diebstahl getarnt worden war. Der Mittäter, der Zimmer 35 gesäubert hatte.

Hatten die beiden Täter auf Steinhoff gewartet? War Esther Graf eine Art Lockvogel gewesen, um ihn ins Hotel zu bekommen? Aber dann stellte sich die Frage, warum sie ihn nicht zu zweit angegriffen hatten. Und warum die Schläge gegen die Zimmerwand unmittelbar vor dem Angriff? Ein Zeichen für Graf? Dann hätte sie die Schläge Louise gegenüber nicht erwähnt.

Oder war doch alles nur Zufall, und sie verrannte sich wieder?

Ein Geräusch riss sie aus den Gedanken – eine Haustür war zugezogen worden. Ein paar Meter über der Straße tauchte der gelbe Regenschirm auf. Esther Graf lief in raschem Tempo die Stufen herunter. Auf der Straße wandte sie sich hangaufwärts. Der Schirm leuchtete unter einer Straßenlaterne auf, der einzige Farbfleck in der Dunkelheit.

Kurz darauf war er zwischen den Bäumen verschwunden.

Louise langte nach dem Türgriff, dann entschied sie sich anders. Sie würde ihr nicht folgen. Esther Graf hatte ein Recht darauf, mit ihren Dämonen allein zu sein.

Zu Hause die leeren Zimmer, die Stille und ein Gefühl der Lähmung. Plötzlich war auch der Druck in der Brust wieder da. Und ein vertrauter, verhasster Gedanke: Wie wär's mit einem Schlückchen?

Hektisch suchte sie nach der Element-of-Crime-CD, die Ben ihr gebrannt hatte. Als sie schließlich lief, wurde es ein wenig besser.

Sie griff zum Handy, wählte Eberhardt Rohwes Nummer. Nach dem fünften Freizeichen drang Kneipenlärm an ihr Ohr, Stimmen johlten durcheinander, laute Rockmusik malträtierte ihre Gehörgänge. Wenn Kriminaler Feierabend hatten …

»Profis«, sagte sie, »du hattest recht.«

Rohwe erwiderte nichts. Sie hörte eine quietschende Tür ins Schloss fallen, dann herrschte Stille.

»Störe ich?«

»Wie könntest du stören? Hab nur ein paar Bier verlötet.« Rohwes Stimme klang nach Zigaretten, Lachen, Trunkenheit. Vier Gläser, schätzte sie, vielleicht auch mehr. In einen Zweimetermann passte viel.

»Ich war bei Esther Graf.«

Er stieß ein Schnauben aus, das nach Lachen klang. Ein freundliches Geräusch.

Sie erzählte von dem Besuch in Littenweiler. Das Kerkerwohnzimmer, ihr Eindruck, dass Graf mehr wusste, als sie sagte. Und: zwei Schläge gegen die Holzwand, Ebbe. Der hat sie gewarnt. Wovor? Vor Steinhoff?

Rohwe blieb stumm, aber sie hatte das Gefühl, dass er zuhörte.

»Ich brauche die Fotos der Techniker.«

Ein Grunzen, weniger freundlich. »Hab ich verschmissen, müsst ich erst mal raussuchen.«

»Haben sie die Wand fotografiert?«

»Was denn für 'ne Wand?«

»Die zwischen der 34 und der 35.«

»Ach so … Nein.«

»Dann fahr du hin und mach ein Foto.«

Er lachte ungläubig.

»Wissen wir eigentlich, was Graf am Samstagabend gemacht hat? Ob sie das Hotel noch mal verlassen hat?«

Rohwe stöhnte. »Mensch, bist du ein Blubberkopp …«

»Sag schon, Ebbe.«

Nein, erwiderte Rohwe und klang mit einem Mal nüchtern, das wüssten sie nicht, er habe sie nicht gefragt. »Ich versteh nicht, was du willst, Louise. Du gefährdest die Ermittlungen von Kollegen, wenn du weitermachst. Vielleicht bringst du Menschen in Gefahr. Ist dir das völlig egal?«

Sie seufzte. Natürlich war es ihr nicht egal. Aber das ließ sich eben nicht so leicht abstellen, das Verbeißen. So war es nun einmal mit ihr, das wusste man in Freiburg, und in Berlin konnte man es sich seit 2003 auch denken. Die Umstände bedeuteten eine zu große Versuchung für eine, die sich gern verbiss. Steinhoff, der für den BND arbeitete; der BND, der Ermittlungen durch die Kripo nicht wollte; ein falscher Name, ein gefälschter Ausweis; der Versuch, die Anzeige zurückzuziehen. Das alles roch nach Manipulation, nach einer Intrige, die jemandem helfen und jemand anderem schaden würde. Musste sich die Kripo dabei zum Büttel des BND machen?

Zugegeben, möglicherweise lag es auch nur an den leeren Zimmern und der Stille und dem Druck in ihrer Brust.

»Ich geh jetzt wieder rein«, sagte Rohwe.

»Kriege ich das Foto?«

»Nur wenn du's selbst machst.«

»Mist.«

»Kann dich diesmal leider nicht in Tegel abholen. Übrigens ...« Die Tür quietschte, Stimmen und Musik brandeten auf. »Steinhoff war zwar mal für den BND unterwegs, aber der ist nicht an dem Fall dran.«

»Wer dann?«

»Der Verfassungsschutz.« Abrupt brach der Kneipenlärm ab, das aufgeregte Besetztzeichen erklang.

Also nicht der Auslands-, sondern der Inlandsdienst, nicht Pullach, sondern Berlin oder Stuttgart – was die Palette der möglichen Hintergründe erweiterte. Rechts- und Linksextremismus, Islamismus, extremistische Bestrebungen von Migrantenorganisationen. Spionage, Scientology, Geheimnisverrat und ein paar Kleinigkeiten mehr.

Aus ihrer Erinnerung tauchte ein Name auf, dann noch einer und noch einer, bis die Liste ein Dutzend Personen umfasste. Ehemalige Kripokollegen, Mitschüler aus den Lehrgängen an der Akademie, Kommilitonen an der Hochschule in Villingen-Schwenningen. Alle hatten sie eines gemeinsam: Sie waren zum Verfassungsschutz nach Stuttgart gegangen.

BNDler empfand Louise als pathologische Heimlichtuer, aufgeblasene Spione, morallose Weltretter, und denen fuhr man gern in die Parade. Verfassungsschutzleute dagegen waren Kollegen, die man respektierte.

Das Spiel war zu Ende.

Nachts dann wieder Wertheim – derselbe Traum, dieselben lustlosen Augenpaare. Gegen vier Uhr morgens fuhr sie schweißgebadet hoch.

Der obligatorische Blick aufs Handy. Keine SMS überhört.

Sie ging ins Bad, um zu pinkeln. Minutenlang starrte sie das Haardschungelwesen im Spiegel an, das ihr immer fremder wurde. Solange es um den Alkohol und den Kampf gegen die Sucht gegangen war, hatte sie sich als Ganzes empfunden, als klar definierte Materie. Jetzt zerfloss sie in alle Richtungen.

In diesem diffusen Moment zwischen Schlafen und Wachsein begriff sie plötzlich, weshalb: Sie hatte Angst, Ben zu verlieren.

War das die Möglichkeit? Sie *liebte* ihn.

Nun, man hatte damit rechnen können, dass das eines Tages kommen würde. Und doch war es ein Schock.

Blieb nur die Frage, für wen der Schock größer war – für sie oder für ihn.

Sie kehrte ins Bett zurück, lag wach bis halb sechs. Als sie sich eben dazu durchgerungen hatte aufzustehen, schlief sie wieder ein.

5

DIE TRUPPEN WAREN AUSGERÜCKT, die Flure verwaist. Ein paar freundliche Worte von Pförtner Gregori im Herzen, betrat sie gegen halb zehn ihr Büro, das sie sich bis zum Sommer mit Thomas Ilic geteilt hatte. Ende Juli hatte er seinen Schreibtisch geräumt, kurz darauf war sie in den Zwangsurlaub vor Wertheim gegangen. Irgendein vernünftiger Mensch, der sie gut zu kennen schien, hatte verfügt, dass Illis Schreibtisch während ihrer Abwesenheit keinem anderen Kollegen zugeteilt wurde. Vielleicht derselbe vernünftige Mensch hatte eine Vase mit Blumen auf ihren Schreibtisch gestellt – allerdings ein Dutzend gelbe Chrysanthemen. Ein Mensch, der vor einem Jahr noch nicht bei der Kripo Freiburg gewesen war, denn sonst hätte er die Finger von Chrysanthemen gelassen. Der Fall »Merzhausen« hatte sie 2004 ins Chrysanthemen-geschmückte Lahr geführt und von Lahr in den Abgrund und von dort nach Kroatien und Bosnien.

Sie griff zum Telefon und tippte die Durchwahl ins Allerheiligste im vierten Stock. Während das Freizeichen erklang, startete sie den Computer.

»Willkommen zurück«, sagte Reinhard Graeve.

»Danke. Sind die Blumen von Ihnen?«

»Ich war für Lilien, aber Rolf meinte, Sie mögen Chrysanthemen.«

Sie schmunzelte. Wie man sich täuschen konnte – kein

vernünftiger Mensch, sondern ein unvernünftiger. »Wo ist er?«

»Nimmt zwei Tatverdächtige fest.« Graeve berichtete von dem Einbruch in Günterstal. Sie hatten einen Zeugen und eine Kfz-Nummer, Bermann und das Ermittlungsteam waren vor einer Stunde mit einem Durchsuchsuchungsbeschluss losgefahren.

Louise machte im Geiste drei Kreuze, das blieb ihr also erspart.

»Er wollte nicht länger warten«, sagte Graeve.

»Ist mir ganz recht.« Sie öffnete das E-Mail-Programm. Sieben Mails, vermutlich mit privatem Inhalt, zurückgeleitet heute früh von dem Kollegen, der sich während ihrer Abwesenheit um ihr Postfach gekümmert hatte. Eine achte Mail war gerade eingetroffen – Absender Eberhardt Rohwe, eine gmx-Domain, also privat. Betreff: »Die Wand«, ein paar Zeilen Text, ein Anhang, bestehend aus zwei Fotos.

»Wollen Sie kurz heraufkommen?«, fragte Reinhard Graeve.

»Gern.«

»Eine Tasse Tee?«

»Unbedingt. Aber nicht zu lange ziehen lassen.«

Graeve lachte und legte auf.

Sie öffnete den Anhang. Zwei Fotos von der getäfelten Zwischenwand – eine Halbtotale mit Schreibtisch, eine Nahaufnahme. Das Holz wies zwei Eindruckspuren auf, die etwa eineinhalb Zentimeter auseinanderlagen und, soweit sich das erkennen ließ, zwei Zentimeter hoch und zweieinhalb Zentimeter breit waren. Die linke saß etwas höher als die rechte.

Sie klickte sich zum Mail-Text zurück.

Höhe einsfünfundsechzig, irgendein Muster. Harter Gegenstand, vermutl. eckig. Splitter von Holz auf Teppich hinter Schreibtisch, sieht frisch aus. Viel Glück. – Ein Fan.

Sie sah sich die Fotosignaturen an – aufgenommen vor einer halben Stunde. Nachdem sie rasch eine Antwort getippt hatte – *1000 Dank!* –, vergrößerte sie die Nahaufnahme der Wand.

Die Eindruckspuren waren trotz Verpixelung relativ deutlich zu erkennen. Ein harter Gegenstand von der Form eines Hammerkopfes, waagerechte Riffelung in der Mitte, die Seitenkanten glatt. Direkt an der unteren Kante war die Riffelung breiter, dann setzte sie sich mittig mit halber Breite fort. Bei beiden Eindruckspuren war der jeweils untere Teil deutlicher zu erkennen als der obere – der Gegenstand war schräg auf dem Holz aufgetroffen.

Sie ließ sich zurücksinken, starrte auf das leicht unscharfe Bild auf dem Monitor. Was mochte der Täter unmittelbar vor dem Angriff auf Steinhoff in der Hand gehalten haben?

Sie öffnete eine Schreibtischschublade, zog die Heckler & Koch aus dem Holster. Keine Riffelung an der Griffstückunterseite, sondern eine tiefe Kerbe und in der Mitte eine kreisrunde Auslassung. Aber das bedeutete nichts, sie wusste, dass es Pistolen mit Riffelung gab. Nur welche Modelle? Eine Frage, die der Waffen- und Gerätewart des Hauses oder die Kriminaltechnische Untersuchungsstelle der Landespolizeidirektion beantworten konnte.

Sie formulierte sie, hängte Rohwes Nahaufnahme an, verschickte die Mails und verließ das Büro. Selbst wenn das Spiel für die Kripo zu Ende war, dachte sie, konnten ein paar Informationen nicht schaden.

Der Tee war zubereitet, der Duft ostfriesischer Gemütlichkeit empfing sie. Reinhard Graeve, Ende vierzig, gebürtiger Hamburger, jahrelang Leiter der Kripo Leer, zog das Jackett wieder über, das er selbst im Sommer nur dann abzulegen pflegte, wenn er Tee zubereitete. Anzug und Krawatte waren die einzigen Symbole von Autorität, derer er sich bediente. Sie hatte noch nie einen Mann erlebt, der sich so zurücknahm und doch eine so unangreifbare Macht ausstrahlte wie Graeve.

»Sahne?«

»Einen Schuss.«

Er hob ein winziges Kännchen, goss ein wenig Sahne in ihre Tasse. »Kluntje?«

»Was bitte?«

Graeve deutete auf ein Schälchen mit weißem Kandis.

Sie hob zwei Finger. »Sagen Sie das noch mal.«

»Kluntje.«

»Klingt sexy.«

»Und ruiniert doch nur die Zähne.« Mit einer Zuckerzange ließ er zwei Stücke Kandis in die Tasse plumpsen. »Was hat es mit den Chrysanthemen auf sich?«

Sie nahm die Tasse und trat ans Fenster. Altstadt, Münster, Schlossberg im Regen, weit sah man nicht. Doch im Grau des Himmels lag eine Andeutung von Helligkeit. »Wecken unangenehme Erinnerungen. Ein Fall vor Ihrer Zeit.«

»Welcher?«

»Merzhausen.«

Graeve nickte, er schien sich informiert zu haben.

»Da hat hier oben noch der hübsche Bob gewohnt«, sagte sie. »Jetzt vergammelt er in der Provinz. Der Nur-keine-Fehler-machen-Bob hat Fehler gemacht.«

»Wir haben alle Angst, Fehler zu machen«, sagte Graeve.

»Ich hab eher Angst, das Falsche zu tun.«

»Besteht da ein Unterschied?«

»Was ein Fehler ist, ist relativ. Was falsch oder richtig ist, ist nicht relativ.«

»Die Chrysanthemen waren ein Fehler, aber nicht falsch?«

»So ungefähr.«

Graeve stellte sich neben sie. Schweigend tranken sie, blickten hinaus. Wie oft hatte sie mit Almenbroich hier gestanden, so wie jetzt mit Graeve. Vieles mochte sich ändern, manches wiederholte sich, und das war irgendwie beruhigend.

»Rolf und seine Spielchen«, sagte sie.

»Zeichen seiner Zuneigung.«

»Zu Ihnen oder zu mir?«

»Zu Ihnen. Er freut sich auf Sie, aber das kann er sich natürlich nicht eingestehen. Deswegen schickt er Sie nach Berlin, deswegen empfiehlt er mir Chrysanthemen.«

Sie zuckte die Achseln. Sie hatte Erfahrung mit Bermanns Art, seine Zuneigung zu überspielen. Dass seine Freude über ihre Rückkehr bis in die vierte Etage zu spüren war, verhieß nichts Gutes.

»Erzählen Sie von Berlin.«

Sie hob die Tasse in Richtung Fenster. »Geben Sie mir noch ein paar Minuten.«

Sie war davon ausgegangen, dass Graeve wie Bermann dachte – ein Fall, der keiner ist? Interessiert uns nicht, wir sind ja nicht mal zuständig. Überrascht stellte sie fest, dass sie sich getäuscht hatte. Graeve wollte, dass sie an Esther Graf dranblieb.

Der Unbekannte aus Zimmer 35 machte ihm Sorgen. Falls der Mann und Graf tatsächlich in irgendeiner Verbindung zueinander standen, mussten sie in Erwägung ziehen, dass auch er in Freiburg auftauchen würde oder bereits hier war. Ein bewaffneter, brutaler Profi, der falsche Dokumente benutzte und der versuchten Tötung verdächtigt wurde, in Freiburg – und die Kripo hielt still? Auf keinen Fall. Also würden sie das Protokoll der Opfervernehmung aus Berlin anfordern und auf Basis der Täterbeschreibung eine interne Fahndung einleiten.

»Soll ich noch mal mit Graf sprechen?«

Graeve überlegte einen Moment. »Recherchieren Sie ihr Umfeld, aber halten Sie sich im Hintergrund. Holen Sie sich zwei Kollegen vom D 24, und lassen Sie Graf … wie formuliere ich es: kurzfristig beobachten. Zu ihrem Schutz, Sie verstehen.«

Louise nickte. Für eine umfassendere Observierung waren die notwendigen rechtlichen Voraussetzungen nicht gegeben. »Und der Verfassungsschutz?«

»Ich werde ein paar Telefonate führen. Wenn das Amt tatsächlich ermittelt, brauchen wir genauere Informationen, wie wir uns zu verhalten haben und wo wir den Kollegen nicht in die Quere kommen dürfen. Vor allem aber muss gewährleistet sein, dass sie die Situation und den Verdächtigen unter Kontrolle haben.«

»Sprechen Sie mit Rohwes Chef.«

»Welche Dienststelle?«

Sie zog Rohwes Visitenkarte aus der Hosentasche und las vor. »Direktion 2 – VB II 5. Ich nehme an, er ist der Leiter des Kommissariats.« Sie reichte Graeve die Karte. »Er steht auf Queen.«

»Was für ein Zufall.« Graeve lächelte.

»Lassen Sie mich raten: Sie *lieben* Queen.«

»Seit meiner frühen Kindheit.«

»Das sollten Sie ihm nicht erzählen, die wurden erst 1970 gegründet.«

Zurück in ihrem Büro, stellte sie die Chrysanthemenvase aufs Fensterbrett, um sie nicht dauernd im Augenwinkel zu haben. Ein paar Minuten lang säuberte sie Schreibtisch, Waschbecken und Regalfächer vom Staub, der sich in drei Monaten trotz Putzkolonne so ansammelte. Dann sah sie nach neuen E-Mails.

Der WuG und die KTU hatten noch nicht geantwortet. Von Ersterem erwartete sie nicht viel, der mochte sie nicht, anders als Wilhelm Brenner, Schusswaffenexperte der KTU. Was er grundsätzlich an ihr schätzte, ließ sich nicht sagen. Das spezifische Interesse war eindeutiger: Sein neunzehnjähriger Sohn nahm seit zweieinhalb Jahren Meditationsunterricht bei einem japanischen Zen-Meister, was die Eltern über Monate in eine Art Panikschock versetzt hatte. Louise hatte beruhigt. Keine Tranceräusche, keine Drogen, keine perversen sexuellen Praktiken. Nur dasitzen und an nichts denken.

Dringend, Leute, schrieb sie an Brenner und setzte den WuG ins CC.

Dann ließ sie Google nach GoSolar suchen und bekam gut sechzigtausend Treffer. Auf der Firmen-Website viel Grün, viel Gelb, viele lächelnde Mitarbeiter. Die Gegenwart wunderbar, die Zukunft blühend. Ein mittelständisches deutsches Vorzeigeunternehmen, weltweit der achtgrößte Hersteller von Solarzellen. Sie überflog die Phrasentexte, hatte bald genug vom ökologischen Paradies.

Da fiel ihr Ernesto Freudenreich ein.

Die Wirtschaftler vom D 31 hatten ihre Büros im selben Stockwerk wie das D 11. Drei Minuten später stand Louise vor Ernesto Freudenreich, der mehr an ein Reh als an einen Menschen erinnerte. Sprach man ihn an, zuckte er erschrocken zurück. Legte man ihm die Hand auf die Schulter, floh er hinter einen Stuhl oder einen Tisch. Machte man Anstalten, ihn zu umarmen, rettete er sich aufs Klo.

Nicht dass irgendjemand ernsthaft daran gedacht hätte, Ernesto Freudenreich zu umarmen. Aber die Dezernatskollegen ergötzten sich gelegentlich daran, so zu tun als ob. Vielleicht, weil er die Schuld daran trug, dass das D 31 direktionsintern als »Filzlatschendezernat« firmierte. Ernesto Freudenreich, um die vierzig, tauschte die Straßenschuhe jeden Morgen gegen lilafarbene Filzhausschuhe.

Bevor er zur Kripo gekommen war, hatte er jahrelang als diplomierter Betriebswirt in einer Privatbank gearbeitet, war in irgendwelchen fensterlosen Zahlenkerkern hinter Plastikfarnen verstaubt und hatte seine Angst vor Menschen und vor allem menschlichen Körpern kultiviert. Dann war die Bank pleitegegangen. Eine Woche nach seinem letzten Arbeitstag war Ernesto am Pfeiffer'schen Drüsenfieber erkrankt und hatte das Bett fünf Monate lang nicht verlassen können. Er hätte wohl heute noch darin gelegen, wenn er nicht einen Onkel namens Christian Almenbroich gehabt hätte.

Almenbroich hatte den Neffen in einen Speziallehrgang der Kriminalpolizei für Quereinsteiger aus der Wirtschaft gezwungen, ihm ein fensterloses Einzelbüro, Plastikfarne und viele, viele Zahlen versprochen und ihn auf diese Weise vermutlich vor dem Tod durch Vereinsamung gerettet. Bis auf das Fenster hatte er seine Versprechen eingelöst.

»Keine Angst.« Louise hob die Hände.

»Keine Zeit«, murmelte Ernesto und warf ihr hinter der silberfarbenen Nickelbrille einen verschreckten Blick zu.

Sie deutete auf den Stuhl vor dem Schreibtisch. »Darf ich?«

Kopfschütteln.

»Wo sonst?«

»Nicht da.«

Vor dem Waschbecken stand ein weiterer Stuhl. »Und da?«

»Nein. *Da.*« Er wies in Richtung Seitenwand. Drei Stühle, aufgereiht wie im Wartezimmer eines Arztes. Sie setzte sich.

»Keine Zeit«, jammerte Ernesto.

»Ich weiß«, sagte Louise.

Weil die Kollegen vom D 31 nur selten Außeneinsätze hatten, bezeichnete man sie als »Aktenwürmer«. Ein zärtlicher Scherz unter Kollegen; auf Ernesto traf dieser Begriff allerdings zu. Ein verstörter, rosafarbener, sich krümmender Aktenwurm.

Dafür wusste er alles, was auch nur entfernt mit der deutschen Wirtschaft zu tun hatte, ob sie nun in kriminelle Machenschaften verwickelt war oder nicht.

Alles.

»Das gehört nicht zu meinem Aufgabenbereich.«

»Was?«

»Diese Branche.«

»Die Solarbranche?«

Ernesto nickte. Sekundenlang wirkte seine Miene erleichtert. Als Louise sitzen blieb, verflog die Erleichterung, die Anspannung kehrte zurück. »Gehört leider nicht zu meinem Aufgabenbereich«, wiederholte er.

»Schon verstanden.« Sie schlug die Beine übereinander. »Aber du weißt bestimmt, wo du nachschauen musst.«

»Ich bin da leider nicht kompetent.«

Sie lächelte.

»Um nicht zu sagen: absolut uninformiert.«

»Ernie, ich will bloß ein paar Zahlen, keine physikalischen Erklärungen.«

»Diese Branche gehört Peter.«

»Der mag mich nicht.«

Ernesto starrte sie an. Solidaritätsbekundungen für Peter Schöne, den Leiter des Dezernates, lagen in der Luft. Aber dann sagte er: »Ulf. Ein Experte in Bezug auf Energie.«

Sie wehrte ab. Der mochte sie auch nicht.

»Annemarie.«

»Wo ich doch schon mal hier bin, Ernie.«

»Aber ich kenne mich da überhaupt nicht aus.«

»Ist wie beim Zahnarzt. Je früher er anfängt, desto früher ist er fertig.«

Ernesto runzelte die schweißfeuchte Stirn, fuhr sich mit einer Hand hektisch über den Wuschelkopf. Dann krümmte er sich zusammen und verschwand hinter seinem Bildschirm. Fast lautlos flogen seine Finger über die Tastatur, der Drucker begann Seiten auszuspucken. Ihr Blick fiel auf die lilafarbenen Pantoffeln unter der Beinauslassung des Schreibtischs. Sie standen schräg, die großen Zehen rieben sich aneinander.

Der Drucker an der Wand gegenüber surrte und surrte.

Schließlich sagte sie: »Das sollte reichen.«

Ernestos Kopf schoss über den Rand des Monitors.

Sie stand auf, nahm die Seiten aus dem Ausgabefach. »Danke.«

»Hm.«

»Falls ich noch was brauche, komme ich wieder.«

»Keine Zeit«, murmelte Ernesto deprimiert und floh hinter seinen Bildschirm.

Sie ging ins Erdgeschoss, zog am Automaten vor der Cafeteria eine Dose Mineralwasser und eine Tüte Crackers, kehrte in den dritten Stock zurück. Die alltäglichen Gänge, wie sehr hatte sie sie vermisst.

Und doch fühlte sie sich merkwürdig bedrückt. Sie nahm die Kollegen, die ihr begegneten, kaum wahr, dachte stattdessen an die, die ihr nicht mehr begegnen würden. Illi mit den blauen Notizblättern, Alfons Hoffmann mit den Schokocroissants, natürlich der sanfte, strenge Almenbroich.

Wenn wenigstens Rolf Bermann zurück wäre …

Sehnsucht nach Bermann, das war nun wirklich mal was Neues.

Im Paradies waren dunkle Wolken aufgezogen: Die aktuellen Zahlen von GoSolar sahen miserabel aus.

Louise hatte sich auf das Sims des zweiten Fensters gesetzt, aß mit der einen Hand Crackers, blätterte sich mit der anderen durch die Ausdrucke von Ernesto. Die ersten Anflüge von Ermüdung hatte sie erfolgreich überstanden, weitere drohten. Prozentziffern, Bilanzen, Wirtschaft, nicht gerade ihre größte Leidenschaft.

Umsatz und Gewinn von GoSolar waren im dritten Quartal um über zwanzig Prozent zurückgegangen. Und das nach Prognosen aus dem ersten Quartal, die ein Wachstum von mindestens zwanzig Prozent zum Jahresende vorhergesagt hatten. Was zu den Einschätzungen von Wirtschaftsjournalisten gepasst hatte – noch im Frühsommer hatte GoSolar als Aushängeschild der deutschen Solarindustrie gegolten.

»Klug, weil zurückhaltend« habe man die Erweiterung der Produktionskapazität betrieben. Ein Hidden Champion mit hervorragenden Perspektiven und innovativen Produkten. Der neueste Coup: Das Projekt »DriveSolar«, spezielle Solarzellen für Autodächer und -karosserien.

Doch im Juni hatte GoSolar einen größeren Auftrag eines spanischen Kunden verloren. Außerdem waren in diesem Jahr zwei, drei kleinere Zwischenhändler abgesprungen, und mehrere Landes- und Bundesbehörden hatten Aufträge auf Eis gelegt. Wenn man den Experten glauben konnte, waren negative Gerüchte die Ursache gewesen, die seit April durch die Öffentlichkeit geisterten – Insiderhandel, finanzielle Engpässe, Qualitätseinbrüche. Die Folge: Der Aktienkurs war kontinuierlich gesunken und lag zum gegenwärtigen Zeitpunkt fünfunddreißig Prozent unter dem vom April.

Gähnend hob Louise den Blick. Im Westen, über den Vogesen, lag ein breites Band Hellblau, über Freiburg färbte sich die bleierne Tristesse allmählich ein. Im Inneren der Wolkendecke schien ein Kern aus Licht zu wachsen, als wollte er in Kürze explodieren.

Sie legte die Ausdrucke zur Seite.

Eine Zeugin mit Geheimnissen, ein rätselhafter Angriff in Berlin, Gerüchte um GoSolar. Vielleicht gab es Zusammenhänge, vielleicht nicht. Wie auch immer, der nächste Schritt wäre gewesen, sich bei GoSolar umzusehen, und sei es nur, um den Druck auf Esther Graf zu erhöhen. Doch bevor Graeve nicht mit Stuttgart gesprochen hatte, kam das nicht in Frage.

Sie schmunzelte. Selbst bei ihr wirkte die unaufgeregte Autorität Reinhard Graeves.

Wenig später traf die Antwort von Wilhelm Brenner von der KTU ein, umfassend und akribisch wie immer, im Anhang fünf Fotos.

Die Eindruckspuren im Holz der Täfelung von Zimmer 35 wiesen, Brenner zufolge, auf eine Walther P5, Kaliber 9 mm, hin. Die Konturen von deren Griffstückunterseite seien individuell und entsprächen, soweit sich das anhand der Aufnahme sagen lasse, der Spur.

Brenner hatte sich in der Waffenkammer der LPD ein Exemplar der Walther P5 besorgt, die Unterseite in eine Knetmasse gedrückt und den Abdruck fotografiert. Sie verglich das Bild mit Rohwes Nahaufnahme. Brenner hatte recht, die Eindrücke stimmten überein. Sie wussten nun also, welches Pistolenmodell der Unbekannte aus Zimmer 35 hatte – und dass er mit der Griffstückunterseite gegen die Holzwand geschlagen hatte.

Er hatte die 35 gebucht, er hatte Graf geweckt oder gewarnt. Er *kannte* sie. Woher? Und welches Interesse hatte er an ihr?

Esther Graf hatte ihr ohne Notwendigkeit von den Schlägen gegen die Zwischenwand erzählt. Sinnvoller wäre es gewesen, alles zu verschweigen, was auf eine Verbindung zu ihrem mysteriösen Schutzengel hinwies, der immerhin der versuchten Tötung und der Dokumentenfälschung verdächtig war. Vorausgesetzt, es *gab* eine Verbindung.

War es denkbar, dass er sie kannte und sie ihn nicht?

Seufzend stand Louise auf. Im Spiegel über dem Waschbecken ein blasses Gesicht mit glänzenden Wangen und Rändern unter den Augen. Erst zwei Tage wieder im Dienst, zurück im vertrauten Umfeld, das ihrem Leben Sinn gab – anzusehen war es ihr nicht. Chaos vor Wertheim, währenddessen, danach. Seit Jahren lief der Akku, wenn sie ehrlich war, auf Reserve. Ramponierte sie sich Körper und Seele.

Sie wusch sich das Gesicht mit kaltem Wasser und überlegte, wann sie sich zum letzten Mal über einen längeren Zeitraum frisch und erholt gefühlt hatte. Die Antwort war ernüchternd – vor zweieinhalb Jahren, zwischen April und Juli 2003, als sie im Kanzan-an in den elsässischen Wäldern gelebt und sich vom Alkohol entwöhnt hatte. Wohltuend stille, einsame Monate. Ein japanischer Zen-Mönch, eine graue Katze, eine starrsinnige Kommissarin und viele stumme, freundliche Bäume, die jeglichen Gefühlsausbruch mit Geduld und Sanftmut ertragen hatten.

Sie trocknete sich das Gesicht ab und kehrte zu den Fotos, Brenners Mail und den Rätseln zurück.

Noch einmal von vorn.

Ein zwielichtiger Journalist, der für Esther Graf möglicherweise eine Gefahr dargestellt hatte. Ein unbekannter, ausgesprochen brutaler Schutzengel, der sie gewarnt hatte. Der Verfassungsschutz, der die Ermittlungen der Kripo unterband. Wie mochte das zusammengehen? Eine mögliche Antwort: Der Schutzengel war ein verdeckter Ermittler der Stuttgarter. Sie verwarf den Gedanken. Ein Undercovermann, der sich so in seiner Scheinidentität verirrt hatte, dass er die Grenzen nicht mehr sah und sich der versuchten Tötung schuldig machte?

Und wenn er die Seiten gewechselt hatte und das Amt nun versuchte, ihn wieder einzufangen?

Sie rieb sich die Schläfen. Das alles war, dachte sie, für den Moment nicht wichtig. Entscheidend war, wo Steinhoff und der Unbekannte sich jetzt aufhielten. In Freiburg, in Esther Grafs Nähe?

Der eine, um ihr etwas anzutun, der andere, um sie erneut zu schützen?

Hans Peter Steinhoff war nicht nach Hause zurückgekehrt. Kollegen der Hamburger Kripo, die Louise telefonisch um Amtshilfe gebeten hatte, waren nach Altona gefahren. Seine Frau hatte geöffnet. Die Geschäfte in Berlin zögen sich hin, vor Ende der Woche werde er nicht heimkommen. Sie nannte ein Hotel in Kreuzberg, die Kollegen riefen an. Steinhoff hatte ursprünglich bis Sonntag gebucht, war jedoch seit Samstagnachmittag nicht mehr im Hotel gewesen. Am Sonntagabend hatte er seine Sachen von einem Taxifahrer abholen und die Rechnung begleichen lassen.

Die Suche nach dem Fahrer dauerte zweieinhalb Stunden, dann telefonierten die Kollegen mit ihm. Das Telefonat dauerte eine weitere halbe Stunde – der Fahrer stammte aus Ghana, sprach kaum Deutsch und war verstört. Die deutsche Polizei! Ein Fahrgast half. Am Ende des Gesprächs kam heraus, was Louise bereits vermutet hatte: Steinhoff hatte sich seine Sachen ins Martin-Luther-Krankenhaus bringen lassen.

Sie informierte Reinhard Graeve.

Die interne Fahndung nach dem unbekannten Tatverdächtigen lief bereits. Nun kam auch Steinhoffs Name auf die Liste. Der Verdacht, dass er möglicherweise hinter Esther Graf her war, reichte dafür nicht aus. Doch ein anderes Argument überzeugte Graeve: Wo Steinhoff war, war eventuell auch dessen Angreifer. Fand man den einen, bekam man vielleicht den anderen zu fassen.

Und Steinhoff war sicherlich leichter aufzuspüren. So, wie er in Berlin zugerichtet worden war, musste er in einer friedlichen Stadt wie Freiburg auffallen.

»Und Stuttgart? Haben Sie da was erreicht?«

Graeve stieß ein melancholisches Lachen aus.

Er hatte, berichtete er, mit Eberhardt Rohwes Chef telefoniert und den Namen eines Abteilungsleiters des Berliner Landesamtes für Verfassungsschutz erhalten. Er hatte mit dessen Vorzimmerdame telefoniert und den Namen eines Abteilungsleiters des baden-württembergischen Landesamtes erhalten. Er hatte mit einer weiteren Vorzimmerdame telefoniert – die hohen Herren tagten, die Bitte um Rückruf werde ausgerichtet. Bislang war er nicht erfolgt.

»Glück für uns«, sagte Louise. »Welche Abteilung?«

»Vier.«

Sie überlegte. »Spionageabwehr und der ganze andere Kram, oder?«

Graeve lachte. Der andere Kram war Geheim- und Sabotageschutz, Personenüberprüfung, Scientology.

»Immerhin, ein kleiner Schritt voran«, sagte er.

»Aber in welche Richtung?«

»Bis man uns das sagt, halten Sie sich bitte zurück.«

»Sie wissen, dass ich darin nicht gut bin.«

Graeve seufzte. »Wer wüsste das nicht?«

Am Nachmittag kam aus Berlin endlich der eingescannte Bericht der Vernehmung Hans Peter Steinhoffs durch KOK Eberhardt Rohwe. Er enthielt nichts Neues, abgesehen von einer vagen Täterbeschreibung: etwa eins fünfundachtzig groß, zwischen dreißig und vierzig Jahre alt, außergewöhnlich schnell und kräftig, dichtes, stoppelkurzes dunkles Haar, Dreitagebart.

Mit der Täterbeschreibung und einem zwei Jahre alten Foto des einundfünfzigjährigen Steinhoff, das sie im Internet gefunden hatte, ging sie zu den Kollegen vom Fahndungsdezernat. Die Daten wurden in den Computer eingegeben, genauso die Anordnung, nicht zuzugreifen, falls man auf einen der beiden Gesuchten stieß. Nur dranbleiben und sofort melden.

Dann besorgte sie sich zwei Fahnder für die Beobachtung von Esther Graf. Einen kannte sie aus dem Sommer 2003 – Kilian, Ende zwanzig, auf coole Weise nachlässig gekleidet, halblange Haare, die wilde neue Kriminalergeneration. Den anderen sah sie zum ersten Mal, Marc, etwas jünger als Kilian, stilistisch eine Kopie. Zwei, die man sich eher mit einem Surfbrett unter dem Arm vorstellen konnte.

»Na dann los«, sagte Kilian und nahm die Lederjacke von der Stuhllehne. Zum ersten Mal fiel ihr auf, dass er atemberaubend schöne, regelmäßige Augenbrauen hatte. Richard Landens von einer grauen Stelle durchbrochene Braue kam ihr in den Sinn. In diese Stelle hatte sie sich verliebt, bevor sie sich in den restlichen Mann verliebt hatte.

»Was denn?«, fragte Kilian mit einem entspannten Lächeln.

Sie deutete auf seine Brauen. »Zupfst du sie?«

Das Lächeln wurde breiter. »Lass mir meine Geheimnisse.«

»Dafür verrate ich dir meine.«

»Die kenn ich.«

»Die kennst du?«

Er wiegte den Kopf hin und her. »Jedenfalls die wichtigen.«

»Erzähl.«

»Irgendwann mal, bei einem Glas Wasser und Ćevapčići.«

Sie stutzte, lachte, während sie die Tür öffnete.

»Also nichts tun, nur beobachten«, sagte Marc.

»Genau.«

Sie traten in den Flur.

»Und wenn sich was abzeichnet? Auf welcher Seite stehen wir?«

»Zuerst muss Esther Graf geschützt werden. Alles andere hängt davon ab, was passiert.«

»Was könnte passieren?«

Sie überlegte einen Moment.

»Wir haben ein Opfer, Steinhoff, der möglicherweise eine Gefahr für Graf darstellt. Wir haben einen Täter, der zwar brutal, aber möglicherweise eine Art Schutzengel für Graf ist. Wir haben die Geheimniskrämer aus Stuttgart, die möglicherweise an einem von den dreien oder an allen dran sind.« Sie zuckte die Achseln. »Keine Ahnung, was passieren könnte. Vielleicht passiert ja nichts.«

»Na dann«, sagte Kilian, schenkte ihr ein sonniges Lächeln und sprang, die Hand am Geländer, die Treppe hinunter.

Kollegen kamen vorbei, hießen sie willkommen. Man plauderte, aß Crackers, trank Kaffee. Sie erfuhr die neuesten Gerüchte – eine Affäre hier, eine Scheidung dort, und wusstest du, dass Tilo schwul ist?

Na und?

Na klar, na und. Nur so. Wer hätte das gedacht.

Familientratsch eben. Linderte das Gefühl der Fremdheit, half aber nicht gegen die Müdigkeit.

Nachdem der Tratsch abgehandelt war, kamen die Gespräche auf die anstehenden Beurteilungen. Alle zwei Jahre bewerteten der Kripoleiter sowie der Leiter der Polizeidirektion ihre Mitarbeiter. Das Maximum waren 5 Punkte, doch nur dreißig Prozent jeder Laufbahn konnten 4 bis 5 Punkte bekommen. Sie selbst war 2004 vom hübschen Bob mit 3 Punkten bewertet worden, und alle wussten, dass sie für immer und ewig bei 3 bleiben würde. Man ging die Chancen der anderen durch. Rolf Bermann, hieß es, sei diesmal ein Kandidat für die 5. Entsprechend freundlich verhalte er sich seit Monaten.

Nachdem die Beurteilungen abgehandelt waren, kamen die Gespräche auf die bevorstehende Fußballweltmeisterschaft, die immer mehr Ressourcen band und den Alltag in der Polizeidirektion seit langem beherrschte.

Allein der Gedanke an Fußball sorgte für einen neuen Schub Müdigkeit. »Leute, ich hab zu tun«, sagte sie gähnend.

»Tippst du mit?«

»Raus jetzt.«

In einer ruhigen Minute rief sie Graeve an.

Noch immer kein Rückruf aus Stuttgart.

»Verflucht. Wie soll man da arbeiten?«

»Ruhig bleiben«, sagte Graeve.

»Sie haben leicht reden. Sie sind nicht ich.«

Graeve schwieg. Er wusste, dass sie etwas tun mussten. Abwarten und auf einen zufälligen Fahndungstreffer hoffen, während Steinhoff und der Unbekannte in Aktion waren? Darauf vertrauen, dass Kilian und Marc verhindern würden, was möglicherweise passieren würde? Kein guter Plan.

»Vielleicht sind sie ja gar nicht in Freiburg, Louise.«

»Graf ist in Freiburg.«

Graeve seufzte. »Noch einen Tee?«

»Nein, danke. Ich geh jetzt noch mal zu den Aktenwürmern.«

»Der arme Ernesto. Lassen Sie Milde walten.«

Aber sie dachte nicht an Ernesto Freudenreich. Sie brauchte keinen Wurm, sondern einen Wolf.

»Schau mal, wer da kommt«, knurrte der Wolf.

Sie trat in das Büro, schloss die Tür. »Ich brauche deine Hilfe.«

»So, so.«

Peter Schöne, der Leiter des Dezernates für Wirtschaftskriminalität, saß über Unterlagen gebeugt, ein massiger Koloss in einem viel zu kleinen Raum. Tränensäcke, tiefe Furchen in der Stirn, dazwischen lagen starre kleine Augen. Manche Kollegen hatten im Laufe der Jahre Abneigung gegen Louise entwickelt, manche hatten sie von Anfang an nicht gemocht und sich im Laufe der Jahre bestätigt gefühlt. Schöne gehörte zu Letzteren.

»Seid ihr an GoSolar dran?«

»Du wilderst in meinem Revier?«

Sie lehnte sich gegen die Tür, starrte zurück.

Schöne senkte den Kopf, blätterte eine Seite weiter.

»Hast du von Berlin gehört?«

Er sah nicht auf. »Wieder hysterisch, Bonì?«

Sie verdrängte den Stolz und die Frustration, erzählte von Berlin, Esther Graf, GoSolar. Schöne hob ein-, zweimal den Blick, wandte sich dann wieder seinen Akten zu und blätterte. Als sie geendet hatte, sagte er: »Schick mir Rolf, mal sehen, was er davon hält.«

»Rolf ist nicht da.«

»Ich weiß.«

Sie wartete noch einen Moment lang, vielleicht auf die Wut, vielleicht auf einen Sinneswandel Schönes. Als beides nicht kam, ging sie.

Gegen sechs kapitulierte sie vor der Müdigkeit und der Frustration. Dies war nicht ihr Tag. Rolf Bermann hätte ihn wahrscheinlich retten können, Ben sicher, doch der eine war noch immer nicht zurück, der andere hatte sich noch immer nicht gemeldet.

»Schon gut«, sagte Graeve. »Viel können wir sowieso nicht tun.«

Sie gähnte ins Telefon. »Halten Sie mich auf dem Laufenden.«

Sie druckte die Fotos von Hotelwand und Pistolengriff sowie das Fahndungsfoto von Steinhoff aus, sammelte zusammen, was sie an Schriftlichem zu dem Fall hatte. Material für die Nacht, falls sie die Angst vor dem Wertheim-Traum wach hielt.

Als sie durch die Glastür ins Treppenhaus trat, hörte sie in der Ferne hallende Stimmen, erkannte die von Rolf Bermann und Marianne Andrele, der Staatsanwältin. Sie schienen mit großer Entourage unterwegs zu sein, andere Stimmen erklangen, dazu ein Durcheinander von Schritten. Bermann lachte, der Ausflug war offenbar erfolgreich gewesen.

Louise hielt inne, dachte darüber nach, Hallo zu sagen, dann ging sie weiter. Die Tätervernehmungen standen an, da hätte sie nur gestört.

Die Stimmen und die Schritte entfernten sich, die Ruhe des frühen Abends kehrte zurück.

Auf dem Weg über den Hof hatte sie unvermittelt das Chaos in ihrer Wohnung vor Augen, die leeren Zimmer, den leeren Kühlschrank. Den Anrufbeantworter-ohne-Nachricht.

Sie stieg ins Auto. Ein paar Fragen an Esther Graf waren unbeantwortet geblieben, weitere hinzugekommen. Weder die einen noch die anderen ließen sich verdrängen, obwohl sie sich ein paar Sekunden lang redlich Mühe gab.

Sie sah auf die Uhr.

Halb sieben, da war die Pizza vielleicht noch warm.

6

DIE STRASSE IN DEN WALD, die Stufen, oben das hell erleuchtete Haus. Kilian und Marc waren nicht zu sehen, dafür andere Bekannte vom Vortag: das Pärchen im Auto zwanzig Meter weiter. Louise spielte mit dem Gedanken, auf einen kurzen Plausch unter Kollegen hinüberzugehen. Doch wer wusste schon, welchen Staatssekretären in Stuttgart dann das Abendessen im Hals steckenbleiben würde.

Sie dachte an Steinhoff und den Unbekannten, fragte sich, ob sie in der Nähe waren. Mechanisch tastete sie nach dem Waffenholster, als ihr einfiel, dass sie es am Nachmittag in die Schreibtischschublade zurückgelegt hatte.

Sie stieg aus, ging die Stufen hoch, klingelte.

»Sie?«, sagte Esther Graf und lehnte den Kopf an den Türrahmen.

Im Flur dieselbe Unordnung wie am Abend zuvor, die Türen zu Küche und Wohnzimmer geöffnet, alle Lampen eingeschaltet. Wieder nahm Louise den Geruch von Backofenhitze und angebranntem Teig wahr.

Schweigend hängte sie den Anorak an denselben Haken über denselben blauen Mantel.

Auf dem Couchtisch im Wohnzimmer das rote Plastikset, ein Teller mit zwei Vierteln Tiefkühlpizza und Randresten, ein Glas Rotwein, eine zerknüllte Stoffserviette. Die

Vorhänge zugezogen, der Fernseher lief. Was für ein Leben, dachte sie, im Kerker irgendwelcher Gefühle.

Esther Graf deutete auf den Sessel, setzte sich aufs Sofa. Nachdem sie den Fernseher stumm geschaltet hatte, nickte sie in Richtung Pizza. »Haben Sie Hunger?« Ihre Bewegungen wirkten müde, ihre Stimme klang monoton. Unterhalb der Augen schimmerten schwarze Schatten durch eine Abdeckcreme hindurch. Sie sah aus, als hätte sie tagelang nicht geschlafen.

»Ich hab immer Hunger.«

»Aber sie ist nicht mehr warm. Wenn es Sie nicht stört …«

Louise winkte lächelnd ab, nahm ein Viertel. Salami und Pilze, nicht ihr Lieblingsbelag, aber in der Not fraß der Teufel Fliegen.

Sie biss hinein.

»Es geht also weiter.«

»Wie gesagt, ich würde es Ihnen gern ersparen, aber ich kann nicht.«

Esther Graf bedeutete ihr mit der Hand fortzufahren.

»Was haben Sie am Samstagabend gemacht?«

»Nichts. Ich meine, nichts Besonderes.«

»Haben Sie das Hotel verlassen?«

»Ich … war essen.«

»Allein?«

Graf nickte.

»Wo?«

»Sie meinen, in welchem Restaurant?«

»Ja.«

»Aber warum wollen Sie das alles wissen? Warum behandeln Sie mich wie …«

»Wie?«

»Wie eine Verdächtige.«

»Tue ich das?«

»Es kommt mir so vor.«

Louise überlegte, ob sie von ihrem Verdacht erzählen sollte – dass Hans Peter Steinhoff und der Unbekannte möglicherweise nach Freiburg gekommen waren, der eine, um zu tun, was ihm in Berlin nicht gelungen war, der andere, um es zu verhindern. Dass alles, was in Berlin geschehen war und andernorts geschehen würde, mit ihr, Esther Graf, zu tun hatte. Dass sie möglicherweise in Gefahr war.

Sie entschied sich dagegen, zumindest für den Moment. »Vielleicht weil ich glaube, dass Sie mir gegenüber nicht offen sind.«

Esther Graf löste den Blick von ihr, sah auf den Couchtisch, die Fernbedienung in der Hand. Zusammengesunken saß sie da, in ihrer Miene spiegelten sich Erschöpfung und Verstörung.

»In welchem Restaurant waren Sie, Esther?«

»Ich weiß nicht mehr, wie es hieß.«

»Wo ist es?«

»Irgendwo in der Nähe des Hotels.«

»Beschreiben Sie den Weg dorthin.«

»Ich bin … mit der U-Bahn gefahren, ein paar Stationen. Irgendwann bin ich ausgestiegen und …«

»An welcher Station?«

»Das weiß ich nicht.«

»Wie viele Stationen sind Sie gefahren?«

»Ich habe nicht darauf geachtet.«

»Woher hatten Sie die Fahrkarte?«

»Aus einem Automaten.«

»Und zurück?«

»Aus einem anderen Automaten.«

»Haben Sie sie noch?«

»Nein, man … man hebt doch keine Fahrkarten auf.«

»Und die Restaurantrechnung?«

Graf schüttelte den Kopf.

»Haben Sie bar bezahlt oder mit Karte?«

»Bar.«

»Lag das Restaurant direkt an der U-Bahn?«

»Ja … Also, ich weiß es nicht, vielleicht bin ich auch noch ein paar Schritte gegangen.«

»Wann waren Sie dort?«

»Um … gegen halb neun.«

»Was haben Sie gegessen?«

»Salat und Nudeln.«

»Nudeln mit?«

»Pesto.«

»Ein italienisches Lokal?«

»Ja.«

Louise warf einen Blick auf das zweite Pizza-Viertel auf dem Teller vor ihr. Aber Esther Grafs Pizza essen, während sie sie in die Enge trieb?

»Also ein italienisches Lokal, das vermutlich unmittelbar an der U-Bahn liegt. Welche Linie?«

Wieder ein Achselzucken.

»Das Hotel liegt an der U7«, sagte Louise. »Sie waren also in einem italienischen Restaurant, das vermutlich unmittelbar an der U7 liegt. Da wird es nicht so viele geben.«

»Ja«, murmelte Graf.

»Mit wem haben Sie sich getroffen?«

»Aber ich sage doch, ich war allein.« Graf legte die Fernbedienung auf den Tisch. »Vielleicht bin ich auch noch ein paar Schritte gegangen.«

»Von der U-Bahn zum Restaurant?«

»Ich glaube … ich bin die Treppe hoch und ein paar Minuten lang durch die Straßen gegangen. Irgendwo war dann das Restaurant.«

»Ein paar Minuten von der U-Bahn entfernt.«

»Ja.«

»Sie waren verabredet, nicht wahr?«

Graf antwortete nicht.

»Wen haben Sie getroffen?«

Stille senkte sich über den Raum. Dann stand Graf abrupt auf und verließ das Zimmer. Louise hörte sie die Treppe hinaufgehen, fast lautlos, nur ein leichtes Schaben war zu hören, wenn die Hausschuhe den Teppich berührten.

Über ihr wurde eine Tür geöffnet und geschlossen.

Dann herrschte wieder Stille.

Fünf Minuten verstrichen. Esther Graf kam nicht zurück.

Louise stand auf. Graf log, und es ging ihr nicht gut. Das wusste sie, mehr nicht. Auf welcher Seite ihre Zeugin stand, ob sie in Gefahr war oder für jemand anders eine Gefahr darstellte oder beides. Ob sie der Spionage verdächtigt oder vom Verfassungsschutz lediglich im Rahmen einer Personenüberprüfung durchleuchtet wurde. Und Sabotage oder Scientology? Kaum vorstellbar in Verbindung mit Esther Graf.

Von oben kein Laut.

Sie rief Kilian an. Nichts Auffälliges in der Umgebung von Grafs Haus, nur ein Liebespärchen, das seit zwei Stunden im Auto saß und sich nicht allzu leidenschaftlich küsste.

»Die waren gestern auch da. Unsere Freunde aus Stuttgart.«

»Dachten wir uns schon.«

»Meldet euch, wenn sich was tut.«

Sie unterbrach die Verbindung, wählte erneut. Wieder unendlich lange das Freizeichen, wieder der unfreundliche Bayer. Immerhin schien er grundsätzlich der Ansicht zu sein, dass der Polizei geholfen werden musste, selbst der badischen. Murrend sah er die Telefonlisten des vergangenen Samstags durch. Ja, Esther Graf war auf ihrem Zimmer angerufen worden, um 19 Uhr 11, das Gespräch hatte knapp acht Minuten gedauert.

Wusste er zufällig, ob beziehungsweise wann sie das Zimmer verlassen hatte?

Nein, schließlich konnte er vom Prenzlauer Berg aus nicht durch Tausende Hauswände hindurchsehen.

Louise verkniff sich eine Bemerkung. Vielleicht brauchte man den Bayern ja noch einmal.

Sie erhob sich und trat in den Flur. Über dem Haus lag vollkommene Stille. An dem Wäschehaufen vorbei stieg sie die Stufen hinauf. Oben drei Türen, zwei davon waren geöffnet, in den Räumen Licht. Ein seit Wochen nicht geputztes Bad, ein kleines Gästezimmer. Anders als in den übrigen Räumen herrschte dort Ordnung. Weil Esther Graf Besuch erwartete, oder weil nie Besuch kam?

Sie öffnete die geschlossene Tür. Das Schlafzimmer. Graf saß in einem Sessel vor dem Fenster. Auch hier hatte sie die Vorhänge zugezogen.

»Esther.« Louise berührte ihre Schulter. »Reden Sie mit mir, bitte.«

»Ich kann nicht«, flüsterte Graf.

»Wer hat Sie in Berlin angerufen? Mit wem haben Sie sich getroffen?« Sie kniete sich neben die Armlehne, legte eine Hand auf Grafs Arm. »Mit Leuten vom Verfassungsschutz?«

»Ich kann wirklich nicht …«

»Hat es mit Ihrer Firma zu tun? Mit GoSolar?«

»Gehen Sie doch endlich. *Bitte.*« Graf hatte die Augen geschlossen und rang mit den Tränen.

Louise wartete noch einen Moment, dann erhob sie sich. Sanft strich sie Esther Graf über die Schulter. »Passen Sie auf sich auf. Und fahren Sie nach Oberberg. Ist nicht so schlimm dort. Ich war da auch mal ein paar Wochen.«

Als Graf nicht reagierte, ging sie.

Kilian und Marc nicht zu sehen, genauso wenig das »Liebespaar« – der Wagen war leer. Vier Fahnder, die ein Haus observierten, Graf sollte ausreichend geschützt sein, falls sie Schutz benötigte.

Louise fuhr nicht zur B 31 hinunter, sondern über Waldsee und am Sternwald entlang. Als sie vor der Bahnschranke stand, rief Reinhard Graeve an.

Er hatte inzwischen mit Stuttgart telefoniert. Das Amt war in heller Aufregung – die Kripo Freiburg, namentlich Louise Bonì, gefährde langwierige Ermittlungen in einem hochkomplexen Fall und beschwöre eine Katastrophe herauf. Um Himmels willen, ziehen Sie Ihre Leute ab, bevor die alles verpfuschen. Wenn die nicht schon alles verpfuscht haben.

»Wir halten uns raus, Louise.«

Sie unterdrückte einen Fluch. »Und warum wollen die nicht kooperieren?«

Graeve erwiderte, das wisse er nicht. Er wisse so gut wie gar nichts. Der Kollege des LfV habe es nicht für nötig befunden, ihn in den hochkomplexen Fall einzuweihen.

»Und Steinhoff? Der Tatverdächtige?«

»Die kümmern sich um sie.«

»Bleiben sie auf unserer Fahndungsliste?«

Graeve zögerte. »Offiziell nicht, inoffiziell schon. Aber es darf unter keinen Umständen zugegriffen werden. Sind Sie noch bei Esther Graf?«

»Woher …« Sie brach ab.

»Die Stuttgarter«, erklärte Graeve.

Immerhin, dachte Louise, sie schalteten schnell.

Sie erzählte von dem Gespräch. Graeve teilte ihre Ansicht – Esther Graf verschwieg etwas. Doch falls sie sich in Berlin mit dem Verfassungsschutz getroffen habe, sagte er, müssten sie sich wohl keine Sorgen machen. Dann sei sie vermutlich auf der Seite der Guten.

Louise fragte sich, ob er dasselbe dachte wie sie: nur nicht die beiden Fahnder in Littenweiler erwähnen. Wer nicht erwähnt wurde, konnte vergessen werden. Wer vergessen wurde, konnte bleiben, wo er war. Konnte ein bisschen aufpassen, für alle Fälle.

»Ich sehe Sie morgen«, sagte Graeve.

»Ja«, erwiderte sie erleichtert.

Zu Hause glomm ein kleines rotes Licht und erfüllte das dunkle Wohnzimmer mit Freundlichkeit und Wärme. Dann kam eine vertraute, wenn auch ferne Stimme dazu, und in die Wohnung kehrte das Leben zurück. Ben hatte sein Handy in den Bergen über Sarajewo verloren, vor zwei Tagen schon, und weil er sich keine Zahlen merken konnte, wusste er keine ihrer Telefonnummern auswendig, und weil er von früh bis spät unterwegs und weil dies nun einmal Bosnien war, hatte es eine Weile gedauert, bis er ihre Nummer herausbekommen hatte, und nun war sie nicht zu Hause.

»Ich vermisse dich«, sagte die vertraute, ferne Stimme.

Dann komm heim, dachte sie.

Heim, wie das klang. Ein Zuhause in diesem Sinne gab es nicht. Die eine lebte in der Wiehre, der andere im Stühlinger. Und Freiburg war ganz sicher nicht Bens Zuhause, er wollte ja schon wieder weg.

»Ruf an, wenn du Zeit hast«, sagte die vertraute, ferne Stimme und hinterließ die Telefonnummer eines Hotels.

Nun, Zeit hatte sie genug, Sehnsucht ohnehin, nur Lust ganz plötzlich nicht. Das Problem war immer dasselbe, auch wenn man längst nicht mehr jung und unerfahren war, auch wenn man aufpasste: Kaum liebte man, verlor man sich in Kollateralschäden. Die eigene Wohnung kam einem leer vor, wenn der andere nicht da war. Man schlief schlechter, wenn man allein schlief, man aß ohne Freude, wenn man allein am Tisch saß, man wusste mit der freien Zeit nichts anzufangen, wenn man sie nicht teilen konnte. Man gab die Unabhängigkeit, die Autonomie dran, nur um ein bisschen lieben zu können und geliebt zu werden. Man wurde panisch.

»Ich liebe dich«, sagte die vertraute, ferne Stimme.

Klick, machte der Anrufbeantworter.

In dieser Nacht kamen keine Träume – aus einem einfachen Grund: Sie konnte nicht einschlafen. Die Sache mit der Liebe trieb sie um. Dass sie mit fünfundvierzig noch immer nicht gelernt hatte, im Fundament stabil zu bleiben, ob nun mit Partner oder ohne, war ernüchternd. Was zählten alle Kämpfe, die sie mit sich ausgefochten hatte, alle Siege über ihre Dämonen, wenn ihre Stabilität nur vorhanden war, solange sie nicht liebte?

Oder liebte sie auf die falsche Art?

Sie wälzte sich von einer Seite auf die andere, die Fragen blieben dieselben.

Im Halbschlaf am frühen Morgen sang ein Telefon, verstummte, begann von Neuem. Sie brauchte Minuten, um zu begreifen, dass der Gesang aus ihrem Wohnzimmer kam. Während sie hinüberlief, brach die Melodie ab, und das Festnetztelefon begann zu läuten.

Kilian.

»Wir brauchen dich«, sagte er.

Esther Graf hatte versucht, sich das Leben zu nehmen. Der Schutzengel hatte sie gerettet.

7

IM AUTO, AUF DER KURZEN FAHRT zum Krankenhaus, rief sie Kilian zurück.

Esther Graf hatte sich eine Pulsader aufgeschnitten.

»Ich hab's vermasselt«, sagte Kilian.

Louise wollte etwas erwidern, brachte keinen Ton heraus. Die Ampel vor ihr sprang auf Rot, sie beschleunigte. Mit dem Ärmel wischte sie sich Tränen aus den Augen, dann hielt sie sich das Handy wieder ans Ohr. Aber sie konnte noch immer nicht sprechen.

Der Druck in der Brust war wieder da, die Angst im Kopf.

»Scheiße«, sagte Kilian.

Die nächste rote Ampel, wieder gab sie Gas. Sie unterbrach die Verbindung, vor ihr lag das Krankenhaus.

Kilian wartete vor dem Haupteingang auf dem Gehsteig. Louise parkte in zweiter Reihe, schaltete den Warnblinker an, stieg aus.

»Wie geht es ihr?«

»Unverändert.«

»Verflucht, Kilian, sag mir, ob sie überlebt!«

»Ja.« Er hatte die Hände in die Jackentaschen gesteckt, die erschöpften Augen lagen auf ihr. »Willst du sie sehen?«

»Erzähl erst mal.«

Er atmete durch. »Viel gibt es nicht zu erzählen.«

Marc und er hatten abwechselnd im Wagen gesessen und Rundgänge gemacht. Etwas Auffälliges hatten sie nicht bemerkt. Gegen zwei Uhr morgens war plötzlich ein Rettungswagen vorgefahren. Sie waren ausgestiegen, mit den beiden Sanitätern nach oben gelaufen.

Die Haustür hatte offen gestanden.

Sie hatten Esther Graf im Morgenmantel in ihrem Bett gefunden, bewusstlos, ein Handgelenk verbunden. Jemand musste sich um sie gekümmert haben, denn sie hatte es im Bad getan, in der Wanne. Undenkbar, dass sie allein hinausgekommen wäre, angesichts des Blutverlustes. Das Wasser war rot gewesen, die Kacheln von Blut bespritzt.

Kilian hielt inne, fuhr sich mit der Hand über die Augen. »Mann, bin ich froh, dass sie nicht dringelegen ist.«

»Weiter, Kilian.«

Die Bodenfliesen waren überschwemmt gewesen, der Teppich in Flur und Schlafzimmer feucht. Wer auch immer im Haus gewesen war, hatte sie aus der Wanne gehoben, das Blut gestillt, den Verband angelegt. Ihr den Morgenmantel angezogen und sie ins Schlafzimmer getragen.

Dann hatte er den Notruf abgesetzt.

»Haben wir einen Namen? Eine Nummer?«

»Keinen Namen, aber eine Handynummer. Es muss sein Handy sein, Esther Graf hat keins.« Kilian reichte ihr einen Notizzettel. »Die Nummer wird schon überprüft.«

»Hast du die Techniker angefordert?«

»Noch nicht.«

»Mach das. Sobald sie am Morgen in der PD sind, sollen sie nach Littenweiler fahren. Bis dahin betritt niemand das Haus. Er wird Spuren hinterlassen haben.«

Kilian zog das Handy aus der Tasche.

»Warte«, sagte Louise. »Was ist mit dem Verfassungsschutz?«

»Die sind kurz nach uns ins Haus gekommen.«

»Das Pärchen aus dem Auto?«

»Ja.«

Kilian und die Frau – Antje Harth – hatten vereinbart, die Zuständigkeiten später zu klären. Zu diesem Zeitpunkt war anderes wichtiger gewesen. Gemeinsam hatten sie sich in den Zimmern umgesehen. Gemeinsam waren sie gegangen. Gemeinsam hatten sie die Tür versiegelt.

»Wo sind sie jetzt?«

Kilian zuckte die Achseln. Er war mit dem Rettungswagen mitgefahren, hatte die Stuttgarter Kollegen noch einmal kurz an ihrem Auto gesehen, beide mit einem Telefon am Ohr. Im Krankenhaus waren sie nicht aufgetaucht.

»Und Marc?«

»Ist in Littenweiler geblieben. O Mann, Louise …« Er ließ den Kopf auf ihre Schulter sinken.

Sie streichelte ihm über die Haare, fühlte sich dadurch selbst ein wenig getröstet. *Sie* hatte es vermasselt, nicht Kilian.

Dann schob sie ihn von sich. »Meine Schuld, Kilian. Ich hätte mit so was rechnen müssen.«

Er strich sich die widerspenstigen Haare zurück. »Das Licht im Bad war an. Von elf bis zwei. Drei Stunden. Niemand ist drei Stunden im Bad.«

»Hör auf, dir Vorwürfe zu machen.«

»Ich hab das Licht gesehen und nicht geschaltet. Ich hab aufgepasst und ihn trotzdem nicht bemerkt. Er muss die ganze Zeit …«

»Hör auf, Kilian!«

Aber er konnte nicht aufhören. Der Mann war in der

Nähe des Hauses gewesen, irgendwie hineingelangt, hatte Esther Graf verbunden – und er, Kilian, hatte herumgestanden und nichts bemerkt.

»Ruf jetzt an, Kilian. Sag ihnen, ich will Lubowitz. Und ruf Marc an, er muss dafür sorgen, dass niemand das Haus betritt, bevor Lubowitz drin war.«

Kilian nickte. Sie hörte ihn sprechen, achtete aber nicht auf seine Worte. Sie dachte an den Unbekannten, der Esther das Leben gerettet hatte, fragte sich, wo er sein mochte. Ob er in der Nähe des Hauses auf den Krankenwagen gewartet hatte und ihm dann gefolgt war.

Sie ließ die Augen über die parkenden Autos, die nächtlich ruhige Straße gleiten. Eine Straßenleuchte und das Orange des Warnblinkers sorgten für ein wenig Licht. Außer Kilian und ihr schien niemand hier zu sein. Aber was hieß das schon? Vier Ermittler hatten Esther Grafs Haus beobachtet, keiner von ihnen hatte den Mann bemerkt.

Kilian hatte aufgehört zu sprechen, und ihre Blicke begegneten sich. Mit der freien Hand griff er zum Waffenholster. Er hatte verstanden.

Während er zur Straße trat, versuchte sie, Ordnung in ihre wirren Gedanken zu bringen. Esther war in Berlin von dem unbekannten Mann aus Zimmer 35 gewarnt worden. Sie gingen davon aus, dass derselbe Mann sie heute Nacht gerettet hatte. Falls das zutraf, war er in den entscheidenden Momenten in ihrer unmittelbaren Nähe gewesen und doch unsichtbar geblieben – auch für Esther.

Sie winkte Kilian zu sich. Wenn der Mann noch hier war, dann nicht draußen, sondern irgendwo in dem Gebäude.

In Esthers Nähe.

Esther Graf lag auf der Intensivstation. Sie kamen nur bis zur Schleuse, durften nicht einmal einen Blick auf sie werfen. Die junge Nachtschwester, die in einem kleinen Raum hinter einer Glasscheibe saß, schien klare Anweisungen erhalten zu haben.

Zehn Minuten später trat der behandelnde Arzt – Bertram Faller, ein kleiner, kräftiger Mann mit Vollbart – zu ihnen und sagte: »Keine Besuche, keine Gespräche.«

»Wenn sie wach ist, muss ich mit ihr reden«, erwiderte Louise.

»Nein.« Entschieden schüttelte Faller den Kopf. »Sie mag ja eine wichtige Zeugin sein – aber sie hat versucht, Suizid zu begehen.« Wenn sie aufwache, würden nur Ärzte und Psychologen um sie herum sein. Sobald sie physisch stabilisiert sei, werde sie in die Psychiatrie verlegt. Sie sei durch einen Zufall bei ihm gelandet, und er werde sich um sie kümmern, sie nach bestem Wissen und Gewissen schützen. Das heiße: Keine Gespräche mit der Kripo, kein Stress. »Haben wir uns verstanden?«

Faller war voller Energie, und Louise spürte, dass sie seiner Kraft in dieser Nacht nichts entgegenzusetzen hatte. »Dr. Faller …«

»Nein.« Er hob die Hände und wollte sich abwenden.

»He«, sagte Kilian matt.

»Warten Sie«, bat Louise.

Sie erzählte von dem Mann, der Esther vermutlich gerettet hatte. Dass er wegen versuchter Tötung gesucht wurde und möglicherweise hier im Krankenhaus war, in ihrer Nähe.

»Aber er wird ihr nichts tun, richtig?«

»Er wahrscheinlich nicht. Jemand anders vielleicht schon.«

»Braucht sie Schutz?«

»Wir müssen davon ausgehen.«

»Dann kümmern Sie sich darum.« Faller entfernte sich ein paar Schritte, wieder hielt Louise ihn zurück.

»Eine Frage noch.«

»Ja?«

»Hat sie es … richtig gemacht?«

Faller zog die Brauen hoch, nickte.

»Womit?«

»Mit einer Rasierklinge.«

»Können Sie ungefähr abschätzen, wann?«

»Fünf, höchstens zehn Minuten, bevor sie notversorgt wurde. Haben wir's dann?«

»Noch nicht.« Louise rieb sich die Schläfen. An der Decke über ihr sirrte eine der Leuchtröhren, ein stetes, hohes Geräusch, das sich nicht ausblenden ließ. »War der Verfassungsschutz schon hier?«

»Der …« Faller kniff die Augen zusammen.

»Wie gesagt, sie ist wichtig.«

»Hat sie es deshalb getan? Weil die Polizei findet, dass sie wichtig ist?«

»Blödsinn«, sagte Kilian.

»Wenn der Verfassungsschutz kommt, kriegt er das Gleiche zu hören wie Sie: keine Gespräche.« Damit öffnete Faller die Tür zur Intensivstation und verschwand.

Kilian telefonierte erneut mit dem Führungs- und Lagezentrum, bat um vier Kollegen von der Schutzpolizei. Die Intensivstation hatte der Nachtschwester zufolge zwei Eingänge. Beide mussten bewacht werden. Eine Nonne im weißen Habit brachte Kilian durchs Treppenhaus zur anderen Schleuse.

Louise bekam einen Stuhl, aber sie fand nicht die Ruhe,

um zu sitzen, ging stattdessen den leeren Flur entlang. Das Summen der Leuchtröhre verfolgte sie, blieb konstant laut, selbst als sie das andere Ende des Ganges erreicht hatte. Sie legte die Hände auf die Ohren, aber es half nicht, das Geräusch war immer noch da, das Geräusch und der Anblick, den Kilian beschrieben hatte: das rote Wasser in der Badewanne, die blutbespritzten Kacheln.

Sie hatte das Ende des Ganges erreicht, drehte um. Aus dem Treppenhaus waren Schritte und Stimmen zu hören, die Streifenbesatzungen kamen.

Zwei Kollegen blieben an der Schleuse, die beiden anderen folgten einer Nonne zurück zum Treppenhaus. Die Nachtschwester brachte weitere Stühle.

Louise nahm ihre Wanderung wieder auf. Das Summen im Kopf war lauter geworden. Sie sah Esther in der Badewanne liegen, die Augen geschlossen, die Haare schwammen neben ihrem Gesicht. Die Pulsader aufgeschnitten, dachte sie verwirrt. Die Aggressivität, das Körperliche daran passten nicht. Esther würde – wenn überhaupt – doch Tabletten nehmen, kein solches Gemetzel an sich selbst anrichten.

Sie kehrte zum Büro der Nachtschwester zurück. »Holen Sie Faller.«

Die Schwester griff zum Telefon. Momente nachdem sie aufgelegt hatte, öffnete sich die Schleuse der Station, und Faller trat in den Gang. Kilian war bei ihm.

»Sie müssen sie etwas fragen«, sagte Louise.

»Und zwar?«

»Ob sie es selbst getan hat.«

»Gibt es da Zweifel?«

»Es passt einfach nicht zu ihr. Sich die Pulsader aufzuschneiden, meine ich.«

Faller widersprach. Wenn der Entschluss spontan, der

Leidensdruck groß genug und nichts anderes zur Hand war – Tabletten, ein Gasherd, ein Auto –, schnitten sich auch Lebensmüde die Pulsadern auf, zu denen das nicht zu passen schien. Dazu kam, dass Esther Graf sich nur an einem Handgelenk verletzt hatte, nicht an beiden. Der Schock, der Ekel, der Schmerz waren möglicherweise stärker gewesen als die Entschlusskraft. »Sie hofft, dass es reicht, legt sich zurück, schließt die Augen. Irgendwann verliert sie das Bewusstsein … Ich könnte Ihnen Dutzende solcher Fälle nennen.«

»Trotzdem. Fragen Sie sie, ja?« Louise reichte ihm ihre Visitenkarte. »Und lassen Sie diese verdammte Leuchtröhre auswechseln, sie ist kaputt, hört das denn keiner?«

Faller warf einen Blick zur Decke hinauf, tat dann schmunzelnd einen Schritt in Richtung Schleuse. »Sie sollten heimgehen und schlafen, Frau Bonì. Sie sehen sehr müde aus.«

»Noch nicht. Können Sie uns einen Gebäudeplan besorgen?«

Kilian hob eine Fotokopie.

»Rufen Sie mich an«, sagte Louise.

Faller nickte und verschwand in der Intensivstation.

»Versuchter Mord?«, fragte Kilian leise.

Sie wusste, was ihm durch den Kopf ging. Dann wäre nicht nur der Schutzengel unbemerkt in Esthers Haus gelangt, während Kilian draußen gestanden hatte, sondern auch ein potentieller Mörder.

Sie tätschelte seine Schulter. »Nur ein Gedanke, reg dich nicht auf, okay?«

Er breitete die Arme aus, ließ sie sinken – du hast gut reden, du bist nicht schuld.

»Kilian, dafür hab ich jetzt echt keine Nerven. Zeig mir den Plan.«

Er reichte ihr einen Grundriss, ein Gewirr aus Linien, Zahlen, Wörtern unter der Überschrift »Neubau«. Drei Stockwerke plus Keller, Dutzende Gänge, verschiedene Treppenhäuser, das erkannte sie noch. Zu mehr war ihr Gehirn nicht mehr fähig. »Wo sind wir?«

»Hier.« Kilian deutete auf einen Gang im zweiten Stock.

»Gut, fangen wir an. Achte auch auf den Boden. An seinen Sohlen könnte Blut sein.«

»Bevor du auf Ideen kommst: Wir bleiben zusammen.«

Sie zuckte die Achseln. »Hab sowieso keine Waffe dabei.«

»Dein Anblick wird ihn zu Tode erschrecken.«

Sie lächelte. Wenigstens einer von ihnen war noch in der Lage, Sprüche zu klopfen.

Sie begannen mit der Kaffeeküche, arbeiteten sich langsam den Flur hinauf. Das elektrische Summen begleitete Louise und wurde immer quälender. »Hörst du das?«, fragte sie.

»Ja.«

Und zwei Türen weiter: »Jetzt auch noch?«

»Entfernt.«

Wieder zwei Türen weiter: »Und jetzt?«

»Nicht mehr.«

»Mist, ist in meinem Kopf.«

Ärztebüros, eine Putzkammer, Personaltoiletten, ein Ruheraum für die Pfleger, keine Patientenzimmer in diesem Flügel laut Gebäudeplan. Räume hinter abgeschlossenen Türen übersprangen sie, die Nachtschwester hatte ihnen den Generalschlüssel verweigert, solange kein Durchsuchungsbeschluss vorlag – den sie zweifellos auch nicht bekommen würden.

Hin und wieder begegneten sie Mitarbeitern der Nachtschicht, manche mit Habit, andere nicht. Im Ruheraum schlief eine Nonne, in der Toilette warteten sie angespannt vor einer abgeschlossenen Kabine, dann trat einer der Schutzpolizisten heraus. Auf dem Gang lief Faller ein paarmal an ihnen vorbei, seinem Blick entnahm Louise, dass er sie für nicht ganz zurechnungsfähig hielt. Sie dachte, dass er recht hatte, vielversprechend war die Suche nicht. Wenn Esthers Schutzengel nicht wollte, dass sie ihn fanden, würden sie ihn auch nicht finden.

Falls er überhaupt hier war.

Zwanzig Minuten später bogen sie in einen Quergang ein. Louise legte die Hände auf die Ohren, das Summen blieb.

»Du bist halt müde«, sagte Kilian.

»Quatsch, ich bin hellwach.«

»Zwei Minuten Pause?«

»Na gut.« Sie ließ sich auf den Boden sinken, lehnte sich mit der Schulter an Kilians Bein, der stehen geblieben war. Was hatte Faller gesagt? Esther war fünf, höchstens zehn Minuten, nachdem sie sich die Pulsader aufgeschnitten hatte, versorgt worden. Also war ihr Retter entweder die ganze Zeit im Haus gewesen, oder er hatte sich zufällig zu diesem Zeitpunkt hineingeschlichen, oder ihm war das brennende Badlicht aufgefallen, und er hatte die richtigen Schlüsse gezogen.

Keine dieser Möglichkeiten kam ihr besonders plausibel vor.

Ein Gedanke von vorhin ging ihr durch den Kopf: in den entscheidenden Momenten in Esthers Nähe und doch immer unsichtbar. Anders als die Kripofahnder und der Verfassungsschutz, die ebenfalls unsichtbar geblieben waren, den entscheidenden Moment jedoch verpasst hatten.

Fluchend legte sie das Gesicht in die Hände. Noch einmal von vorn. Der Unbekannte. Die Fahnder. Ein Netz aus Beobachtern. Fünf, höchstens zehn Minuten.

Sie hob die Arme, ließ sich von Kilian hochziehen. »Ruf Marc an.«

Er hielt das Telefon schon in der Hand. »Ich hab hier drin keinen Empfang.«

»Ihr Haus ist verwanzt, die hören sie ab. Wahrscheinlich haben sie sogar Kameras installiert.«

Kilian sah sie zweifelnd an. »Wer?«

»Keine Ahnung. Er.«

»Aber Wanzen? Und Kameras?«

»Er muss es *gesehen* haben, Kilian. Deshalb ist er rechtzeitig gekommen.«

Und er hatte *sie* gesehen, zweimal bei Esther, ihre Telefonate mit Kilian und dem Berliner Bayern mitgehört. Kalte Schauer liefen ihr über den Rücken. Womöglich beobachtet und belauscht, ohne es zu bemerken ... Dabei bildete sie sich so viel auf ihre Intuition ein.

Sie verdrängte das Unbehagen und lief voran. Im Treppenhaus funktionierte Kilians Handy wieder. Eine Nachricht war eingegangen, Marc hatte auf die Mailbox gesprochen. Kilian legte die freie Hand an ihren Arm, während er zuhörte. »Er sagt, da sind Leute, die offenbar zum Haus wollen.«

»Verflucht!«

»Zwei Männer. Er fragt, was er tun soll.«

»Ruf ihn endlich an!« Louise begann zu rennen, soweit ihr das in ihrem Zustand und auf einer Treppe möglich war. Sie zerrte das Handy aus der Hosentasche. Während sie wartete, dass die Verbindung aufgebaut wurde, hörte sie Kilian sagen: »Lauter, Marc!«, dann: »Scheiße, ich versteh dich nicht!«, dann: »Er hat aufgelegt.«

»Versuch's noch mal.«

Der Kollege vom Führungs- und Lagezentrum meldete sich. Sie forderte weitere Streifenbesatzungen an und bat darum, bei der Landespolizeidirektion nachzufragen, ob das Mobile Einsatzkommando auf die Schnelle verfügbar war. Sie nannte das Ziel, beschrieb in kurzen Worten die Lage.

»Besetzt«, sagte Kilian.

»Und hol Rolf Bermann aus dem Bett«, sagte Louise.

»Uff«, erwiderte der Kollege vom FLZ.

Sie hatten das Erdgeschoss erreicht, rannten auf den Ausgang zu. Das Summen in ihren Ohren war stärker geworden und hatte sich um ein paar Töne nach oben bewegt. Es klang jetzt nicht mehr elektrisch, sondern metallisch und fühlte sich beinahe wie ein Gegenstand an, ein Quader aus Stahl, der quer durch ihr Gehör führte und schwer im Zentrum ihres Kopfes saß.

Kilian sagte etwas, aber die Wörter passierten den Quader nicht.

»Was?«, rief sie.

»Wenn ihm was passiert ist …«

»Quatsch!«

Sie stieß die Tür auf, sprang ins Freie. Wieder ließ der Quader einen Satz Kilians nicht durch. »Red lauter, verflucht!«

»Steinhoff!«, schrie er.

Sie wusste, was er meinte. Steinhoff war brutal zusammengeschlagen worden und lebte vielleicht nur noch, weil ihm irgendein glücklicher Zufall zu Hilfe gekommen war. Weshalb sollten sie mit Marc anders verfahren?

Sie schüttelte den Kopf, nicht dran denken, Kilian …

Ihr Handy klingelte, der Kollege vom FLZ. Das MEK

war unterwegs, Bermann dagegen nicht erreichbar, unter keiner seiner Nummern. »Scheiße!«, schrie sie und steckte das Handy weg. Mit dem Adrenalin raste blanke Angst durch ihre Blutbahnen. Nur nicht zusammenklappen jetzt, nicht an Esther und Marc denken, nicht daran, dass sie Verantwortung trug für das, was geschah, Dass ein Schlückchen, ein Gläschen, ein Fläschchen diese Last erträglich machen könnte. Denk daran, dass es ein Leben außerhalb des Dienstes gibt, einen kleinen Bruder, Ben, denk daran, dass Liebe etwas Wunderbares ist, man muss es nur richtig anstellen, dann wird sie schön und handlich …

Aber das ging nicht, an Germain oder Ben denken, sie hatte Esther Graf vor Augen, in einer mit rotem Wasser gefüllten Badewanne, und Marc, auf der Flucht vor zwei Schatten.

8

IM AUTO WURDE ES BESSER. Die Konzentration auf das Fahren vertrieb die Bilder vor ihrem inneren Auge, und der Motor übertönte das Geräusch in ihrem Kopf. Aber sie spürte das Gewicht, da lag etwas quer, von Ohr zu Ohr.

Kilian versuchte es erneut bei Marc, bekam nur das Freizeichen. Sie diktierte eine SMS: *Sind gleich da, melde dich.*

Keine Antwort.

Auf der Schwarzwaldstraße wurden sie von einem halben Dutzend Streifenwagen mit Martinshorn und Blaulicht überholt. Louise beschleunigte und hielt das Tempo des Konvois. Kilian rief den Einsatzleiter an, auf seine Bitte hin wurden die Martinshörner abgestellt.

Sie rasten durch Littenweiler.

»Scheiße, ausgeschaltet«, sagte Kilian und legte das Handy in den Schoß.

Die Straße zu Esthers Haus war menschenleer. Sie passierten das Auto, mit dem Kilian und Marc am späten Nachmittag gekommen waren. Der Wagen der Stuttgarter war fort.

Im Haus brannte kein Licht.

Zusammen mit den Streifenbesatzungen eilten sie zum Wagen des Einsatzleiters, eines alten Bekannten vom Revier-Süd: Helm Brager, der vor zwei Jahren auch den Einsatz in Merzhausen befehligt hatte. Louise reichte ihm die Hand.

»Dein Fall?«, fragte Brager.

»Ist nicht so ganz klar. Der Verfassungsschutz hängt mit drin.«

Brager legte die Stirn in Falten, sagte jedoch nichts.

Sie wusste nicht viel über ihn, nur dass er seit langem gegen eine Krebserkrankung ankämpfte. Wie im November 2003 sah man ihm den Kampf an – das Gesicht eingefallen und vollkommen ohne Behaarung, auf Stirn und Wangen stand Schweiß. Auch an die in den Winkeln zusammengekniffenen Augen erinnerte sie sich. Seine Stimme kam ihr leiser vor als damals.

Sie informierte ihn über die Lage: drei Personen, vermutlich bewaffnet, ein Kollege vom D 24, vielleicht als Geisel, die Situation unklar. Um 3 Uhr 11 hatten sie zum letzten Mal mit dem Kollegen gesprochen, also vor neunzehn Minuten. Was seitdem geschehen war, wussten sie nicht.

»Was für Typen sind das?«, fragte Brager.

»Keine Ahnung. Auf jeden Fall Profis.«

»Vom Verfassungsschutz?«

»Glaube ich nicht.«

Brager öffnete den Mund, ohne etwas zu sagen. Seine Augen wurden klein, und er schien den Atem anzuhalten. Im hektischen Widerschein der Blaulichter wirkten seine knochigen Züge, als wäre alles Leben aus ihnen gewichen.

»Bist du okay?«, fragte sie leise.

Er nickte. »Gehen wir rauf.«

»Wir sichern das Gelände, dann warten wir auf das MEK.«

Louise stand mit Kilian und Brager im Schutz eines kleinen Holzschuppens am Ende der Treppe, etwa fünfzehn Meter von der Eingangstür entfernt. Sie rechnete nicht mit einem

Schusswechsel, wollte aber nichts riskieren. Zwei uniformierte Kollegen durchstreiften die nähere Umgebung auf der Suche nach Marc, dessen Telefon nach wie vor ausgeschaltet war. Die übrigen hatten sich weiträumig um das Haus verteilt.

Hinter den Fenstern regte sich nichts.

»Da ist keiner drin«, sagte Brager.

Sie dachte an den Unbekannten, der kam und ging, ohne dass er bemerkt wurde. Der da war, ohne dass man ihn sah.

3 Uhr 35. Das MEK musste jeden Moment eintreffen. Sie warf einen Blick auf die Straße, den Hang hinunter. In der Ferne waren Blaulichter zu erkennen, die sich rasch näherten. Sie zählte vier Autos. Acht Mann, dazu Bragers Leute, Kilian und sie. Rund fünfundzwanzig Einsatzkräfte auf zwei, drei Verdächtige. Unter normalen Umständen genügte das. Bei einer Geiselnahme sah es anders aus.

»Wir brauchen ein Megaphon«, sagte sie zu Brager und zog das Handy aus der Hosentasche, um sich mit dem Kommandoführer des MEK in Verbindung zu setzen.

»Louise ...«, murmelte Kilian.

Sie ließ das Handy sinken. Die Haustür war geöffnet worden. Zu sehen war niemand.

Brager hatte das Funkgerät am Mund, sagte leise: »Bewegung am Haus, Tür geöffnet. Wir warten ab.«

Louise starrte auf das schwarze Rechteck. Vor ihrem inneren Auge sah sie den schmalen Flur dahinter, die Garderobe mit dem Kleidungschaos, darunter das Durcheinander von Schuhen. Bewaffnete, die im Dunkel lauerten.

Weitere Sekunden verstrichen, ohne dass etwas geschah.

Dann rief eine Stimme: »Wir kommen raus! Nicht schießen!«

»Marc«, sagte Kilian.

Brager sprach ins Funkgerät. Am Rande ihres Blickfeldes nahm Louise Bewegungen wahr. Die Streifenbesatzungen postierten sich, notdürftig geschützt von einzelnen Bäumen, einem Zaun, einer Bodenerhebung. Hin und wieder blitzte im Mondlicht auf einer Schulter ein alufarbener Stern auf.

Dann stolperte Marc ins Freie. Seine Hände lagen auf dem Rücken, der Mund war mit Klebeband verschlossen, die Fußgelenke mit einem Strick aneinandergebunden, der kaum dreißig Zentimeter Spiel ließ. Unmittelbar hinter ihm ging ein vermummter Mann. Eine Hand lag an Marcs Arm, mit der anderen drückte er ihm die Mündung einer Pistole an die Schläfe.

»Kein Zugriff!«, sagte Louise.

Brager gab den Befehl weiter.

Ein paar Meter vor dem Haus blieben Marc und der Mann stehen. In der Türöffnung erschienen zwei weitere Personen, traten hinaus und verharrten. Auch sie trugen schwarze Gesichtsmasken mit Augenschlitzen und hielten Pistolen in den Händen. Beide hatten Rucksäcke auf dem Rücken.

»Krasser Scheiß«, sagte Kilian. »Wer zum Teufel *sind* die?«

Louise antwortete nicht. Sie fragte sich, ob es von Bedeutung war, dass die Waffen der beiden Männer auf niemanden gerichtet waren, sondern zu Boden zeigten. Als wollten sie die Bedrohlichkeit der Lage nicht unnötig verschärfen.

Es war nun beinahe vollkommen still. Bis auf das Summen in ihrem Kopf, Bragers kurze Atemstöße, die Rufe eines Nachtvogels im Wald war kein Geräusch zu hören.

»Wir müssen was unternehmen«, sagte Kilian.

»Auf keinen Fall.«

»Willst du warten, bis sie ihn erschießen?«

»Die erschießen ihn nicht, Kilian.« Aus dem Augenwinkel sah sie, dass die Blaulichter der MEK-Autos das Zentrum von Littenweiler erreicht hatten. Jetzt hörte sie auch die Motoren. Zwei, drei Minuten noch, dann wären sie hier. Ein Dutzend für Lagen wie diese ausgebildete Kriminalbeamte, ein Kommandoführer, dem die Entscheidungen über das weitere Vorgehen oblagen. Keine Scharfschützen, trotzdem würden die Kollegen den Zugriff wagen, sobald sich eine Gelegenheit bot. Da hätten besonnene Worte einer Hauptkommissarin mit zweifelhaftem Ruf nicht viel Gewicht.

»Du willst sie abhauen lassen?«, fragte Kilian.

Bevor sie antworten konnte, war ein metallisches Klicken zu hören. Der Vermummte hinter Marc hatte den Hahn seiner Waffe gespannt.

»Scheiße, ich sag's dir doch!«, zischte Kilian.

»Sei endlich still!«

Mit angehaltenem Atem starrte sie auf die Pistole an Marcs Schläfe. Und wenn sie sich täuschte, wieder einmal? Verzerrte Bilder aus der Vergangenheit zuckten vor ihrem geistigen Auge, eine ähnliche Situation vor zweieinhalb Jahren, zahlreiche Einsatzkräfte, das MEK positioniert, auf einer Lichtung im Wald hielt ein Geiselnehmer einem Kollegen die Waffe an den Kopf – und schoss.

»Die warten auf irgendwas«, sagte Brager.

Endlich begriff Louise. »Machen wir Platz.« Sie entfernte sich ein paar Schritte von der Treppe. Brager und Kilian folgten zögernd. Als hätten sie tatsächlich auf dieses Signal gewartet, setzten sich die Männer in Bewegung und kamen langsam auf sie zu. Marc ging mit kleinen Schritten voran. Er hielt den Kopf gesenkt, wirkte eher beschämt als verängstigt.

»Bist du okay?«, fragte Kilian laut.

Marc nickte, ohne aufzuschauen.

»Keine Gegenwehr, hörst du?«, sagte Louise.

Wieder das Nicken.

Sie sah auf die Waffe an seiner Schläfe. Bis vor zwei Jahren hatte die Kripo Freiburg dasselbe Modell benutzt – eine Walther P5.

Die Pistole, die der Unbekannte in Berlin getragen hatte.

Sie schaute den Mann hinter Marc an, rief sich Steinhoffs Beschreibung in Erinnerung. Etwa eins fünfundachtzig groß, zwischen dreißig und vierzig Jahre alt, kräftig. Was sie sah, passte.

Sein Blick lag auf ihr, während er vorbeiging. Dunkle, ausdrucksstarke Augen, die ihr das Gefühl vermittelten, dass er sie erkannt hatte.

Wanzen und Kameras …

»Wir müssen reden«, sagte sie. »Sie wissen, wer ich bin. Rufen Sie mich an.«

Der Mann reagierte nicht.

Dann hatten Marc und er die Treppe erreicht, stiegen hinunter, gefolgt von den beiden anderen. Unten auf der Straße wandten sie sich in Richtung Wald. Die zwei Männer mit den Rucksäcken liefen jetzt voraus, Marc und der dritte kamen langsamer nach, als bliebe alle Zeit der Welt.

Nur Sekunden, nachdem die Gruppe zwischen den Bäumen verschwunden war, raste der erste MEK-Wagen in die Kurve.

Kilian berührte ihren Arm. »Ich muss ihnen nach.«

»Sie tun ihm nichts.«

»Und Steinhoff?«

Sie wischte sich den Angstschweiß von Stirn und Wangen. »Bei Steinhoff muss es einen Grund gegeben haben. Bei Marc gibt es keinen.«

»Er hat ihre Gesichter gesehen, vielleicht was gehört. Ich bin für ihn verantwortlich, Louise.«

»Und ich bin für dich verantwortlich. Du bleibst hier.«

Auf der Straße unter ihnen stiegen die ersten MEKler aus den Autos. Sie trugen Schutzwesten. Kofferräume wurden geöffnet, Visierhelme und Maschinenpistolen ausgegeben.

»Pass auf, dass keiner ins Haus geht«, sagte sie und lief die Treppe hinunter.

Der Kommandoführer kam ihr entgegen. »Bist du Bonì?«

»Ja.«

»Ihr habt eine Geiselnahme?«

»Nicht mehr.« Sie berichtete kurz.

»Du willst sie laufen lassen?«

»Nur für heute.«

Sie kehrte zu Brager zurück, der oben am Treppenabsatz wartete. Er hielt ein Taschentuch in der Hand, wischte sich Gesicht und Kopf trocken. Schweigend sah sie ihm zu. Sie spürte, dass er am Ende seiner Kräfte war, nicht nur in dieser Nacht, sondern grundsätzlich. Er hatte lange gekämpft, jetzt war die Energie aufgezehrt.

»Du brauchst mal eine Pause, Brager.«

Er ging nicht darauf ein. »Tut mir leid, das mit dem Kollegen.«

»Danke.«

Sie bat ihn, vier seiner Schutzpolizisten beim Haus zu lassen, mehr brauchte sie nicht. Keine Straßensperren, keine Fahndung, solange Marc nicht in Sicherheit war.

Brager nickte und sagte etwas. Sie hob die Hände an

die Ohren. »Ich hab da so ein Geräusch im Kopf und hör gerade schlecht.«

Er rang sich ein Lächeln ab. »Wir brauchen beide eine Pause.«

»Ja.«

»Ich soll dir was ausrichten.«

»Von wem?«

»Kilian.«

Sie wandte sich dem Haus zu. Bragers Schutzpolizisten standen wartend auf dem gepflasterten Weg, Kilian war nicht zu sehen.

Unten auf der Straße wäre er an ihr vorbeigekommen. Er musste von hier oben aus in den Wald gelaufen sein. In zehn Metern Entfernung stand ein niedriger Holzzaun, dahinter, schon in der Dunkelheit, lag ein Streifen Wiese, dann begann ein Dickicht aus Bäumen und Gebüsch.

Sie blickte Brager wieder an. »Und zwar?«

»Ruft ihn nicht an. Er meldet sich.«

Sie hatte mit Wut gerechnet, stattdessen fühlte sie sich nur erschöpft und alt. Vor einem Jahr noch, dachte sie, wäre sie Kilian nachgelaufen, hätte vielleicht sogar selbst darauf bestanden, den Geiselnehmern zu folgen. Beides kam in ihrem Zustand nicht in Frage.

Blieb nur die Hoffnung, dass Kilian sich mit der Beobachtung begnügte und nicht versuchen würde, Marc zu befreien.

»Also dann, Louise«, sagte Brager und reichte ihr die Hand. »Bis zum nächsten Mal.«

»Alles Gute, Helm.«

Sie sprach mit den verbliebenen Streifenbesatzungen, umrundete das Haus, während sie versuchte, einen Gedanken zu greifen, der im Dickicht der Erschöpfung hängen geblieben war. Die Kameras, die Wanzen, fünf, höchstens zehn Minuten ... Sie trat zu dem Zaun am Abhang zur Straße, sah auf die Häuser hinunter.

Falls der Schutzengel nach Esthers Suizidversuch zu Fuß gekommen war, musste er sich in der Nähe aufgehalten haben. Wie viele Meter legte man in fünf Minuten zurück? Vierhundert, wenn man ging. Eintausendfünfhundert, wenn man rannte?

Ein Versteck im Umkreis von eineinhalb Kilometern.

Als sie im Wagen saß, dachte sie, dass die Erschöpfung und das Alter keine Rolle spielten. Sie hatte das Gefühl der Unverletzbarkeit, das sie durch all die Jahre getragen hatte, verloren, genau wie das Bewusstsein darüber, was richtig und was falsch war.

Sie ließ den Motor an, gab Gas.

Esther hatte in dieser Nacht auch deshalb keinen anderen Ausweg als Suizid gesehen, weil Louise sie unter Druck gesetzt hatte. Nur darum ging es. Sie hatte sich zum zweiten Mal in ihrem Leben schuldig gemacht.

II

Das Netz

9

DIE BESPRECHUNG BEGANN um acht Uhr morgens bei strahlend blauem Himmel. Die Atmosphäre im Allerheiligsten war entspannt, zumindest soweit Louise das beurteilen konnte. Sie hatte kaum zwei Stunden geschlafen und bekam nur jedes dritte Wort mit. Eines dieser Wörter war »Fußballweltmeisterschaft«, ein anderes »Koalitionsverhandlungen«, auch über eine auf Fiji entdeckte, bislang unbekannte Korallenbarschart und die eleganten Ledersofas, auf denen sie einander gegenübersaßen, wurde gesprochen.

Die Vorzimmerdame hatte Tee und Gebäck serviert. Reinhard Graeve bestritt die Unterhaltung zusammen mit Henning Ziller, dem Leiter der Abteilung 4 des Landesamtes für Verfassungsschutz in Stuttgart. Außerdem waren Rolf Bermann, der als Letzter eingetroffen war, und die beiden ebenfalls übernächtigt wirkenden LfV-Kollegen anwesend, die Esther Grafs Haus observiert hatten, Antje Harth und Michael Bredik.

Als die Sitzgarnitur abgehandelt war, herrschte Schweigen.

»Dieser Tee …«, sagte Henning Ziller dann. Seine Miene spiegelte Verzückung wider. An seinem linken Handgelenk saß wie ein schläfriges Insekt eine Pilotenuhr, deren silbernes Metallband farblich exakt zu seiner rechteckigen Brille passte. Wenn er die Hand bewegte, klickten die Uhrbandglieder. Die getönten Haare ließen Ziller wie vierzig erscheinen, aufgrund seiner Position musste er jedoch mindestens fünfzig sein.

»Ostfriesisch«, sagte Reinhard Graeve.

»Einfach hervorragend. Rettet mir den Tag.«

»Danke.«

»Normalerweise tun das meine Söhne, wenn wir morgens beim Frühstück zusammensitzen. Eine halbe Stunde, die mich für den Rest des Tages mit Freude erfüllt.«

»Wie alt sind sie?«

»Peter ist fünf, Moritz drei.«

Wieder herrschte für einen Moment Stille. Alle außer Louise und Ziller schienen nachzurechnen, in welchem Alter der hohe Herr zum ersten Mal Vater geworden war.

Sie wurde allmählich unruhig. Der Smalltalk wollte kein Ende nehmen.

Natürlich, bei einem Krisentreffen von Kripo Freiburg und LfV Stuttgart ging es auch um Politik – um Macht, Zuständigkeit, Außendarstellung, Schuldzuweisung. Ein dichtes Gestrüpp aus Interessen, durch das man sich erst einmal einen Pfad schlagen musste, bevor man das eigentliche Thema ansprechen konnte. Sie müssen Geduld haben, hatte Reinhard Graeve gesagt, als sie sich um halb acht zum Vorgespräch getroffen hatten. Wecken Sie mich, wenn ich einschlafe, hatte Louise erwidert.

Antworten und *Kooperation* hatten sie als Ziele der Zusammenkunft festgelegt.

Aber erst kam die Politik.

Sie warf einen Blick auf Zillers Uhr, dreißig Minuten waren vergangen. Immerhin halfen der Tee und das Geplänkel gegen den Summton in ihren Ohren, der leiser geworden war. Und sie halfen ihr, nicht an Esther zu denken. An Marc, der noch immer verschwunden war, an Kilian, der um halb fünf ein *Bin o.k.* gesimst und sich seitdem nicht mehr gemeldet hatte. Seit vier lief die Handy-Ortung durch das Führungs- und Lagezentrum. Die SMS war im Unteren Kapplerwald abgeschickt worden, kaum zwei Kilometer von Esthers Haus entfernt. Kilian hatte das Telefon unmittelbar davor eingeschaltet und unmittelbar danach ausgeschaltet. Wenigstens dachte er mit – wer in der Lage war, eine professionelle Telekommunikationsüberwachung durchzuführen, verfügte möglicherweise auch über Peilungsgeräte.

»Kinder zu haben ist wunderbar«, fuhr Henning Ziller lächelnd fort. »Man lernt, die Welt entspannter zu betrachten. Nachzudenken, bevor man etwas sagt oder tut, weil man an den Gesichtchen so unmittelbar die Wirkung ablesen kann. Geht Ihnen das nicht genauso, Kollege Graeve?«

»Ja.«

»Der Kollege Bermann hat auch Kinder, nicht wahr? Wie viele waren es noch gleich?«

»Hilf mir, Louise.« Bermann kratzte sich den Schnauzer.

»Fünf«, sagte Louise.

»Fünf«, sagte Bermann.

»Fünf!« Ziller strahlte. »Sie müssen ein *sehr* nachdenklicher Mensch sein.«

»Nein«, sagte Bermann.

Louise fragte sich, woher die Veränderung der Atmosphäre rühren mochte. Graeve wirkte mit einem Mal wachsam, Bermann machte sich lustig, als vermuteten beide hinter Zillers Worten eine Absicht, die ihr entgangen war.

»Das ist für mich bei Neueinstellungen ein wichtiges Kriterium«, fuhr Ziller fort. »Ob der Bewerber Kinder hat. Durch Kinder lernt man, Verantwortung zu übernehmen. Die Welt dreht sich nicht mehr um einen selbst, sondern um Schutzbefohlene. Man wechselt die Perspektive. Erst durch Kinder wird man erwachsen und damit zu einem vollwertigen Mitglied dieser Gesellschaft.« Er wandte sich seinen Mitarbeitern zu. »Habe ich nicht recht?«

Antje Harth nickte ernst, Michael Bredik deutete eine Kopfbewegung an. Ohne es zu wollen, dachte Louise an Kilians Worte – ein Pärchen, das sich nicht allzu leidenschaftlich küsste. Leidenschaft war bei den beiden tatsächlich unvorstellbar. Harth wirkte spröde, Bredik spießig – ein Mauerblümchen und ein Aktenverwalter.

»Die Kollegen Harth und Bredik haben ebenfalls Kinder.« Ziller lächelte wieder. »Ist noch ein Schluck Tee übrig?« Er hielt seine Tasse hoch.

»Bedienen Sie sich, Kollege Ziller«, sagte Graeve und rührte sich nicht.

Ziller schenkte sich nach. Er lächelte noch immer.

»Was für eine billige Nummer«, sagte Bermann.

Louise musterte ihn überrascht. »Hab ich was verpasst?«

»Nicht aufregen.« Bermann klopfte ihr mit der Hand aufs Knie. »Lohnt sich nicht.«

»Die Wahrheit *ist* manchmal billig«, sagte Ziller.

»Da hat er recht«, murmelte sie.

Ziller sah sie an. »Und manchmal ist sie bitter wie hochprozentiger Alkohol.«

»Ach so«, sagte Louise.

Sie hatte begriffen. Kinderlos und Alkoholikerin.

Graeve beugte sich mit einem bedrohlichen Räuspern vor, schenkte sich Tee ein, gab Sahne und Kluntjes in seine Tasse. »Kollege Ziller«, sagte er schließlich, »Sie sind hier Gast. Benehmen Sie sich entsprechend.«

Ziller lächelte.

»Keine derartigen Anspielungen mehr, sonst gehen Sie.«

Das Lächeln wurde breiter. Aus Zillers geschlossenem Mund drang ein zufriedenes Glucksen.

»Leute«, sagte Louise bittend. »Es geht doch nicht um mich …«

Ziller wandte sich ihr zu, hob die Hand, ein Finger zeigte auf sie, dahinter funkelte das Insekt. »Das ist ein großer Irrtum.«

»… sondern um Esther Graf.«

»Ein weiterer Irrtum.«

»Wie bitte?«

Ziller lehnte sich zurück, schlug die Beine übereinander, legte die Hände darauf. Das Uhrband klickte. »Sie alle haben eines nicht verstanden. Die Graf ist nur ein kleines Rädchen im Getriebe. Sie ist letztlich unwichtig.«

»Warum hat sie dann versucht, sich umzubringen?«, fragte Louise und biss sich im selben Moment auf die Lippe. Bermann stöhnte, Graeve räusperte sich wieder. Eine Steilvorlage.

»Weil *Sie* sich eingemischt haben«, erwiderte Ziller.

»Ich glaube, wir brauchen alle eine Pause«, sagte Graeve.

Die Stuttgarter zogen sich zum Rauchen zurück, Bermann verschwand mit dem Hinweis, er müsse telefonieren, Louise ging zur Toilette. Als sie zurückkam, saß Reinhard Graeve am Schreibtisch.

»So kommen wir nicht weiter, Chef.«

»Das fürchte ich auch.«

Sie trat zur Fensterfront. Der Turmhelm des Münsters reflektierte das Sonnenlicht, über der Dreisam flog ein Schwarm Vögel. Nördlich der Stadt blitzte ein Kleinflugzeug auf, und für einen Moment kam es ihr so vor, als gehörte das Summen in ihrem Kopf zu der Maschine.

Bitter wie hochprozentiger Alkohol.

Sie verdrängte die Scham und das Gefühl der Demütigung. »Ich könnte kotzen.« Sie hörte Graeve freundlich schnauben und wandte sich um. »Wenn ich das Problem bin, sollte ich nicht an dem Gespräch teilnehmen.«

»Das Problem ist Henning Ziller.«

Sie lächelte schief.

»Kein Selbstmitleid, Louise. Das können wir uns jetzt nicht leisten. Haben Sie schon etwas von Lubowitz gehört?«

»Nein. Ich fahre später nach Littenweiler und rede mit ihm. Dann schaue ich bei Esther Graf vorbei.«

Sie hatte am frühen Morgen im Krankenhaus angerufen, mit einer Nachtschwester gesprochen. Esther war gegen fünf erwacht, kurz darauf wieder eingeschlafen. Keine Besucher, keine Anrufe bislang. Verwandte hatten sich noch nicht ausfindig machen lassen. Auf entsprechende Fragen hatte Esther nicht geantwortet.

Es klopfte, Bermann kam zurück. Sein Blick fand Louise, schmunzelnd hob er die Arme, was vieles bedeuten konnte, vielleicht auch dies: Schön, dich wieder hier zu haben, drei Monate sind eine lange Zeit. Sie hatten seit Juli nur telefoniert und sich an diesem Morgen erst bei Graeve getroffen.

»Legst ja gleich mächtig los.«

Sie zuckte die Achseln.

»Zwei Tage im Dienst, schon sind die Kripo Berlin und das LfV sauer.« Er grinste fröhlich.

In der Tat, er hatte sie vermisst.

»Deins?«, fragte Bermann und wies auf das Fensterbrett, wo ein Mobiltelefon vibrierte.

Sie nickte überrascht und griff danach. »Kilian … *Unternehmt nichts, sind o. k., melde mich wieder.*«

»Gott sei Dank«, sagte Graeve. Sein Telefon klingelte, er sah auf das Display. »Das FLZ.« Er nahm ab, sprach kurz mit dem Kollegen vom Führungs- und Lagezentrum, legte auf. Auch diese SMS war aus dem Unteren Kapplerwald gesandt worden. »Die sind zu Fuß unterwegs.«

Sie besprachen, ob sie Kilians Aufforderung Folge leisten oder Unterstützung schicken sollten. Offenbar drohte keine unmittelbare Gefahr. Und doch – ein Kollege in der Hand von Entführern, ein zweiter, der allein die Verfolgung aufgenommen hatte … Graeve tendierte dazu, erneut das MEK anzufordern. Bermann riet, auf Kilians Erfahrung als Fahnder zu vertrauen. Louise war zu müde, um sich für eine Vorgehensweise zu entscheiden.

»Gut«, sagte Graeve zögernd, »warten wir noch. Rolf, haben Sie etwas über unsere Gäste erfahren?«

»Sind vom Referat A.«

Das war das Praktische an einem Chauvinisten von Bermanns Schlag: In zahlreichen Dienststellen deutscher Ermittlungsbehörden saßen aktuelle oder ehemalige Geliebte, natürlich auch beim Verfassungsschutz in Stuttgart. Am frühen Morgen hatte er irgendeinem geheimnisvollen, vermutlich blonden Wesen die Namen Ziller, Harth und Bredik übermittelt, nun lag die Antwort vor.

»Heißt?«, fragte Louise.

Im Flur erklangen Schritte und ein lautes Lachen. Bermann senkte die Stimme. »Spionageabwehr, Proliferation, Wirtschaftsschutz.« Antje Harth war von der Kripo Stuttgart, Dezernat Wirtschaftskriminalität, zum LfV gewechselt, Michael Bredik hatte in Sigmaringen Betriebswirtschaft studiert und war als Quereinsteiger zum Amt gegangen.

»Wirtschaftsexperten«, sagte Graeve sinnierend.

»GoSolar«, flüsterte Louise.

Die Tür flog auf, Henning Ziller betrat den Raum.

Die Pause hatte nichts gebracht, die Atmosphäre war so angespannt wie zuvor, auch wenn Ziller strahlte, als wäre er soeben zum dritten Mal Vater geworden.

»Wir sind uns also einig?«, fragte er, nachdem sie wieder Platz genommen hatten.

»Worüber?«, fragte Graeve.

»Dass Sie uns die Ermittlungen überlassen.«

»Nein. Noch Tee?«

»Unbedingt.«

Ziller hob seine Tasse, Graeve schenkte nach. »Ein Vorschlag«, sagte er.

Ziller klopfte mit dem Finger auf seine Uhr. »Viel Zeit bleibt nicht mehr, ich muss zurück nach Stuttgart.«

»Ich verstehe.«

»Aber mir liegt viel daran, dass wir uns einig sind.«

Graeve nickte.

»Wir stehen ja auf derselben Seite. Ziehen am selben Strang. Haben dieselben Feinde.«

»Wir wollen nach wie vor kooperieren«, sagte Graeve. »Sie erhalten sämtliche Ermittlungsergebnisse, die uns bislang vorliegen, Ihre Leute werden in die Soko integriert. Wir …«

»Die *Soko*?« Zillers Stimme klang beunruhigt. Zum ersten Mal an diesem Morgen hatte die Fassade aus Selbstsicherheit Risse bekommen. »Sie wollen eine Soko aufrufen?«

»Allerdings.« Graeve zählte an den Fingern ab. »Entführung eines Polizeibeamten mit Waffengewalt, illegales Eindringen auf ein Grundstück, illegale Telekommunikationsüberwachung, ein der versuchten Tötung verdächtigter Flüchtiger vermutlich in unserem Zuständigkeitsbereich, Verdacht auf weitere, bislang unentdeckte Straftaten.«

»Gut, gut, also *gut*.« Ziller hob die Hände, ließ sie einen Augenblick lang in der Luft schweben, dann fielen sie mit einem Klatschen auf seine Oberschenkel. »Vergessen wir für einen Moment, dass sich die Situation nur deshalb verschärft hat, weil die Kollegin Bonì abmahnungsrelevante Verstöße gegen Vorschriften begangen hat ...« Er hielt inne, schien mit empörtem Protest von Louise oder ihren Vorgesetzten zu rechnen. Der Protest erfolgte nicht.

»Weiter«, sagte Louise stattdessen. »Worum geht es, wenn es nicht um Esther Graf geht?«

Zillers Augen wurden klein, seine Stimme leise. »Um die Sicherheit unseres Landes. Begreifen Sie das endlich? Um nichts weniger.«

»Von welchem Land sprechen Sie?«, fragte Bermann.

»Entschuldigung?«

»Na, von Baden-Württemberg oder der Bundesrepublik Deutschland?«

»Von der Bundesrepublik Deutschland selbstverständlich.«

»Inwiefern geht es um die Sicherheit des Landes?«, erkundigte sich Graeve.

Ziller breitete die Arme aus. »Ich bitte um Verständnis. Ich habe schon mehr gesagt, als ich hätte sagen dürfen.«

Stille senkte sich über den Raum.

Louise wandte den Blick zu den Fenstern. Auf dem Boden darunter befand sich ein schmaler Streifen Sonnenlicht. Wie gern hätte sie jetzt dort gelegen, sich in der Wärme geräkelt, den ganzen Tag im weichen Licht geschlafen. Reinhard Graeve hätte sie mit Tee und Gebäck versorgt und ihr irgendwann, nachdem die Sonne verschwunden wäre, eine flauschige Decke gebracht. Sie dachte an Ben, der ein Sonnenmensch war und den sie noch nicht zurückgerufen hatte, weil sie ihn liebte. Sie war, dachte sie, schon ein komischer Mensch.

Sie sah Ziller an. »Ist der Tatverdächtige aus Berlin einer von Ihren Leuten? Sind wir an einem verdeckten Ermittler des Verfassungsschutzes dran?«

»Mit Verlaub«, erwiderte Ziller, »auf so einen abstrusen Gedanken können nur Sie kommen.« Er senkte den Kopf wie ein Stier, der zum Angriff überging. »Sie verstehen, Kollege Graeve, es *kann* keine Soko Ihrer Dienststelle geben. Die Zuständigkeit verbleibt beim Landesamt, Sie stellen sämtliche Ermittlungstätigkeiten ein. Jeder Schritt, den Sie von jetzt an unternehmen, könnte verheerende Konsequenzen haben – für Ihre Dienststelle, für Kollegen von Landesbehörden, die diesen hochkomplexen Fall bearbeiten, für Menschen, die ohne eigenes Verschulden betroffen sind, und natürlich für unser Land.«

»Natürlich«, sagte Bermann.

Louise fing einen Blick von Michael Bredik auf, der ihr gegenübersaß. In seiner Miene spiegelte sich Verdruss wider – ob über sie, die Kriminalpolizei Freiburg oder Ziller, ließ sich nicht sagen.

Sie dachte an die Gerüchte in Bezug auf GoSolar – Insiderhandel, finanzielle Engpässe, Qualitätseinbruch. Sie sah Ernesto Freudenreichs Filzpantoffeln vor sich und Peter Schönes starre kleine Augen. Das Geräusch in ihrem Kopf schwoll an.

Sie musste ins Bett.

»Letzter Versuch.« Graeve zog das Jackett aus, legte es auf die Sofalehne. Die Münsterglocken schlugen neun. Auf der Pilotenuhr war es aus unerfindlichen Gründen zehn vor neun. »Keine gemeinsame Soko, stattdessen rufen wir eine Ermittlungsgruppe auf, die sich nur um die Entführung des Kollegen kümmert. Besprechungen zwischen den Dienststellen finden zwischen Ihnen und mir statt. Unsere Ergebnisse werden an das LfV weitergeleitet, das sich um alle anderen Belange kümmert, sprich …«

»… die Rettung des Landes«, sagte Bermann.

Graeve nickte schmunzelnd.

»Wenn es nach mir ginge …« Ziller zuckte die Achseln. »Aber leider geht es nicht nach mir. Das Innenministerium hat verfügt, dass …«

»Welches?«, unterbrach Bermann.

»Entschuldigung?«

»Das Innenministerium von Baden-Württemberg oder das der Bundesrepublik Deutschland?«

»Das Innenministerium von Baden-Württemberg natürlich.« Ziller griff seinen Satz nicht wieder auf, die Botschaft war klar: Ihr seid draußen.

»Nun denn«, sagte Graeve. »Falls Sie an den Erkenntnissen der Soko Interesse haben, lassen Sie es mich wissen. Die ersten Schritte …«

»Es wird keine Soko geben«, unterbrach Ziller.

Unbeeindruckt erläuterte Graeve die ersten Maßnahmen der Sonderkommission »Littenweiler«. Aus Sicht der Kriminalpolizei sei Esther Graf bislang die einzige Verbindung zu den Entführern des Kollegen. Die Techniker würden ihr Haus auf Spuren checken, anschließend würden Mitglieder der Soko eine Durchsuchung vornehmen; der richterliche Beschluss liege bereits vor. Alles Weitere hänge davon ab, welche Ergebnisse diese Maßnahmen brächten. Abgesehen davon laufe eine interne Fahndung nach Hans Peter Steinhoff, der möglicherweise mit einem der Geiselnehmer in Verbindung stehe.

»Nein, so geht das nicht«, sagte Ziller.

»Dann kommen wir zur entscheidenden Frage«, sagte Graeve kühl. »Verfügt das LfV über Informationen, die zur Ergreifung der Geiselnehmer führen könnten? Falls ja, sollten Sie sie offenlegen, denn wenn Sie das nicht tun, machen Sie sich der Strafvereitelung im Amt schuldig.«

Zillers Brauen fuhren in die Höhe. »Sie drohen mir?«

Graeve antwortete nicht.

»Die Kripo droht dem Verfassungsschutz? Freiburg droht Stuttgart? Sie … Sie haben nicht einmal einen eigenen Flughafen!« Ziller brach in Gelächter aus.

»Gott, diese Schwaben«, sagte Bermann.

Während Ziller noch lachte, erhob Louise sich. »Ich gehe jetzt«, sagte sie, küsste Bermann auf die Wange und bedankte sich, küsste Graeve auf die Wange und bedankte sich. Dann war sie draußen im Gang, eilte in den dritten Stock hinunter, voller Wut und Frustration, und irgendwo saß auch die Angst. *Bitter wie hochprozentiger Alkohol*, der doch genauso Erlösung war, vor wenigen Minuten hatte sie wieder daran gedacht, ein Gläschen für eine Stunde Frieden.

Sie verschloss die Tür ihres Büros, legte sich vor eines der Fenster auf den sonnenlichtlosen Boden, rollte sich zusammen und begann vor Erschöpfung zu weinen.

Als sie eine halbe Stunde später in Jeans und BH am Waschbecken stand, um wenigstens äußerlich zu retten, was zu retten war, trat Bermann ein und setzte sich wortlos auf die Schreibtischkante. Sie ließ das Bassin vollaufen, tauchte das Gesicht bis zum Haaransatz ein. Im kalten Wasser klang das Summen wie ein Rauschen, als stürzten in ihrem Kopf

Niagarafälle in die Tiefe. Sie spürte Bermanns Augen auf ihrem Körper, doch es war ihr gleichgültig. Unfreiheit begann dort, wo man sich von den Blicken anderer bedrängt fühlte. Diese Macht würde sie niemandem je wieder einräumen, schon gar nicht Rolf Bermann.

Wenigstens das, dachte sie, funktionierte noch: Bermann konnte schauen, wohin er wollte, es interessierte sie nicht.

Sie richtete sich auf, griff nach dem Handtuch. Nachdem sie den Pulli übergezogen hatte, wandte sie sich um. »Soko-Besprechung?«

»In zehn Minuten.«

»Ich hab von Besprechungen die Nase voll.«

Bermann hob eine Augenbraue. Sie bräuchten sie, sagte er, es sei *ihr* Fall, niemand sonst sei so gut informiert. Es gebe Fragen, die nur sie beantworten könne.

Sie strich sich die Haare zurück, schlang im Nacken ein Gummi darum. »Dann frag jetzt. Ich setze mich heute in keine Besprechung mehr.«

Bermann seufzte. »Also, erzähl. Von Anfang an.«

Sie sprach, er hörte zu, ohne Fragen zu stellen. Währenddessen nahm sie das Waffenholster aus der Schublade und befestigte es am Gürtel. Bermann hatte sich halb umgedreht und verfolgte ihre Bewegungen mit den Augen.

Als sie geendet hatte, schlüpfte sie in ihre Jeansjacke. »Ich fahre nach Littenweiler und dann zu GoSolar.«

»Allein, nehme ich an.«

»Ja.«

»Es geht nur noch allein, oder?«

»War doch schon immer so, Rolf.«

Unser *lonely wolf,* hatte Alfons Hoffmann einmal gesagt. Immer allein, auch jetzt, wo alles wieder gut ist. Ach Quatsch, hatte Louise erwidert.

Alfons Hoffmann, der nach einem Herzinfarkt im August nicht mehr in den Dienst zurückgekehrt war.

»Littenweiler kannst du allein machen, zu GoSolar nimmst du einen Kollegen mit«, sagte Bermann.

»Einen von den Aktenwürmern?«

»Mal sehen.«

»Nicht Peter, nicht Ulf, nicht Annemarie, ja? Keine Lust mehr auf Probleme.«

Bermann lächelte düster. »Wen hätten wir denn gern?«

»Illi, Mats oder Anne wären okay. Ebbe Rohwe aus Berlin, mit dem komme ich auch ganz gut klar. Hat einen guten Musikgeschmack, und das zählt viel.«

Schweigend sahen sie sich an. Dann glitt Bermann vom Schreibtisch und ging zur Tür. Die Klinke in der Hand, wandte er sich um und musterte sie.

»Wenn der Kollege da ist, ist er da, wenn nicht, dann nicht, alles klar?«, sagte Louise.

Er nickte.

»Und jetzt sag's, damit wir's hinter uns haben.«

»Trinkst du wieder?«

»Nein.«

»Solange du nicht trinkst, stehe ich hinter dir.«

»Ich weiß.«

»Wenn du wieder anfängst, reiß ich dir den Arsch auf.«

»Auch das weiß ich.«

Bermanns Miene ließ vermuten, dass er noch etwas zu sagen hatte, vielleicht sogar vieles. Sie wartete auf das Bermann-Wort, das die Vermutung bestätigen würde – *okay.* Nur Rolf Bermann konnte dieses Wort so klingen lassen, dass darin andere Wörter mitschwangen, Wörter wie: Ich freue mich, dass du wieder da bist. Ich habe dich vermisst. Ich weiß nicht, was mit dir los ist, aber ich mache mir

Sorgen um dich. Ich möchte, dass du wieder auf die Beine kommst, denn ohne dich würde die Arbeit keinen Spaß mehr machen.

Solche Wörter.

»Okay«, sagte er.

Littenweiler lag im Sonnenschein, doch als sie die Straße zu Esthers Haus hinauffuhr, schob sich der bewaldete Hang vor die Sonne. Im kühlen Schatten stieg sie aus und ging die mittlerweile vertrauten Stufen hinauf. Sie fragte sich, wo Kilian sein mochte, wie es Marc ging. Seit eineinhalb Stunden keine Nachricht mehr. Als Fahnder hatte Kilian Erfahrung mit Observierungen. Aber sie zweifelte daran, dass er Esthers Schutzengel gewachsen war.

»Ich hoffe, du hast an Kaffee gedacht«, rief Lubowitz, der vor der geöffneten Haustür stand und rauchte. Er trug einen weißen Mikrospurenanzug, gelbe Socken, keine Schuhe. Aus dem Haus drangen Stimmen. Jemand fluchte. Jemand lachte. Für einen Augenblick sah sie Esthers erschöpftes Gesicht vor sich, als sie ihr am Montagabend zum ersten Mal die Tür geöffnet hatte.

Auf dem Schuhabstreifer lagen in Plastiküberzügen riesige blaue Adiletten – selbst für seine eins neunzig hatte Lubowitz übergroße Füße.

»Nein, tut mir leid.«

»Unten an der Kreuzung ist eine Bäckerei.«

Sie schmunzelte müde. Die Techniker waren Gefangene einer bizarren Welt der Nanospuren und entsprechend verschroben, doch ohne sie ging nichts. Also durften sie an Tatorten ein bisschen General spielen und die Ermittler aus der realen Welt herumscheuchen. »Nicht jetzt, Lubowitz, ich hab keine Zeit. Kann ich rein?«

»Noch nicht.«

Sie nickte dankbar. Der Anblick des Bades blieb ihr erspart.

»In einer Stunde sind wir fertig, dann kannst du machen, was du willst.«

Der Rauch seiner Zigarette stieg ihr in die Nase. Und da war ein weiterer Geruch, der aus dem Haus stammen musste – Blut. Ihr Blick fiel auf Lubowitz' Hosenbeine, auf denen rote Verschmierungen zu sehen waren.

»Wenn die wüssten, was für eine Sauerei das gibt, würden sie Tabletten nehmen«, knurrte er. »Das Blut schießt einen Meter hoch, die ganzen Scheißkacheln sind voll.« Er schüttelte den Kopf, warf die Zigarette von sich. »Hier passt das Wort mal: Blutbad. Schon drüber nachgedacht?«

»Nein.«

»Heilsamer Anblick für Suizidkandidaten.«

»Glaube ich gern. Habt ihr Schuhabdruckspuren?«

»Im Bad und auf dem Weg ins Schlafzimmer.«

»Verschiedene?«

»Ein Profil, das immer wieder auftaucht, und ein Haufen Abdrücke ohne.«

»Schuhschutzfolie?«

Lubowitz bejahte knapp. Louise war nicht überrascht. Beim ersten Mal – nachdem Esther sich die Pulsader aufgeschnitten hatte – war der Unbekannte überstürzt ins Haus eingedrungen. Beim zweiten Mal – als Marc sich ihm in den Weg gestellt hatte – war die Aktion vorbereitet gewesen.

»Ich hab dir Fotos von den Abdruckspuren aus Berlin gemailt.«

»Werden verglichen«, sagte er.

»Danke. Habt ihr sonst noch was?«

»Was sollte das sein? Die haben aufgepasst.«

Sie wartete – Lubowitz ließ die Kollegen aus der realen Welt gern warten. In seinem geschlossenen Mund entstand Bewegung. Die Zunge fuhr über die Schneidezähne, beulte die Wange aus, arbeitete an den Backenzähnen. Gedämpfte Schmatzgeräusche waren zu hören.

Schließlich zuckte er die Achseln.

Steckdosen, die vor Kurzem abmontiert worden waren und in denen möglicherweise Wanzen eingebaut gewesen waren, Abriebspuren am Schloss einer Schreibtischschublade, in dem vielleicht eine Minikamera untergebracht gewesen war – falls sie recht hatte mit ihrer Vermutung. Einer seiner Männer überprüfte, ob sich irgendwo im Haus noch sendefähige Geräte befanden, aber das würde bis morgen dauern. Louise nahm nicht an, dass er fündig werden würde. Die drei Männer hatten fast eine halbe Stunde Zeit gehabt, um alle Wanzen und Kameras zu entfernen.

»Wie weit senden die Dinger?«

Lubowitz schüttelte sich eine Zigarette aus der Schachtel in den Mund und entzündete sie. »Wanzen funktionieren wie Handys. Du kannst dich zu Hause hinsetzen und kriegst alles mit. Bei Funkkameras geht das nicht, es sei denn, du hast eine Richtantenne oder einen Funk-Repeater, dann kommst du auch auf zwei, drei Kilometer, je nach Dicke der Mauern. Aber ich glaube nicht, dass die hier Richtantennen und Funk-Repeater hatten.«

»Sondern?«

»Na, Stabantennen, Bonì.«

»Heißt?«

»Im Freien rund einhundert Meter. Wenn du Wände zwischen Sender und Empfänger hast, entsprechend weniger.«

Lubowitz schwieg, Louise wartete. Er schien in Gedanken weit weg zu sein – oder wieder im Haus, bei Abriebspuren an einem Schloss, einer Faser auf dem braunen Sofa, einem Haar auf einem Teppich. Keinen Kollegen konnte sie weniger einschätzen als ihn.

»Was genau bedeutet ›entsprechend weniger‹?«

Lubowitz' Stirn runzelte sich. »Zehn bis fünfzig Meter? Keine Ahnung, woher soll ich wissen, was die für Geräte haben?«

Sie ließ den Blick am Zaun entlangwandern. In unmittelbarer Nähe lag nur eine Handvoll Häuser, doch würde sie eine Durchsuchung nicht genehmigt bekommen, solange nicht bewiesen war, dass eine illegale Telekommunikationsüberwachung stattgefunden hatte.

»Ich geh wieder rein, Bonì.« Lubowitz hatte sich umgedreht und schlüpfte in die umhüllten Adiletten. »Das nächste Mal denkst du an Kaffee, ja?«

Die Haustür krachte ins Schloss, im selben Moment klingelte ihr Handy. Eine unbekannte Nummer, das Krankenhaus, man stellte zu Bertram Faller durch. Er habe Esther Graf wie gewünscht gefragt, sagte er, sie habe es selbst getan. Jetzt wolle sie wissen, wer der Mann sei, der sie verbunden habe. »Wissen Sie das inzwischen?«

»Leider nicht. Hat sie den Mann gesehen? Sein Gesicht?«

»Ja.«

»Kann sie ihn beschreiben?«

»Ich glaube nicht, sie war praktisch nicht bei Bewusstsein.«

»Haben Sie sie gefragt?«

»Nein.« Fallers Ton ließ keinen Zweifel: Er würde sie auch nicht fragen. Niemand würde sie fragen, vorerst wenigstens, dafür würde er sorgen. »Haben wir's dann?«

»Hat er etwas gesagt?«

Sie hörte ein Schaben, als kratzte Faller sich den Bart. »Sie hat es nicht genau verstanden. Es klang wie: *Was hast du getan, was hast du getan?*«

»Mehrmals?«

»Drei-, viermal.«

Sie ahnte jetzt, was den Unbekannten mit Esther verband. Er hatte über die Wanzen und Kameras an ihrem Leben teilgenommen, vielleicht schon seit Wochen oder Monaten, und dabei die Distanz verloren. Sie war zu einem Teil *seines* Lebens geworden. »Hat sie Besuch bekommen?«

»Von wem?« Fallers Ton war eindeutig – keine Frage, sondern eine traurige Feststellung. Esther schien niemanden zu haben, der sie hätte besuchen können.

»Noch was«, sagte Louise. Esther musste jemanden vom Klinikpersonal gebeten haben, sie bei GoSolar krankzumelden.

»Ja, wir haben angerufen.«

»Wen?«

»Die Personalabteilung.«

»Niemand sonst? Eine Kollegin?«

Wieder antwortete Faller nicht.

Sie zwang sich, ruhig zu bleiben. Faller schützte Esther nach Kräften, und das fand sie ehrenwert, weil es nicht die Regel war. Suizidpatienten wurden auf den Intensivstationen vieler Allgemeinkliniken psychosozial nicht optimal betreut. Dass Faller Esthers Interessen auch über die der Kriminalpolizei stellte, musste man hinnehmen.

Zumindest für ein paar Sekunden.

Ihr Blick fiel auf die Haustür. Erst jetzt bemerkte sie, dass Esthers gelber Regenschirm im Gras lag. Sie hob ihn auf, lehnte ihn an die Stelle, wo er bei ihrem ersten Besuch gestanden hatte.

Dann war ihre Geduld erschöpft. »Faller, aus Esthers Haus sind heute Nacht bewaffnete Geiselnehmer …«

»Annette Mayerhöfer«, unterbrach Faller unwirsch.

»Danke. Was haben Sie ihr erzählt?«

»Dass Frau Graf eine Sepsis hat.«

Sie nickte. Bertram Faller ging weit für seine Patienten.

»Aber es bleibt dabei: keine Gespräche.«

»Schon verstanden. Richten Sie ihr Grüße von mir aus?«

»Auf keinen Fall.«

Im Auto zog Louise den Zettel aus der Tasche, auf dem sie sich die Nummer von Bens Hotel notiert hatte. Während das Freizeichen erklang, überlegte sie, was sie sagen sollte. *Ich liebe dich auch,* war zu gewagt, *Wie sind die Frauen da unten so?*, entblößend, genauso *Handy verloren, Ben, das klingt merkwürdig, findest du nicht?* Vielleicht also: *Wie ist das Wetter bei euch?* oder: *Ich hab da einen Ton im Ohr, von einer kaputten Lampe, weißt du.* Am liebsten würde sie ja sagen: *Komm noch nicht am Wochenende heim, ich bin grad nicht so stabil, komm erst, wenn ich dich nicht mehr brauche, sondern nur noch … mag.*

Noch immer das Freizeichen. Sie atmete auf – für diesmal ging der Kelch an ihr vorbei.

Aber dann meldete er sich doch. »Liebermann.«

»Hey …«

»Hey!« Sie hörte ihn erleichtert lachen.

»Die Verbindung …«

»Hab mir schon Sorgen gemacht.«

»Die Verbindung ist scheiße, ich hör dich kaum …«

»Du fehlst mir, Louise.«

»Bist du noch dran?«

»Ja. Irgendwie …«

Was *irgendwie*?, dachte sie verzweifelt. *Irgendwie liebe ich dich, irgendwie will ich dich heiraten?* Halt bloß den Mund, Ben … »Ich hab gerade einen ziemlich schwierigen Fall … Bist du noch dran?«

»Ja.«

»Und ich hab einen komischen Ton im Ohr, von einer kaputten Lampe.«

»Hm.«

»Diese Scheißverbindung … Warum musst du …«

»Erzähl von dem Fall.«

»… ausgerechnet nach Sarajewo, warum kannst du nicht nach Zürich fahren oder nach London, da kann man wenigstens telefonieren.«

Keine Antwort.

»Ich hör dich nicht, Ben.«

»Hab nichts gesagt.«

»Das ist alles so *kompliziert.*«

»Was willst du mir sagen, Louise?«

Vieles, Ben, dachte sie, und am liebsten nichts. »Ich war vorgestern in Berlin. Mein Fall, weißt du. Gefällt mir nicht. Also, Berlin. Ist nicht meine Stadt.«

»Lass uns darüber reden, wenn ich wieder da bin.«

»Würgst du mich jetzt ab?«

»Nein, nein.«

»Musst du weg?«

»Nein, ich bin gerade ins Hotel gekommen.«

»Es klang so … Was hast du gemacht?«

»Ich war mit Jim und Antun Kaffee trinken. Ehemalige Kollegen von der SIPA.«

Sie überlegte fieberhaft, wofür die Abkürzung stand – vorgestern dran gedacht, heute schon vergessen. Richtig: *State Investigation and Protection Agency.* Und wer waren Jim und Antun? War da noch jemand dabei gewesen, eine Iva oder eine Tina?

Sie fragte nicht, natürlich nicht.

»Du … fehlst mir sehr«, sagte Ben.

Sie verdrehte die Augen. Ben Liebermann gehörte zu den Männern, die das Falsche sagten, wenn sie das Richtige sagen wollten. Die Gefühle zeigten und damit bedrängten. In manchen seltenen Momenten, dachte sie, waren ihr Männer wie Rolf Bermann lieber, der sagte nichts, höchstens einmal »Okay«. Doch diese Männer taugten nur für zwei Sekunden und keinen Lidschlag länger. Die anderen, die taugten. Die musste man halten. Männer wie Ben, der vielleicht gar nicht zu halten war, weil er nicht zur Ruhe kam, alle zwei, drei Jahre Stadt, Frau, Stelle wechseln musste, als wäre er ein besonders unruhiger Nachfahre von Odysseus.

Ben schwieg, sie wusste, dass er wartete.

»Ich hab in Berlin zufällig Element of Crime gehört, *Die schönen Rosen,* bei einem Kollegen im Auto.«

Stille.

»Jetzt läuft die CD zu Hause die ganze Zeit.«

Stille.

»Mehr gibt's heute nicht, Benno Liebermann.«

Fern in Sarajewo erklang ein leises, sanftes Lachen, und sie lachte mit, plötzlich erfüllt von Freude.

Dann war das Gespräch endlich vorbei.

10

UM ELF PARKTE SIE im Gewerbegebiet Haid vor dem Gebäude von GoSolar, einem modern anmutenden, fünfstöckigen Würfel aus Glas und Stahl. Wenige Meter vor der Front zog sich ein Panzer aus schräg gestellten Solarzellen in die Höhe. Der Parkplatz war von mit Rindenmulch bedeckten Blumenbeeten und Grünstreifen eingefasst, lediglich ein Dutzend Autos stand darauf. Die Mitarbeiter von GoSolar fuhren Fahrrad – der Radständer entlang der Westseite war übervoll. Wie alle paar Wochen einmal regte sich das schlechte Gewissen in Louise, ein heißer Hauch am fernen Ende ihres Bewusstseins. Beamtin in der grünen Stadt, und sie *besaß* nicht einmal ein Fahrrad; die eineinhalb Kilometer von der Wohnung zur Polizeidirektion fuhr sie mit dem Auto. Man tat das nicht in Freiburg, sagte das schlechte Gewissen und verflüchtigte sich.

Sie stieg aus und sah sich um. Kein Liebespaar, das sich nicht allzu leidenschaftlich küsste. Aber der Parkplatz lag offen und war von weitem zu überschauen. An einer Kreuzung, in einem Gebäude, auf einem der Gehwege konnte jemand stehen und sie beobachten, ohne dass sie es mitbekam.

Wanzen und Kameras in Berlin, in Littenweiler.

Sie wandte sich dem Gebäude zu, starrte auf die dunkelblaue Fassade, die Augen mit einer Hand gegen die Novembersonne abschirmend. Im Innern waren Gestalten zu erkennen, vor der Eingangstür standen drei Raucher, Sünder im Paradies.

Das Handy summte vibrierend – eine SMS war eingegangen.

Holt uns, schrieb Kilian.

Irritiert starrte sie auf das Display. Holt uns?

Wo?, schrieb sie zurück.

Keine Antwort.

Es dauerte noch einen Moment, bis sie zu begreifen begann. Kilian musste entdeckt und überwältigt worden sein – vermutlich noch in der Nacht. Die Entführer hatten Marc und ihn im Unteren Kapplerwald abgesetzt, einen Mann bei ihnen gelassen, der Kilians Handy dreimal benutzt hatte, um Nachrichten zu versenden und Zeit zu gewinnen. Sie wussten, dass das Telefon geortet worden war – und hatten damit gerechnet, dass die Kripo nicht eingreifen würde.

Hinter Louise fuhr ein Wagen auf den Parkplatz, eine vertraute Stimme sagte: »Der Kollege ist da.«

Kurz darauf stand Rolf Bermann grinsend neben ihr, die Finger in den Hosentaschen wie ein Teenie, das weiße Hemd spannte über der kräftigen Brust.

Sie zeigte ihm die SMS.

»Verdammt.« Er ging zum Auto zurück, um Streifenbesatzungen und, für alle Fälle, das MEK in den Unteren Kapplerwald zu schicken. Auch ein Hubschrauber musste in Bereitschaft gelegt werden.

»Die sind ja besser als wir«, sagte er, als er zurück war.

»Nicht besser, bloß schneller. Was macht die Soko?«

»Ist auf dem Weg nach Littenweiler und lässt grüßen.«

Louise zuckte die Achseln. »Vielleicht schaffe ich es morgen.«

»Du schaffst es heute Abend. Sechs Uhr in meinem Büro.«

»Wieso nicht im Soko-Raum?«

»Ist noch eine kleine Soko.«

Sie runzelte die Stirn. Eine Soko, die man rasch verschwinden lassen konnte. Reinhard Graeve baute vor. Er wusste, dass er es nicht mehr nur mit dem Verfassungsschutz zu tun hatte, sondern auch mit dem Innenministerium und der Landesregierung. Er hatte Henning Ziller den Krieg erklärt, und der würde schwere Geschütze auffahren – Behördenleiter, Staatssekretäre und andere Politiker. Wenn der Druck zu groß würde, bliebe Graeve keine andere Wahl, als zu kapitulieren.

»Übrigens«, sagte Bermann. Das Handy, mit dem der Unbekannte den Notruf abgesetzt hatte, war ein Prepaid-Telefon und bei dem kurzen Gespräch mit der Rettungsleitstelle um 1 Uhr 57 zum ersten und einzigen Mal benutzt worden. Das Gerät konnte nicht geortet werden, es war ausgeschaltet.

Louise nickte. Vermutlich lag es längst auf dem Grund der Dreisam.

Bermann zeigte auf das GoSolar-Gebäude. »Tun wir mal so, als ob.«

»Als ob was?«

»Als ob wir noch nicht wüssten, dass Kilian und Marc wahrscheinlich in Sicherheit sind. Zwei entführte Kriminalbeamte, da kannst du in jede Aufsichtsratssitzung platzen. Versuchte Tötung in Berlin ist ein bisschen wenig.«

»Klingt mehr nach Bonì als nach Bermann.«

»Ein Ziller am Morgen lässt den charakterstärksten Ermittler wanken.«

Sie wandten sich in Richtung Eingang.

»Spürst du das?«, fragte Louise.

»Was?«

»Wir werden beobachtet.«

Er schnaubte durch die Nase. »Wir werden paranoid.«

Durch eine Wolke aus Zigarettenrauch traten sie zur Eingangstür. Louise hob den Blick, starrte in ein kleines dunkles Kameraauge über dem Portal.

Bermann zog einen Flügel auf, ließ sie an sich vorbeigehen. »Du führst das Gespräch«, sagte er.

»Ich dachte, du wärst zu alt, um dich zu ändern.«

Er lachte melancholisch. »Heute bin ich wieder jung.«

Das Foyer, in dem sich der Empfang befand, war lichtdurchflutet und reichte nach oben bis zum Glasdach. Die Rezeptionistin führte ein kurzes Telefonat mit einem »Herrn Kleinert«, dann wurden sie per Fahrstuhl in den fünften Stock geleitet. In einer Wartezone mit Panoramablick setzten sie sich zwischen raumhohe Pflanzen und Wasserspender auf Rattansessel. Auf einer Videowand hinter ihnen lief ein Imagefilm – Kinder spielten im Sonnenschein an einem Wasserfall. Der Ton war abgestellt, eine Fernbedienung lag auf einem Tischchen bereit. Neben der Bildschirmwand befand sich eine Kaffeetheke mit einer teuer aussehenden Espressomaschine. Auf Bermanns Brust bewegte sich der Schatten einer Zimmerpalme. Hier drinnen, so kam es Louise vor, war nicht Spätherbst, sondern Sommer.

Sie blinzelte im Sonnenlicht. Die Müdigkeit war wieder da.

Eine Blondine eilte herbei und bot Kaffee, Softdrinks, Gebäck an. Bermann grinste selig, sie lehnten ab.

»Ich vermisse die alten Kollegen«, sagte Louise. »Illi und Alfons. Den Chef natürlich, Almenbroich.«

Bermann sagte nichts.

»Sogar Anne.« Sie tippte sich an die Stirn. »Sie sind alle da drin, und ich kriege sie nicht raus. Manchmal wundere ich mich, dass in ihren Büros andere Kollegen sitzen. Dass das technisch gesehen überhaupt möglich ist.«

Sie wartete auf eine Reaktion. Bermann musterte sie reglos.

»Na ja.« Sie lauschte dem Summen in ihrem Kopf, das ein fester Bestandteil ihres Körpers geworden war und sich ihrer Umgebung anzupassen schien. Hier klang es sanft und unaufgeregt, war leicht und luftig. Die Ökovariante eben.

Sie griff nach einer der Firmenbroschüren, die auf dem Tischchen auslagen. Auf Seite 2 stieß sie auf Gerhard Kleinert, der souverän und zuversichtlich lächelte. Sie kannte das jugendlich frische Gesicht bereits von der Firmenwebsite. Laut Text war er zweiundfünfzig, Diplom-Ingenieur, Chief Technical Officer und einer der drei Gründer des Unternehmens.

Sie hielt Bermann das Foto entgegen. Er nickte desinteressiert, die Blondine war wieder im Anmarsch und bat um einen weiteren Moment Geduld. Er nickte und sah ihr geduldig nach.

Lachend stand Louise auf, ging zum nächsten Wasserspender und trank. Das Rattan knarzte heimelig, als sie sich wieder setzte. Schlafen, dachte sie, nur eine halbe Stunde schlafen.

Schließlich klatschte Bermann in die Hände. »Holen wir uns den Kerl.«

Sie gähnte. Da war tatsächlich mehr Bonì in Bermann, als sie für möglich gehalten hätte.

Sie mussten nicht lange suchen. Kleinerts Büro lag zwei Türen weiter. »Wow«, sagte Bermann spöttisch und deutete auf das Namensschild. Kleinert war doppelt promoviert.

Bermann klopfte und öffnete die Tür, ohne zu warten.

Ein großer Raum, spartanisch eingerichtet mit Mobiliar in gedeckten Farben – ein Schreibtisch, niedrige Büroschränke, eine Sitzecke, über der zwei abstrakte Kunstwerke hingen, die einzigen Farbsprenkel im ganzen Zimmer. Links eine orange Fläche mit Strichen, rechts eine blaue mit Strichen. Louise versuchte noch zu begreifen, was sie darstellten, als sie bemerkte, dass Bermanns Hand zum Waffenholster flog.

Erschrocken folgte sie seinem Blick.

Zwischen Schreibtisch und Fensterfront stand ein Arbeitssessel, der mit der Rückenlehne zu ihnen gedreht war. Sie sah die obere Hälfte eines reglosen Kopfes, lang hängende Arme in hellgrauem Anzugstoff, eine schlaffe Hand. Ihr Herzschlag beschleunigte, das Summen in ihrem Kopf wurde schrill.

Sie zog die Waffe.

Während Bermann sie nach links wies und sich nach rechts wandte, dachte sie verwirrt, dass Kleinert vor nicht einmal zwanzig Minuten telefonisch von ihrer Anwesenheit informiert worden war, zu diesem Zeitpunkt gelebt hatte, und seit gut einer Viertelstunde hatten sie draußen gewartet, keine zehn Meter von seinem Büro entfernt …

An der linken Wand eine Tür, rechts stand Bermann auf Höhe einer weiteren. Er drückte sie langsam auf, sie erkannte einen Fliesenboden, eine Kachelwand – ein kleines Bad. Er wandte sich ihr zu, deutete auf die Tür, der sie sich langsam näherte. Sie nickte. Ihr Blick flog zurück zu dem Mann in dem Stuhl, jetzt sah sie ein wenig mehr, die linke

Schulter, das aufgestellte linke Bein, ein schwarzes Kabel am Arm.

Sie steckte die Heckler & Koch ins Holster, tippte sich mit einem Finger ans Ohr.

»Was?«, sagte Bermann.

Im selben Moment flog der Stuhl herum, und sie blickte in die erschrockenen Augen aus der GoSolar-Broschüre.

Gerhard Kleinert trank ein Glas Wasser, dann schien er den Schrecken überwunden zu haben. Entschuldigend sagte er, er habe sich noch ein wenig von einer anstrengenden Vorstandssitzung entspannen wollen, bevor er sie geholt hätte. Für Momente wirkte er in seiner Verlegenheit wie ein Firmling, den die Eltern in einen zu großen Anzug gezwungen hatten.

Er war aufgestanden, sie hatten einander die Hände geschüttelt, er hatte sich wieder gesetzt. Als er jetzt schwieg, hörte Louise wie aus weiter Ferne Klaviermusik, irgendetwas Klassisches, gleichmäßig und kühl wie Bach. Kleinert fingerte an einem schwarzen iPod herum, die Musik brach ab.

Sehnsüchtig sah sie auf die Couch unter den Gemälden, doch Kleinert machte keine Anstalten, sie zur Sitzecke zu bitten. Also blieben sie, wo sie standen, Bermann rechts von ihm, Louise links, was praktisch war, wie sie fand, da konnten sie ihn ein bisschen in die Zange nehmen.

Mit dem Foto in der Broschüre hatte Kleinert nicht viel Ähnlichkeit. Selbst nachdem die Lebensgeister zurückgekehrt waren, lag in seinem Gesicht keinerlei Frische. Die wächsern wirkenden Wangen mündeten an der Nase in tiefe Furchen, die Haut war unrein wie die eines Teenagers. Seine Augen strahlten weder souverän noch zuversichtlich, sondern irrten herum wie die eines Menschen, der viel zu wenig schlief.

»Alles wieder gut?«, fragte sie.

»Ja, danke.« Er fuhr sich mit einer Hand über Stirn, Nase, Mund. »Kriminalpolizei Freiburg, habe ich das richtig verstanden?«

»Ja.«

Er nickte nachdenklich. Die wulstigen Lippen waren nicht ganz geschlossen, die oberen Schneidezähne saßen auf der Unterlippe. Anatomische Eigenheiten, die ihm in der Schule vermutlich viel Spott beschert hatten. Schließlich sagte er: »Und warum …?« Verständnislos blickte er von ihr zu Bermann.

Er war kein guter Schauspieler.

Louise bedeutete Bermann, die Erklärung zu übernehmen. Sie ahnte bereits, was sie von Kleinert zu hören bekommen würden: nicht die Wahrheit, oder nur einen Teil der Wahrheit, oder eine juristisch unproblematische, informationsleere Variante der Wahrheit. Sie hatte keine Lust mehr auf solche Gespräche. Menschen schlitzten sich die Pulsadern auf, wurden zusammengeschlagen, entführt, hatten schmerzhafte Töne und Gewichte im Kopf, und dann musste man sich mit Männern wie Henning Ziller und Gerhard Kleinert herumschlagen, die eigene Interessen verfolgten und sich wichtig gaben oder unwissend.

Bermann erklärte, dass vergangene Nacht zwei Kriminalbeamte mit Waffengewalt entführt worden seien, und zwar aus der Wohnung einer GoSolar-Angestellten. Louise bewunderte ihn für seine Ruhe in solchen Situationen. Immer der vorbildliche Dezernatsleiter, ein Fels im wirren Wellengang, an manchen Stellen bewachsen von fauligem Moos vielleicht und an anderen ein bisschen glattgewaschen, aber eben stabil. Da bröckelte nichts wie bei ihr, kehrte sich nicht das Unten nach oben. Das ganze Ding blieb verankert in festem Grund, und ihr kam der Gedanke, dass man sich an diesem Felsen doch mal festhalten oder draufsetzen könnte.

»Um Himmels willen«, sagte Kleinert. »Entführt? Von wem?« Er war noch wächserner geworden und sah aus, als besäße er kaum noch genug Kraft, um aufrecht zu sitzen.

Bermann blieb vage – drei Männer, zu deren Identität es keinerlei Hinweise gebe.

Kleinert schüttelte den Kopf, seine Fassungslosigkeit war echt.

»Sind Sie krank?«, fragte Louise.

»Nein, nein, nur überarbeitet. Diese Männer ... Wer könnte das sein? Ich meine, Terroristen oder ... Einbrecher oder ...«

»Das wissen wir nicht«, antwortete Bermann.

»Um welche Mitarbeiterin handelt es sich?«

»Verdammt«, sagte Louise.

Kleinert zuckte zusammen.

»Fragen, Fragen, Fragen. Wir brauchen *Antworten*, Kleinert. Sie wissen, um wen es geht.«

»Ich könnte ... die Abwesenheitsliste anfordern, falls sie ...«

»Nein«, unterbrach Louise. »Da steht sie nicht drauf. Sie sitzt in diesem tollen Solarraumschiff an einem Schreibtisch und bastelt am Ökoparadies der Zukunft wie jeden Tag.«

Kleinert blinzelte hektisch, Bermann räusperte sich.

Entnervt wandte Louise sich ab, blieb an den abstrakten Gemälden über der Couch hängen. Das Orange war zu grell, das Blau zu düster, die Striche ergaben unangenehm kantige Formen. Menschliche Körper, jetzt begriff sie. Links eine Frau, rechts ein Mann, in Strichen erstarrt, ohne Seele. Sie widerstand dem Impuls, die Bilder abzuhängen und mit der Vorderseite an die Wand zu lehnen.

Ein Handy klingelte. Sie hörte ein knappes »Ja?« von Bermann, kurz darauf ein »Okay«. Sie drehte sich um.

»Die Eltern habe die Jungs gefunden. Sind bloß ein bisschen schmutzig und unterkühlt.«

Sie nickte erleichtert.

»Weshalb waren Ihre Kollegen bei unserer Mitarbeiterin?«, fragte Kleinert Bermann. »Darf ich wenigstens das erfahren?«

»Nein«, erwiderte Louise.

»Falls sie sich etwas hat zuschulden kommen lassen, müssen wir als Arbeitgeber ...«

»Hat sie nicht.«

»Nein? Aber warum ... »

»Kleinert, *wir* fragen, *Sie* antworten, haben Sie das immer noch nicht verstanden? Also: Sie wissen, um wen es geht?«

»Entschuldigen Sie, aber bei über dreihundertfünfzig Mitarbeitern ...«

»Macht er uns was vor, Rolf?«

Bermann gab ein Brummen von sich.

»Das heißt: Sie sind nicht besonders überzeugend.«

»Aber weshalb sollte ich ...?«

»*Wir* stellen die Fragen, verflucht.« Louise rieb sich die Augen. »Warum ist der Verfassungsschutz involviert?«

»Der Verfassungsschutz?«

»Reden Sie endlich, Mann.«

Kleinert sah Bermann an, als erhoffte er sich Hilfe vom Felsen im Wogenmeer. Der Felsen half nicht.

»Warum ist der Verfassungsschutz involviert?«, wiederholte Louise.

»Involviert in was?«

»Ich fasse es nicht.« Sie lachte auf, von blanker Wut ergriffen, Wut auf Kleinert, auf das Summen in ihrem Kopf, vor allem aber auf sich selbst, weil sie zunehmend die Kontrolle über sich verlor. Bestimmte Eigenschaften schienen außer Kraft gesetzt, wie Geduld, Ruhe, die Überzeugung, letztlich ans Ziel zu kommen. Eigenschaften, auf die sie selbst während der Jägermeisterzeit manchmal hatte zurückgreifen können. »Wissen Sie, was passiert, wenn man sich die Pulsadern aufschneidet?«

Kleinerts Augen weiteten sich.

»Das Blut spritzt zwei Meter hoch, und die Kacheln sind versaut.«

»Louise«, sagte Bermann ruhig. Auch sein Blick lag auf ihr, der Mund unter dem Schnauzbart war ein Strich. Unvermittelt fragte sie sich, weshalb er ihr an diesem Vormittag so weit gefolgt war, ohne einzugreifen. Vor ein, zwei Jahren hätte er nicht tatenlos zugesehen. Unverständnis und Ärger hätten überwogen. Jetzt hatte sie den Eindruck, dass er mitgerissen wurde, ohne etwas dagegen tun zu können – oder zu wollen.

»Der Kerl macht mich wahnsinnig. Aber gut.« Sie nahm das Foto von Hans Peter Steinhoff aus der Handtasche und legte es auf den Schreibtisch. »Kennen Sie den?«

Kleinert ließ sich Zeit. Dann schüttelte er den Kopf.

»Sicher?«

»Vollkommen.«

»Dieser Mann wollte Ihre Mitarbeiterin möglicherweise töten.«

Kleinert starrte erneut auf das Foto. Am Ansatz seiner grauen Haare standen Schweißtröpfchen. *»Töten?«*

»Kennen Sie ihn jetzt?«

»Nein.«

»Lügt er, Rolf?«

Bermann hob die Brauen. »Nein.«

»Sehe ich auch so. Mist.« Sie steckte das Foto in die Tasche zurück. Kleinert wirkte erleichtert, aber sie spürte, dass er Angst hatte. Als Solarexperte mochte er brillant und souverän sein, doch er vermittelte den Eindruck, als wäre er in eine unbekannte Welt gestoßen worden, in der er sich nicht zurechtfand.

»Erzählen Sie – was passiert bei GoSolar?«

Kleinert rutschte im Stuhl nach hinten. Sein Blick flog zu dem Telefon, das auf dem Schreibtisch neben dem Monitor stand, und Louise begriff, dass er auf einen Anruf wartete – den Anruf, der ihn retten würde.

11.41 zeigte das Display. Eine Minute zu spät, vier Minuten zu früh? Sie dachte an Eberhardt Rohwe, an »We will Rock You«. Damit hatte das Übel begonnen.

Sie nahm das Mobilteil aus der Station, entfernte die Batterien, legte es auf den Schreibtisch. »Was ist an den Gerüchten dran? Insiderhandel, finanzielle Schwierigkeiten, Probleme mit der Qualität.«

Kleinert fuhr sich mit einer Hand über die Stirn und sah Bermann an. Wieder half der Felsen nicht.

Er griff nach dem Telefon, schob die Batterien hinein und sagte dabei, es gebe ernsthafte Probleme, GoSolar sei in großen finanziellen Schwierigkeiten. Die Banken hätten wegen der Gerüchte um Insiderhandel Kredite gesperrt, Großkunden seien abgesprungen, und Aufträge von Land und Bund würden möglicherweise storniert werden. Bereits im vergangenen Juli habe die Firma eine renommierte Wirtschaftsprüfungsgesellschaft beauftragt. Der Abschlussbericht belege, dass sämtliche Aktienkäufe und -verkäufe von Unternehmensmitarbeitern korrekt abgelaufen seien. Der Bericht sei längst veröffentlicht, doch habe er die öffentliche Meinung bislang nicht beeinflusst und die Banken nicht zu einer Kursänderung bewegen können. Dies habe zur Folge, dass sich ein für die Firma sehr wichtiges Projekt verzögere, bei dem es, kurz gesagt, um Solarzellen für Autos gehe. Wenn sich die Situation in den nächsten beiden Quartalen nicht ändere, stehe GoSolar vor der Insolvenz.

»Unser CFO drängt darauf, dass wir eine Kaffeekasse einführen.« Er lächelte verlegen. »Das sagt eigentlich alles.«

»Was ist ein CFO?«, fragte Louise.

»Ein Chief Financial Officer.«

Kleinerts Augen lagen auf dem Display. *11.43.*

Er schöpfte Atem.

»Woher stammen die Gerüchte?«, fragte Bermann. Er stand jetzt breitbeinig da, die Arme vor der Brust verschränkt. Seine Augen waren klein und konzentriert, der Jagdhund hatte das Wild gewittert.

Kleinert zögerte. »Das wissen wir leider nicht.«

»Haben Sie einen Verdacht?«

»Nichts Konkretes, nein.«

»Was Unkonkretes?«, fragte Louise.

Verstört kniff Kleinert die Augen zusammen, und für einen Moment tat er ihr beinahe leid. Da hatte man sich als Ingenieur niedlichen, kleinen Siliziumkristallen verschrieben und musste sich urplötzlich mit geschäftsschädigenden Meldungen und Kriminalbeamten à la Bonì herumschlagen.

»Soweit wir es zurückverfolgen konnten, sind die ersten Gerüchte in einer französischen Zeitung aufgetaucht.«

»Was schließen Sie daraus?«, fragte Bermann. »Steckt die französische Konkurrenz dahinter?«

Kleinert zuckte die Achseln. Französische Solarfirmen seien, erwiderte er, bislang nicht als ernstzunehmende Wettbewerber aufgetreten. Der französische Markt sei nicht annähernd so groß wie der deutsche, auch falle die staatliche Förderung der erneuerbaren Energien wegen der offiziellen Präferenz der Atomkraft bislang gering aus. Ähnlich große und innovative Firmen wie in Deutschland gebe es nicht. Allerdings sei zu hören, dass die Regierung Villepin eine Einspeisevergütung plane, die im nächsten Jahr in Kraft trete, was der einheimischen Industrie sicherlich einen Schub verleihen werde. Und doch … »Sehen Sie, in Frankreich kommen auf einen Einwohner im Durchschnitt etwa 0,44 Watt Photovoltaikleistung, in Deutschland sind es über vierzig Watt. Die Märkte sind …«

Das Telefon klingelte.

»… in keiner Weise vergleichbar. Entschuldigung.«

Louise wandte sich ab, war bereits an der Tür, als Kleinert zu erklären begann – eine weitere Sitzung, jetzt gleich, wie gesagt, es gebe ernsthafte Probleme. Eine Floskel des Bedauerns, da trat sie in den Gang hinaus. Die Floskel wurde wiederholt, dann hatte ihr Nervensystem ein Einsehen und ließ Kleinerts Stimme in dem Summen zwischen ihren Ohren verklingen.

Sie wartete neben ihrem Wagen. Die Novembersonne schien überraschend grell, von den Autodächern und der Gebäudefassade sprangen die Lichtreflexe direkt ins Schmerzzentrum in ihrem Kopf. Sie kniff die Augen zusammen, versuchte das Summen zu ignorieren. So wenig Gerhard Kleinert letztlich auch gesagt hatte, er hatte ein interessantes Stichwort geliefert – »französisch«.

Referat A des Verfassungsschutzes war für Spionageabwehr, Proliferation und Wirtschaftsschutz zuständig. Henning Ziller, Leiter des Referates, hatte gesagt, es gehe um die Sicherheit des Landes, was vielleicht bedeutete: um die Sicherheit *der Wirtschaft* des Landes. War GoSolar von Industriespionage betroffen?

Doch der Verfassungsschutz wurde erst aktiv, wenn ein ausländischer Geheimdienst involviert war. Konkurrenzspionage interessierte das Amt nicht, bei Wirtschaftsspionage sprang es mit dem Versprechen zu schweigen in den Ring, wenn es um Hilfe gebeten wurde. Ein idealer Partner für um ihren Ruf besorgte Unternehmen: Für den Verfassungsschutz galt das Opportunitätsprinzip, er *konnte* ermitteln, falls Straftaten ans Licht kamen, anders als die Kripo, die dem Legalitätsprinzip unterlag und ermitteln *musste*.

Rolf Bermann trat aus dem Gebäude und kam langsam auf sie zu. Er trug die Jacke in der Hand, unter seinen Achseln waren Schweißflecken zu erkennen. Sein Blick lag auf ihr, seine Miene wirkte konzentriert. Kein strenger Chef mehr, sondern ein betroffener, auch wenn er das nie zugeben würde.

»Was war das, Louise?«

»Kreative Zeugeneinvernahme.«

Er schnaubte durch die Nase.

»Ich bin einfach sehr müde, Rolf.«

»Dann schlaf dich aus.«

»Und ich hab diesen Scheißton im Ohr.«

»Tinnitus?«

»Quatsch. Eine kaputte Deckenleuchte.«

»Solange du weißt, was du tust.«

»Das weiß ich meistens.«

Bermann ging an ihr vorbei zu seinem Wagen, sie folgte ihm. Die Blinkerleuchten flammten mit einem Singsang auf, als freute sich das Auto, dass er zurück war. Während er die Beifahrertür öffnete und die Jacke auf den Sitz warf, sagte er freundlich: »Mal wieder deine Landsleute, was?«

Sie besprachen die Möglichkeiten. Ein französischer Konkurrent, ein französischer Geheimdienst – dem die drei Männer aus Esthers Haus angehörten? Das würde die Wanzen und Kameras erklären und auch, weshalb sie so zurückhaltend agiert hatten.

Louise zog die Fondtür von Bermanns Wagen auf und setzte sich in den Schatten. Das Gewicht in ihrem Kopf war tonnenschwer geworden. »Aber hat Kleinert nicht gesagt, dass die französische Solarbranche keine Konkurrenz ist? Dass der Markt bei denen zu klein ist?«

»Vielleicht exportieren sie.«

Sie nickte.

»Oder sie versuchen, den Markt mit einem neuen Produkt aufrollen. Wenn sie keins haben, beschaffen sie sich die Konstruktionsdaten eben von einem deutschen Konkurrenten.«

»Solarzellen für Autos?«

Bestätigend hob Bermann die Brauen. »Und wenn sie schon mal dabei sind, können sie gleich noch ein paar Gerüchte über den deutschen Konkurrenten streuen. Wäre doch praktisch, wenn er in die Insolvenz muss.«

Louise lehnte Kopf und Schulter an die Rückbank. Selbst hier, in Bermanns Auto, eingetaucht in seine Gerüche, auf einer seiner Sexspielwiesen, hätte sie geschlafen, wenn Schlaf jetzt möglich gewesen wäre. »Aber gleich ein Geheimdienst?«

»Sonst wäre der Verfassungsschutz nicht zuständig.«

Sie gähnte. Vor zwei Minuten gedacht und schon vergessen.

Sie wusste, dass der Gedanke nicht absurd war. Viele ausländische Dienste waren aufgeschlossen, was die Unterstützung der nationalen Wirtschaft betraf, manche per Gesetz dazu angehalten. Sie stellten Erkenntnisse über ausländische Konkurrenten zur Verfügung, beschafften Informationen. Der Globus wurde von elektronischen Datenströmen umspült, im Äther herrschte ein einziges Stimmengewirr. Satelliten und Bodenstationen sammelten Gigabyte um Gigabyte an Wörtern und Daten. Wenn das nicht genügte, zapfte man Telefone an, fing E-Mails ab, belauschte leichtsinnige Firmenchefs oder redselige Mitarbeiter in Flugzeugen und Zügen, sprach Sekretärinnen im Supermarkt an, gab sich auf Messen als interessierter Kollege aus, drang in unzureichend gesicherte Server oder Intranets ein. Amerikanische Geheimdienste taten das, russische, chinesische, britische, israelische – und, wenn man den Gerüchten glauben konnte, auch französische wie der Auslandsgeheimdienst Direction Générale de la Sécurité Extérieure, die DGSE.

Auch in Deutschland.

Doch die Amerikaner, die Briten, die Franzosen waren Freunde. Kein deutscher Politiker oder Funktionär würde öffentlich erklären, dass die heimische Wirtschaft von befreundeten Nationen ausspioniert wurde. Ganz zu schweigen von der Wirtschaft, die einen schweren Imageschaden fürchtete. Der Aktienkurs! Die Investoren! Die Banken! Die Angst ließ die Firmen schweigen.

Bei der Vorbereitung auf den Wertheim-Unterricht hatte Louise in einem Sicherheitsbericht gelesen, dass sich nur acht Prozent der geschädigten Unternehmen Baden-Württembergs an Behörden oder Berater wandten. Neunzig Prozent der betroffenen Firmen bemerkten nicht einmal, dass sie ausspioniert wurden – also Tausende, denn angeblich wurde etwa ein Fünftel aller Unternehmen irgendwann einmal Opfer von Spionage.

»Wir brauchen Kollegen vom D 31 in der Soko«, sagte sie.

»Haben wir schon.«

»Wen?«

»Peter Schöne und den Pantoffelhelden.«

Der Tyrannosaurus und das Reh, dazu sie selbst, Scharmützel waren also vorprogrammiert. Bermann würde seinen Spaß haben.

Er trat vor die Türöffnung, stellte einen Fuß auf das Trittbrett, die Arme lagen auf Rahmen und Dach, die Augen waren geweitet. Jeder Zoll an ihm strömte jetzt Energie und Kraft aus. Für einen Moment fand sie ihn beinahe unheimlich. Sein Körper sorgte für Schatten, aber er versperrte den Ausgang.

Sie gähnte erneut.

»Du musst mal zum Zahnarzt.«

»Ach?«

»Unten links hast du ein Loch.«

Sie suchte das Loch mit der Zunge. Hatte sich in Wertheim aufgetan. Sie lachte. Die Langeweile hatte sich sogar in ihre Zähne gefressen.

»Soll ich dich heimfahren?«

»Nein, danke. Geht schon.«

Bermann fragte, ob sie nach Littenweiler mitkomme. Lubowitz sei fertig und habe das Haus zur Durchsuchung freigegeben. Sie schüttelte den Kopf. Sie wollte noch einmal zu GoSolar.

»Wie bitte?« Bermann hatte sich vorgebeugt, sein Kopf schwebte dicht vor ihrem.

»Reg dich nicht auf. Nur ein Gespräch unter Frauen.«

»Unter Frauen?«

»Eine Kollegin von Esther Graf.«

»Vergiss nicht, dass wir keinen Durchsuchungsbeschluss haben. Und lass Kleinert in Ruhe, klar?«

»Klar, Chef.«

Bermann ließ sie aussteigen. »Eines noch.« Er würde gegen fünfzehn Uhr ins Krankenhaus fahren. Sie mussten mit Graf sprechen, Faller hin, Faller her.

Louise überlegte kurz, ob sie sich das Schauspiel ansehen sollte – zwei Alphatiere im Kampf. Faller würde gewinnen, also konnte sie sich den Weg sparen. Sie würde später versuchen, mit Esther zu sprechen, nach zwanzig Uhr, dann endete Fallers Dienst.

Aber das musste Rolf Bermann nicht wissen.

Anschließend würde sie sich bereithalten, falls der Schutzengel ihr Gesprächsangebot annehmen würde.

Auch das musste Bermann nicht wissen.

11

EINE INFOTAFEL IM FOYER wies Besuchern den Weg. Sie hatte Glück: Gebäude 1, in dem sie sich befand, beherbergte neben der Geschäftsführung auch die Abteilung Research & Development, wo Esther und, wie sie hoffte, auch Annette Mayerhöfer beschäftigt waren, mit der Faller am Morgen telefoniert hatte.

Die Räume der Abteilungsleitung lagen im zweiten Stock. Sie stieg eine Treppe aus hellem Holz hinauf, die quer durch das Foyer nach oben führte. Schmale Schatten- und Lichtbalken wechselten einander auf den Stufen ab, legten ein verwirrendes Muster auf das Holz. Ihr war ein wenig schwindlig, und nach wie vor schmerzte das Sonnenlicht, das ins Gebäude fiel, in Augen und Kopf.

Draußen, auf dem Parkplatz, konnte sie Bermann sehen. Er lehnte an seinem Auto und telefonierte.

Die Treppe mündete in einen parallel dazu verlaufenden Gang, hinter dem ein Großraumbüro lag. Weiße Büromöbel trennten Gruppen von vier Schreibtischen voneinander ab. Etwa zwanzig Angestellte saßen vor Bildschirmen, alle unter dreißig, alle männlich, keiner nahm Notiz von ihr. Sie schlenderte zu einem Trakt mit Einzelbüros, Sitznischen mit blauen und grünen Polstersesseln, Kaffeetheken. Im Vorbeigehen las sie die Schilder neben den Türen, stieß weder auf Esthers noch auf Mayerhöfers Namen.

In dem Trakt auf der anderen Seite des Großraumbüros

wurde sie fündig: HEAD OF DEPARTMENT stand in himmelblauen Buchstaben an der Wand. Gleich das erste Büro war das von *Annette Mayerhöfer/Esther Graf.*

Sie klopfte. Niemand antwortete.

Warten oder gehen?

Warten.

Sie setzte sich auf einen Sessel gegenüber der Tür, der in einer kleinen Nische mit Wasserspender stand. Auf einem Tischchen lag ein Solarmagazin. Während sie noch über die Bedeutung von »Energierücklaufzeiten« und »solare Inselsysteme« nachdachte, schlief sie ein.

Eine Berührung an der Schulter weckte sie. Sie schlug die Augen auf.

Sie hatte ein Bein über die eine Sessellehne gelegt, hing rücklings über der anderen. Ein Gähnen unterdrückend, richtete sie sich auf. Neben ihr stand eine Frau mit halblangen schwarzen Locken, die die linke Seite der Stirn bedeckten, und lächelte freundlich. Schmale Brille, modisches Kostüm, die von dunklen Streifen durchzogene Bluse war bis zur Dekolletémitte geöffnet. Ohne Frage attraktiv und selbstbewusst, bestimmt auch zielstrebig und clever. Der Gegenentwurf zu Esther Graf.

Am Revers des Blazers steckte ein Namensschild. So machte das Suchen Spaß, dachte Louise zufrieden – gefunden werden, während man schlief.

»Im Liegen werden Sie hier keine Karriere machen«, sagte Annette Mayerhöfer.

»Dann kündige ich.«

Mayerhöfer lächelte. »Suchen Sie mich?«

»Wenn Sie ein Sofa haben.«

»Wir haben einen Ruheraum im vierten Stock.«

»Dann wäre der Monat schnell rum. Kaffee?«

»Dahinten ist eine Kaffeetheke.«

Louise streckte sich. »Ich warte gern.«

»Wollen wir eben klären, wer Sie sind, bevor Sie mich zum Kaffeeholen schicken?«

»Verlangen Sie nicht zu viel von mir.« Lächelnd kam Louise auf die Beine, griff nach ihrer Jeansjacke. »Louise Bonì, Kriminalpolizei Freiburg, ich brauche zehn Minuten Ihrer Zeit.« Sie fischte die Dienstmarke aus der Tasche. »Latte macchiato, wenn Sie haben, mit zwei Stückchen Zucker bitte.«

Annette Mayerhöfer starrte sie mit großen Augen an.

»Keine Sorge, nur ein paar Fragen.«

»Ich *wusste* es.«

»Was?«

Mayerhöfer senkte die Stimme. »Nicht hier.«

Annette Mayerhöfer war im Gründungsjahr von GoSolar eingestellt worden, 1996. Sie hatte die schwierige Anfangszeit der Firma miterlebt, den ersten Boom der Branche, den Börsengang 2001, den Markteinbruch 2002, die Errichtung der Gebäude in Freiburg-Haid, die Großaufträge, die GoSolar unter die Top Ten der Solarzellenproduzenten gebracht hatten, den nächsten Boom. Sie war dreiunddreißig und gehörte zum Firmeninventar. Vor drei Wochen hatte sie gekündigt.

»Ich will nicht zusehen, wie hier alles vor die Hunde geht«, sagte sie. »Verstehen Sie?«

»Nein«, sagte Louise.

Sie saßen in dem Büro, das Mayerhöfer sich mit Esther Graf teilte, einem Raum von beeindruckenden Dimensionen, wenn auch nur halb so groß wie der von Gerhard

Kleinert. In der Mitte verlief eine unsichtbare Trennlinie, auf deren Seiten sich je ein Schreibtisch und drei Wandregale befanden. In Mayerhöfers Hälfte standen außerdem Grünpflanzen und ein Teewagen mit mehreren Orchideen, in Grafs Hälfte ein schmaler Metallschrank, daneben führte eine Tür ins Nachbarbüro.

Den Latte macchiato hatte Mayerhöfer im Schreck vergessen.

»Was wussten Sie?«, fragte Louise. »Und warum geht die Firma vor die Hunde?«

Mayerhöfer klopfte mit dem rechten Zeigefinger auf die Schreibtischplatte und musterte Louise mit leicht überraschtem Blick. »Sind Sie nicht wegen der Gerüchte hier?«

»Ich dachte, die wären widerlegt?«

»Offiziell ja.«

»Aber?«

»Egal, ob sie stimmen oder nicht: Wenn solche Gerüchte einmal in der Welt sind, haben Sie ein ernsthaftes Problem. Sie brauchen viel Geld, Energie und Kapazität, um dagegen anzugehen. Und falls sie doch stimmen …« Mayerhöfer zuckte die Achseln. Sie habe, sagte sie und rückte die Brille gerade, absolut keine Lust, in einem Unternehmen zu arbeiten, in dem Manager oder Vorstandsmitglieder eines Tages krimineller Machenschaften überführt würden. Ohnehin habe sie es sich ein wenig zu bequem gemacht. Zehn Jahre bei derselben Firma – Zeit für neue Herausforderungen, für einen Wechsel, einen Umzug. »Ich gehe zum 1.1. nach Hamburg zu einem Energiekonzern. Die wollen den Bereich Windkraft ausbauen, das interessiert mich. Überrascht?«

»Ein bisschen, ja. Sie arbeiten zehn Jahre für GoSolar, und dann wechseln Sie wegen ein paar Gerüchten?«

»Es sind ja nicht nur die Gerüchte.« Mayerhöfers Zeigefinger begann, einen unruhigen Takt zu schlagen, langsam, langsam, schnell.

Mit den Gerüchten hatte es angefangen, irgendwann in diesem Jahr. Sie hatten bewirkt, dass sich die Atmosphäre in der Firma änderte. Die Zukunft des Unternehmens war plötzlich ungewiss, Angst um den Arbeitsplatz hatte sich breitgemacht, das Verhältnis zwischen Mitarbeitern und Management hatte sich verschlechtert. Der Krankenstand war gestiegen, langjährige Angestellte hatten gekündigt. Der Wind war rauer geworden, die Konkurrenz untereinander gewachsen. Manche Kollegen klagten über mobbingähnliche Zustände, sexuelle Belästigung, üble Nachrede. »Hier ist seit Monaten der Wurm drin«, sagte Annette Mayerhöfer, »und ich lasse mich nicht von ihm annagen.«

»Könnte es sein, dass die Gerüchte absichtlich gestreut wurden? Von einem Wettbewerber? Um GoSolar in Schwierigkeiten zu bringen und vielleicht sogar vom Markt zu drängen?«

Mayerhöfers Zeigefinger hielt in der Bewegung inne, ihre Augenbrauen senkten sich. »Wie meinen Sie das?«

»Nur so ein Gedanke.«

»Ein ziemlich … brisanter Gedanke. Gibt es Hinweise in diese Richtung?«

»Keine konkreten.«

»Aber einen Verdacht?«

»Nur vage Ahnungen.«

»Hm. In Bezug auf einen bestimmten Wettbewerber?«

»So weit sind wir noch nicht.«

Mayerhöfer nickte, der Zeigefinger nahm den Takt wieder auf. »Um Ihre Frage zu beantworten …« Denkbar sei es natürlich, auch in den grünen Branchen werde mit harten

Bandagen gekämpft. Anhaltspunkte dafür sehe sie jedoch nicht, noch weniger einen Anlass und schon gar keinen in Frage kommenden Konkurrenten. »Aber Sie stellen solche Überlegungen sicher nicht grundlos an, also muss man es wohl in Betracht ziehen. Bin ich froh, dass ich gehe.«

Als es klopfte, legte sie den Zeigefinger an die Lippen. »Ja?«

Die Tür zum Nachbarbüro öffnete sich, ein ausgesprochen gutaussehender Mann in den Dreißigern stand auf der Schwelle und weckte Erinnerungen an heiße Sommertage – große dunkle Augen, brauner Teint, weißes Hemd, beige Flanellhose, hellbraune Loafer ohne Socken, als wäre er einem Golfermagazin entsprungen, dazu ein sympathisch-herzliches Lächeln, das nicht weniger herzlich wurde, als er Louise bemerkte.

Sie prüfte die Brauen, auch die konnten sich sehen lassen.

»Entschuldigung. Haben Sie schon zu Mittag gegessen?«

»Ja«, erwiderte Mayerhöfer.

»Schade.«

»Nehmen Sie die Lasagne, schmeckt hervorragend.«

»Mein Leibgericht.« Der Golfer strahlte, Mayerhöfer strahlte. Dann schloss sich die Tür.

»Wow«, sagte Louise.

»Sie können ihn haben, ich fange nichts mit Kollegen an. Aber beeilen Sie sich, die halbe Belegschaft ist hinter ihm her. Auch die Männer.«

Louise wehrte lachend ab. Nur schauen, nicht anfassen.

Doch etwas hatte sie an dem kurzen Auftritt des Golfers und Mayerhöfers Antwort irritiert. Schon zu Mittag gegessen … Sie sah auf die Uhr – halb zwei. Kleinerts Büro um Viertel vor zwölf verlassen, gegen zwölf an Mayerhöfers Tür geklopft – sie hatte über eine Stunde geschlafen, im Wartebereich einer Firma über Sessellehnen hängend …

Zurzeit gab die Kripo Freiburg wahrlich kein gutes Bild ab.

Noch etwas war ihr aufgefallen. »Man siezt die Kollegen bei GoSolar? Ich dachte, hier wäre alles … na ja, grün.«

Mayerhöfer lächelte. »Die Branche ist dem alternativen Spirit von Berlin-Kreuzberg entwachsen. Dafür mischen die Firmen jetzt in der Weltspitze mit. Verdammt, ich habe Ihren Latte macchiato vergessen. Soll ich Ihnen einen holen?«

»Nein, danke.«

»Ist wirklich kein Aufwand.«

Louise schüttelte den Kopf. »Der Kollege ist neu?«

»Doch interessiert?«

»Seit wann arbeitet er bei GoSolar?«

»Sie *sind* interessiert.«

Tür an Tür mit Esther Graf und offenbar neu, dachte Louise. Ja, sie war interessiert.

»Seit September«, sagte Mayerhöfer.

»Wie heißt er?«

»Philipp.«

»Ein Deutscher?«

»Komische Frage. Ja.«

»Und sein Nachname?«

Mayerhöfer räusperte sich. »Ich hätte hinzufügen müssen: Philipp und ich sind ja bald keine Kollegen mehr.«

»Verstehe.«

»Nichts Ernstes. Nur ein kleiner platonischer Flirt, der ein nichtplatonisches Finale braucht. Ich beginne nichts, ohne es auf adäquate Weise abzuschließen.«

»Ich komme Ihnen nicht in die Quere, versprochen.«

»Gut.« Mayerhöfers Blick war sanft, die klaren Züge weicher geworden. »Jetzt einen Latte macchiato?«

»Nein. Nur den Nachnamen, Frau Mayerhöfer.«

»Schulz.«

Philipp Schulz, Büronachbar von Esther Graf, seit September bei GoSolar. Louise rieb sich die müden Augen. Schutzengel, vermummte Schatten, heimliche Beobachter, der aufgescheuchte Verfassungsschutz. Und ein Schuss ins Blaue. »Ich muss mit ihm sprechen.«

»Also doch interessiert.«

»Rein beruflich.«

»Was es nicht besser macht, wenn man bedenkt, welchen Beruf Sie haben.« Mayerhöfer lehnte sich im Stuhl zurück. »Sie sind nicht wegen der Gerüchte gekommen.«

»Nicht nur.« Louise musterte sie, fragte sich, ob sie ihr trauen konnte. Ginge sie nach ihrem Gefühl, dann ja. Aber sie wusste, dass sie sich in diesen Tagen nicht auf ihr Gefühl verlassen sollte. Also blieb sie vage – drei bewaffnete Männer, Entführung zweier Kollegen, versuchte Tötung in Berlin, der Name GoSolar gefallen, die Hintergründe unklar.

»Und Sie halten es für denkbar, dass Philipp damit zu tun hat?«

Louise zuckte die Achseln. »Ich rüttele am Baumstamm und hoffe, dass jemand runterfällt.«

Mayerhöfer musterte sie schweigend. Die Sanftheit in ihrer Miene war fort, ihr Blick wieder distanziert und beherrscht, als hätte sie im Geiste eine Risikoanalyse durchgeführt und sich dann von einer Sekunde auf die andere damit abgefunden, dass der adäquate Abschluss eines kleinen platonischen Flirts eben nicht immer so aussah, wie man es sich wünschte.

»Tut mir leid«, sagte Louise.

»Passiert nun mal. Wie gesagt, nichts Ernstes. Nichts, was sich nicht ersetzen ließe.« Mayerhöfers Zeigefinger geriet wieder in Bewegung, klopfte seinen Takt, langsam, langsam, schnell. »Sie sollten wissen, unter welchen Umständen Philipp zu GoSolar gekommen ist. Keine Ahnung, ob es von Bedeutung ist, aber merkwürdig war es schon. Interessiert?«

»Klar.«

Schulz' Vorgänger Heinrich Willert war im August fristlos entlassen worden – auf seinem Bürorechner waren pornographische Filme mit minderjährigen Jungen gefunden worden. Die Firmenleitung hatte auf eine Anzeige verzichtet, weil Willert die Kündigung akzeptiert hatte. Er hatte zwar behauptet, dass er die Filme nicht heruntergeladen habe. Doch sie hatten in einem passwortgeschützten Bereich gelegen, zu dem nur er Zugang gehabt hatte, und sie waren über einen längeren Zeitraum abgespeichert worden – nie während seines Urlaubs, nie, wenn er einmal krank gewesen war. Er hatte an den entsprechenden Tagen zu den entsprechenden Uhrzeiten am Schreibtisch gesessen.

»Wie wurden sie entdeckt, wenn nur er Zugang dazu hatte?«

»Reiner Zufall. Wir schalten unsere Rechner über Nacht nicht aus. Er hatte vergessen, das Programm zu schließen, mit dem er sich die Filme angesehen hat. Die Reinigungskraft hat die Maus beim Saubermachen bewegt, der Rechner kam aus dem Standby, und das war's.«

Louise schwieg. Falls GoSolar tatsächlich ausspioniert wurde, lag der Gedanke nahe, dass ein Spitzel eingeschleust worden war.

Dem man vielleicht einen Arbeitsplatz freigeräumt hatte.

Wenige Minuten später ging sie. Als sie die Treppe erreicht hatte, fiel ihr Blick durch die Glasfront nach draußen. Ein Mann in einer beigen Hose überquerte den Parkplatz auf einem Fahrrad und entfernte sich schnell. Philipp Schulz schien sich anders entschieden zu haben – doch keine Lasagne, stattdessen Döner oder Sushi oder Bratwurst vom nächsten Imbiss.

Oder er war auf dem Weg zu jemandem, der darüber informiert werden musste, dass die Kripo bis in Esther Grafs Büro vorgedrungen war.

Dann allerdings stellte sich die Frage, woher er wusste, wer sie war. Möglicherweise, dachte sie, hatte er sie ja schon einmal gesehen – auf einem Monitor, der Bilder von den versteckten Kameras bei Esther empfing.

Sie wandte sich um und ging zur Kaffeetheke. Tief in ihrem Kopf, inmitten des Ideenkompostes, schwelte ein Gedanke, und wie so viele Gedanken in diesen Tagen der Erschöpfung wollte sich auch dieser nicht gleich ans Licht holen lassen. Missmutig presste sie den Finger auf ein vielversprechendes Symbol.

Während der Latte macchiato duftend in ein hohes Glas strömte, nahm der Gedanke Formen an. Falls sie recht hatte, war irgendwann in diesem Jahr ein Netz um GoSolar geknüpft und ein Spitzel in der Firma platziert worden. Doch wer sagte, dass man sich mit *einem* Maulwurf begnügt hatte?

Annette Mayerhöfer widersetzte sich nach allen Regeln der Kunst – technisch schwierig, juristisch heikel, außerdem zutiefst illoyal. »Ausgeschlossen!«

»Ist doch nur Papier.«

Mayerhöfer schüttelte den Kopf. »Nein.«

Louise hängte die Jacke wieder über den Stuhl, stellte das Glas auf den Schreibtisch, setzte sich. Schweigend sahen sie sich an.

»Verdammt«, sagte Mayerhöfer.

»Ich weiß, ich bin unangenehm.«

»Ein Euphemismus. Sie sind eine Plage.«

Louise lächelte. »Eine Plage auf der Seite der Guten.«

»Was am Wesen der Plage nichts ändert.«

»Sprechen Sie weiter, ich höre Ihnen so gern zu.«

»Verdammt!«

Louise deutete auf den Latte macchiato. »Auch einen?«

»Ich vertrage Milch nicht.«

»Espresso?«

Mayerhöfer starrte sie an.

»Haben wir einen Deal? Ich hole den Espresso, Sie drucken die Liste aus?«

»Verdammt.«

Wenige Minuten später hielt Louise eine Liste jener GoSolar-Mitarbeiter in der Hand, die in diesem Jahr eingestellt worden waren. Sechzehn Namen und Adressen, darunter die Daten von Philipp Schulz, außerdem, von Mayerhöfer handschriftlich ergänzt, die von Heinrich Willert, dessen Vorgänger.

»Wenn ich nicht am Montag meinen Resturlaub antreten würde, hätten Sie das nicht bekommen«, sagte Mayerhöfer und rührte unwillig in der Espressotasse.

»Ich weiß. Danke. Kann ich Ihr Fax benutzen?«

»Nimmt das nie ein Ende?«

Der Zeigefinger wies auf ein Multifunktionsgerät an der Seitenwand.

»Haben Sie einen Stift?«

Ein Kugelschreiber rollte über die Tischplatte.

»Rufen Sie an, wenn's regnet, dann bringe ich Ihnen einen Schirm vorbei«, sagte Mayerhöfer.

»Eine Pizza wäre mir lieber«, erwiderte Louise.

Auf der Treppe kam ihr ein weiterer Gedanke, der allzu lange unterwegs gewesen war. Falls Philipp Schulz Teil des Netzes war und sie kannte, hatte er sie vielleicht auf einem Monitor gesehen – oder aber vergangene Nacht in Littenweiler.

War Schulz Esther Grafs Schutzengel?

12

IM AUTO RIEF SIE BERMANN AN. Er war noch in Esthers Haus, zusammen mit zwei weiteren Mitgliedern der Sonderkommission. Bisher hatten sie nichts Interessantes gefunden, die Suche dauerte an.

Louise ließ die beiden Vorderfenster herunter. Das Auto hatte fast drei Stunden in der Sonne gestanden, die stickige Wärme raubte ihr den Atem.

Bermann sprach weiter. Lubowitz hatte telefonisch erste Ergebnisse des Erkennungsdienstes durchgegeben. In dem Blut in Grafs Bad, im oberen Flur, im Schlafzimmer sowie auf der Treppe – nur nach unten, nicht nach oben – und im unteren Flur war immer dasselbe Sohlenprofil zu erkennen. Die Abdrücke passten zu denen, die die Berliner Kollegen im Treppenhaus des Hotels gesichert hatten.

Von den Abriebspuren am Schreibtischschloss und den offensichtlich kürzlich ab- oder anmontierten Steckdosen wusste sie bereits. In der Fassung einer Lampe im Schlafzimmer sowie an einem Holzregal im Wohnzimmer befanden sich ähnliche Spuren. Lubowitz hatte sich die Stellen genau angesehen und war, sagte Bermann, davon überzeugt, dass Louise recht hatte: Esther Graf war mit Wanzen und Kameras überwacht worden, die sich offenbar in allen Räumen befunden hatten.

Fingerabdruckspuren hatten nur zwei Personen hinterlassen: Graf – und die Kollegin Bonì.

»Hast du da zu Abend gegessen?«

»Pizza mit Salami und Pilzen.«

»Geht das nicht ein bisschen weit? Abendessen bei einer Zeugin?«

»Was für 'ne Zeugin?«

Bermann lachte. »Apropos, wann zeigst du mir deine Einkäufe vom Türkenmarkt?«

»Bringe ich zur Soko-Sitzung mit. Was ist mit Marc und Kilian?«

Waren übernächtigt, durchgefroren und ein bisschen verwirrt, ansonsten wohlauf. Sie bemühten sich um Coolness und überboten sich gegenseitig mit Witzeleien, um davon abzulenken, dass sie sich ziemlich dämlich verhalten und in großer Gefahr geschwebt hatten.

Ihre Aussagen hatten sie bereits zu Protokoll gegeben.

Marc war auf der Straße vor Grafs Haus auf zwei Männer gestoßen. Ein dritter hatte ihn von hinten niedergeschlagen. Er hatte keine Gesichter gesehen, konnte nur ihre Kleidung beschreiben.

»Hat er sie sprechen gehört?«

»Ja. Deutsche.« Marc hatte sich festgelegt: keine Franzosen, keine sonstigen Ausländer.

»Und was ist mit Kilian passiert?«

Bermann seufzte theatralisch.

Kilian war den drei Unbekannten und Marc eine Viertelstunde lang durch den Wald gefolgt, bis ihm aufgefallen war, dass er nur noch zwei Männer und Marc vor sich gehabt hatte. Da war es schon zu spät gewesen: Der dritte Mann hatte ihm die Waffenmündung an den Hinterkopf gedrückt.

»Was passiert jetzt mit ihm?«

»Wissen wir noch nicht. Ich setze mich später mit ihm,

dem Chef und Schöne zusammen, dann überlegen wir.« Peter Schöne bestand auf einem Vermerk in Kilians Personalakte. Dass die Boni'schen Methoden – auf eigene Faust ermitteln, Anordnungen von höherrangigen Kollegen missachten – Schule machten, passte ihm überhaupt nicht. »Du hast wenigstens Erfolg damit. Kilian lässt sich fangen.«

»Lasst ihn um Himmels willen in Ruhe.«

»Mal sehen. Wird schon nicht so schlimm.«

Sie startete den Motor und fuhr los. Bermann erkundigte sich nach dem »Gespräch unter Frauen«, und sie erzählte von Mayerhöfer, Philipp Schulz und Heinrich Willert. Nachdem sie geendet hatte, schwieg Bermann. Sie ahnte, was er dachte – welche abstrusen Gedanken gingen der Kollegin da wieder durch den Kopf?

»Lass mich raten. Du bist unterwegs zu Schulz«, sagte er schließlich.

»Ich bin unterwegs zum Döner am Schwabentor.«

»Der bei Schulz um die Ecke ist?«

»Na ja, wenn ich dann schon mal in der Gegend bin.«

»Für mich mit extra viel Fleisch und scharf.«

Seufzend legte sie das Handy zur Seite. Ganz geheuer waren ihr Bermanns plötzliche Kollegialität und Sorge nicht. Sie wäre lieber allein zu Schulz und anschließend zu Willert gefahren. Doch sie war froh, dass Bermann nicht vergaß, was ihr nur noch am Rande des Bewusstseins präsent war: Das Terrain wurde immer unübersichtlicher, und falls sie auf der richtigen Spur waren, drängten sie den unsichtbaren Gegner immer weiter in die Ecke.

Und damit wuchs die Gefahr.

Die Döner waren eben fertig geworden, als Bermann eintraf.

Sie setzten sich an einen der wenigen Tische und aßen. Bermanns Schnurrbart war nach wenigen Bissen von der Soße rot gefärbt, seine Finger troffen. Seine Augen lagen auf ihr. »Was macht die Deckenleuchte?«

»Surrt und summt.«

»Wird besser, wenn du dich mal ausgeschlafen hast.«

Sie nickte.

»Bevor ich's vergesse.« Bermann kaute und schluckte. Es gab Neuigkeiten zu Hans Peter Steinhoff.

Ernesto Freudenreich hatte sich mit zwei Computern, zwei Litern Milch und vier Gläsern Apfelmus irgendwo in einem Kellerraum vergraben, wo ihn niemand aufstöbern würde. Von Zeit zu Zeit meldete er sich per E-Mail. Er hatte über das Internet herausgefunden, dass Steinhoffs letzte Print-Artikel 2000 erschienen waren. Seitdem nur noch Online-Publikationen, alles Kleinkram, vor allem Fußball und nicht mehr als vier Berichte jährlich – ein gelernter Journalist im Hauptberuf, der kaum noch veröffentlichte. Interessanter aber war, dass er in den letzten Jahren bei zahlreichen internationalen Solarenergiemessen und -konferenzen akkreditiert gewesen war. »Deutschland, USA, China, Russland, Spanien, Frankreich, und was weiß ich, wo noch. Der ist nicht nur für den BND unterwegs.«

»Sondern?«

Bermann musterte sie mit leichtem Erstaunen, als läge die Antwort auf der Hand.

Sie tippte sich gegen die Stirn. »Das Ding in meinem Kopf, ich komme gerade nicht drauf.«

»Er handelt mit Informationen.«

»Erzählt dem einen, was der andere gerade entwickelt?«

»Vielleicht hat er auch nur einen Abnehmer.«

»Ein französisches Unternehmen.«

»Oder einen französischen Geheimdienst«, sagte Bermann.

»Und der Schutzengel und seine Leute?«

»Von den Franzosen angeworben, damit sie GoSolar ausspähen?«

Sie griff zur Wasserflasche, trank das letzte Drittel auf einen Zug. Das Ding in ihrem Kopf blockierte Übertragungswege, verhinderte hundertprozentige Konzentration. Doch an seinen Flanken mogelten sich Ahnungen vorbei, und eine davon sagte, dass an Bermanns These etwas nicht stimme. Steinhoff *konnte* nicht nur der Informationslieferant sein, sonst wäre er kaum in Berlin vor Esthers Zimmer aufgetaucht. Der Schutzengel und Steinhoff *konnten* nicht auf derselben Seite stehen, sonst hätte der eine nicht versucht, den anderen zu töten.

Sie rieb sich die Augen. Zu müde, um nachzudenken. »Wir müssen die Leute auf der Liste überprüfen.«

»Ich dachte, das läuft bereits.«

»Nicht bloß die Namen, Rolf. Die Personen.«

Bermann runzelte die Stirn.

»Schulz machen wir, die anderen sollen die Kollegen übernehmen«, sagte sie.

»Sachte, sachte. Wir wollen doch niemanden verschrecken.«

Er hatte recht. »Abgesehen von Schulz.«

»Was willst du ihn fragen?«

»Zum Beispiel, wo er heute Morgen um drei war.«

Und sie wollte seine Augen sehen. Wenn Philipp Schulz der Schutzengel war, würde sie ihn an den Augen erkennen.

Kurz darauf traten sie auf die Herrenstraße hinaus, wandten sich in Richtung Norden. Schulz wohnte in einem der schmalen einstöckigen Häuschen vor dem Münsterplatz im Dachgeschoss. Sie klingelten, warteten vor der Eingangstür unter einem Erker, klingelten erneut, da niemand öffnete. Louise trat ein paar Schritte zurück und blickte hinauf. Altrosafarben gestrichen, je drei Fenster in Erdgeschoss und erstem Stock. Drei kleine runde Dachfenster, eines davon gekippt.

Sie sah Bermann an.

»Denk nicht mal dran«, sagte er.

Sie zuckte die Achseln. Das war das Problem: Wenn der Chef dabei war, musste sie sich an die Regeln halten. Konnte sich nicht von einem Hausmeister oder Nachbarn einen Wohnungsschlüssel beschaffen. Oder ausprobieren, wie gut sie noch mit der Kreditkarte umzugehen wusste.

Sie richtete den Blick wieder nach oben und sah für den Bruchteil einer Sekunde hinter dem mittleren Dachfenster einen Schatten, der zur Seite wich. »Er ist da, Rolf.«

»Er macht nicht auf, also können wir nicht rein.«

»Versuch's noch mal.« Sie wandte die Augen nicht von dem Fenster, während Bermann erneut läutete.

Schulz öffnete nicht, der Schatten tauchte nicht mehr auf.

Verärgert trat sie zur Tür, legte den Finger auf die Klingel. Nichts. »Mist.«

»Andrele ist heute Abend bei der Besprechung dabei, vielleicht bekommen wir einen Durchsuchungsbeschluss«, sagte Bermann und klopfte ihr sanft auf die Schulter.

»Das glaubst du doch selbst nicht.«

»Nein«, bestätigte er.

»Und wenn er abhaut?«

»Er kann gehen, wohin er will. Wir haben absolut nichts gegen ihn in der Hand.«

»Wir haben einen begründeten Verdacht.«

»*Du* hast einen Verdacht.«

»Willst du nicht irgendwo ein Bier trinken, Rolf?«

»Zu früh.«

»Eine Freundin besuchen?«

»Schon wieder?« Bermann hakte die Daumen in die Hosentaschen und lächelte.

»Verflucht.«

Er lachte, und in seinen Augen lag für den Bruchteil einer Sekunde ein erschreckend hohes Maß an Zuneigung.

Rolf Bermanns Abgründe hatten sich aufgetan.

Dann wurde der Blick streng, die Brauen zogen sich zusammen, aus der Brust drang ein Knurren: »Wo wohnt der Pädophile?«

»In Wittnau.«

»Wir treffen uns vor dem Rathaus.«

Sie war kaum fünf Minuten unterwegs, als Bermann anrief. Heinrich Willert lebte nicht mehr in Wittnau; wohin er gezogen war, hatten die Kollegen noch nicht herausgefunden, die Wegzugsgemeinde war gerade nicht erreichbar. Park irgendwo, leg dich auf die Rückbank, schlaf, ich melde mich wieder. Sie lauschte dem Echo seiner Stimme in ihrem Kopf, überlegte, ob er sie bewusst für eine Weile aus dem Spiel nehmen wollte, um ihr eine Pause zu verschaffen. Doch sie hatte keine Lust, nach Wittnau hinauszufahren, um das zu überprüfen. Stattdessen parkte sie am Straßenrand und griff erneut zum Handy.

»Warten Sie«, sagte Mayerhöfer. Vivaldis »Frühling« erklang. Dann war sie wieder dran. Philipp Schulz hatte sich für den Rest des Tages krankgemeldet. Irgendetwas war ihm auf den Magen geschlagen.

Nicht irgendetwas, dachte Louise missmutig. Irgend*wer*. Annette Mayerhöfers Überraschungsgast. Und jetzt saß Schulz hinter seinen Bullaugendachfenstern und kurierte das Magengrimmen aus, indem er das eine oder andere Telefonat führte und seinen Abgang in die Wege leitete, und sie konnte ihn nicht daran hindern, weil der Chef fand, dass kein begründeter Verdacht gegen ihn vorliege.

Fluchend drehte sie die Sitzlehne bis zum Anschlag nach hinten. Noch bevor sie die Augen ganz geschlossen hatte, war sie eingeschlafen.

13

HEINRICH WILLERT LEBTE seit Oktober in der Belfortstraße nahe dem Hauptbahnhof. Ein Abstieg im Rekordtempo – noch im August hatte seine Frau die Scheidung eingereicht und war mit den beiden Söhnen aus dem Eigenheim in Wittnau ausgezogen. Das Haus stand mittlerweile zum Verkauf, die beiden letzten Kreditraten waren nicht mehr bezahlt worden. Einen neuen Job hatte Willert noch nicht.

Er wohnte im ersten Stock eines alten, nicht sanierten Hauses. Dunkelbraune Fassade, bröckelnder Putz, Graffiti, und an der Klingeltafel fast nur Zettel mit handgeschriebenen Namen. Die Haustür schloss nicht, Louise drückte sie auf. Die Beleuchtung sprang nicht an, die Fenster waren verschmutzt und ließen kaum Tageslicht durch. Im Halbdunkel stiegen Bermann und sie knarzende, glatte Stufen empor. Bermann fluchte ununterbrochen – einmal stolperte er, einmal rutschte er von einer Kante ab. Louise stöhnte auf. Der Krach heizte das Summen in ihrem Kopf an und brachte den Quader in schmerzhafte Schwingungen.

Im ersten Stock roch es nach Müll und Feuchtigkeit, von weiter oben waren Fernseherstimmen und Reggae zu hören.

16 Uhr 10, sie hatte eine Stunde geschlafen und fühlte sich beinahe ausgeruht.

»Kein Pardon«, knurrte Bermann.

»Was?«

»Er ist ein Kinderschänder.«

»Und wenn ihn jemand reingelegt hat?«

»Solange er das nicht beweisen kann, ist er ein Kinderschänder.«

Sie verdrehte die Augen. Wenn es um Kindesmissbrauch ging, ganz gleich in welcher Form, war Bermann für Argumente nicht zugänglich. Willert war vielleicht nur deshalb straffrei geblieben, weil die Tat nicht angezeigt worden war – sie ahnte, was dieser Umstand in Bermann auslöste und was das für die Vernehmung befürchten ließ.

Sie klingelte.

Als die Tür geöffnet wurde, fiel Sonnenlicht ins Treppenhaus. Geblendet kniff sie die Augen zusammen. Auf der Schwelle stand ein schmaler Mann, das Gesicht im Schatten.

»Kriminalpolizei Freiburg«, sagte Bermann angespannt und trat vor. »Heinrich Willert?«

Sekunden verstrichen. Dann nickte der Mann.

Ein Raum von etwa zwanzig Quadratmetern mit Herd und Spüle, auf dem Boden eine Matratze mit Tagesdecke, vor dem einzigen Fenster ein Tisch mit drei Stühlen und einer Margerite aus Stoff in einer Plastikflasche, dazu eine winzige Nasszelle, an der sie beim Eintreten vorbeigekommen waren. Auf seine Weise schien Willert sich gegen die Verwahrlosung zu stemmen: Er trug Anzughose, weißes Hemd und Krawatte, wenn auch verknittert und nicht allzu sauber, und seine Haare waren gekämmt, wenn auch nicht frisch gewaschen.

Willert, Mitte vierzig, hatte ihnen den Tisch überlassen und sich selbst auf die Matratze gesetzt. Die Füße standen dicht am Körper, die Arme waren um die Knie gelegt, das

Gesicht knochig und leblos, die Augen blickten starr. Für einen Moment sah Louise ein anderes winziges Zimmer vor sich – ein Bett, ein Tisch, ein halbleeres Regal im Stühlinger. Auch auf diesem Bett saß ein Mann, der keine Arbeit mehr hatte, allerdings aus anderen Gründen. Dann sah sie denselben Mann auf einem Bett in einem Hotelzimmer in Sarajewo sitzen. Er hielt ein Telefon in der Hand, die Freude war abgeklungen, das Lächeln wurde schmal, während er rätselte, was ihm die Frau am anderen Ende der Leitung mitteilen wollte. Nach einem Jahr kannte er sie noch nicht gut genug, um *zu verstehen*.

Vielleicht, dachte sie, sollte man doch zusammenziehen. Das mit der Unabhängigkeit ließe sich bestimmt irgendwie regeln, und die Gegensätze Autonomiedrang und Verlustangst pendelten sich dann schon in einer erträglichen Mitte ein.

Falls der Mann in Sarajewo noch wollte, nach diesem Telefonat. Zu viel Chaos hielt keiner aus.

Bevor das Pendel wieder ins andere Extrem ausschlagen konnte, zwang sie ihre Gedanken zu Willert zurück.

»Wenn's nach mir ginge« sagte Bermann, »würden Sie nicht in diesem Luxusapartment sitzen, sondern in einer Zelle.«

Willert erwiderte nichts. Sein Blick lag auf dem Tisch, seine Stirn war gerunzelt, er blinzelte jetzt hektisch.

Schräg hinter ihm war eine Fotografie an die Wand gepinnt, die zwei strahlende blonde Jungs um die vierzehn und eine Frau zeigte.

Auch Bermann hatte sie bemerkt. »Die Familie?« Er wies auf die Fotos. »Süße Jungs.«

Keine Reaktion.

»Verflucht«, sagte Louise.

Bermann schnaubte durch die Nase, Willert sah sie erstaunt an. Dann glitt sein Blick über den Boden, blieb vor seinen Füßen hängen.

»Schon klar«, sagte Louise, »Sie können nicht mit uns reden. Offiziell ist ja nichts passiert. Keine Kinderpornos auf Ihrem Rechner. Es hat nie eine polizeiliche Untersuchung gegeben, nur einen internen Deal. Also können Sie nicht mal sagen, dass Sie die Filme *nicht* heruntergeladen haben, weil Sie damit zugeben würden, dass es diesen Vorwurf gab, und wir dann ermitteln müssten.«

Sie erhob sich, trat zu Willert, kniete sich zwei Meter von ihm entfernt auf den Boden. Hinter ihr knarzte ein Stuhl, schabte ein Fuß über den Boden. Bermann war in Habachtstellung gegangen.

Willerts Augen krochen langsam an ihrem Körper nach oben. Sie war nicht sicher, ob er wahrnahm, was er sah.

»Und weil Sie das nicht sagen können, können wir Sie nicht fragen, wer die Filme heruntergeladen haben soll, wenn nicht Sie, denn Sie waren zu den Download-Zeiten ja nachweislich an Ihrem Schreibtisch. Und Sie können nicht antworten, dass irgendjemand Ihren Computer manipuliert haben muss – jemand, der auf Kinderpornos steht, oder jemand, der es darauf angelegt hat, dass die Filme auf Ihrem Computer gefunden werden und Sie Schwierigkeiten bekommen. Wir können Sie nicht nach Feinden in der Firma fragen, und Sie können nicht sagen, dass Sie keine Feinde in der Firma hatten und dass Sie deswegen glauben, dass dieser Jemand Sie aus anderen Gründen in Schwierigkeiten bringen wollte, vielleicht ja sogar wollte, dass Sie entlassen werden. Wir können nicht fragen, weshalb Sie das glauben, und Sie können nicht antworten, dass Sie das nicht wissen. Und weil Sie das nicht sagen können, können wir Sie nicht fragen, ob Sie es für möglich halten, dass Sie in Schwierigkeiten gebracht werden sollten, damit jemand anders, jemand ganz Bestimmtes, Ihre Stelle bekommt. Und weil wir dieses Gespräch nicht führen können und weil ich mir das vorher nicht klargemacht habe, will ich von Ihnen nur eines wissen: Was genau haben Sie bei GoSolar getan?«

Willert ließ sich mit der Antwort Zeit, als müsste er zunächst verstehen, was all das bedeutete.

Endlich sprach er. »Ich war für die Sicherheit der Abteilung verantwortlich.«

Louise sank auf den Hintern, kreuzte die Beine zum Schneidersitz. Einen Moment lang haderte sie mit sich – sie hätte schon Mayerhöfer nach den Aufgaben von Willert und damit Philipp Schulz fragen müssen.

Dann konzentrierte sie sich wieder, so weit das mit dem Summen im Kopf möglich war. Philipp Schulz zuständig für die Sicherheit der Abteilung Research & Development – allmählich fügten sich die Puzzleteilchen zu einem Bild zusammen.

»Welche Aufgaben hatten Sie?«

»Einbau und Kontrolle von Videokameras, Alarmanlagen, gesicherten Türen, EDV-Verteilerkästen und so weiter. Verhaltensmanuals für die Mitarbeiter, Background-Checks von Bewerbern.« Willerts Stimme war hoch und weinerlich und passte nicht zu seiner Kleidung, die doch signalisieren sollte, dass er sich nicht aufgegeben hatte. Ich bin am Ende, sagte der Klang der Stimme.

»Für die ganze Firma?«

»Nur für Gebäude 1.«

»Haben Sie die Monitore selbst überwacht?«

Er schüttelte den Kopf. Das oblag den Wachleuten in

Gebäude 3, die die Monitore aller Abteilungen beobachteten.

»Waren Sie auch für die IT-Sicherheit zuständig?«

»Nein.«

»Wer dann?«

»Niemand.«

»GoSolar hat keine IT-Sicherheit?«

»Nein. Es gibt ein Manual mit Instruktionen für die Mitarbeiter ... ›Ändern Sie Ihr Passwort einmal im Monat. Sprechen Sie in öffentlichen Verkehrsmitteln nicht über Firmeninterna.‹ Solche Sachen.«

»Ist das nicht unverantwortlich?«

Willert zuckte die Achseln. »Sicherheit ist teuer, und man sieht nicht, dass sich die Investitionen lohnen.« Ein Jahr zuvor hatte GoSolar den Werkschutz um die Hälfte verkleinert, weil nie etwas passiert war. Das Freigelände – Zufahrten, Parkplätze, Gehwege, Lkw-Zonen für Abholung und Anlieferung – wurde nicht mehr bei Rundgängen kontrolliert, sondern nur noch von einigen wenigen Kameras überwacht. In manchen Innenräumen der Gebäude waren überhaupt keine Kameras installiert – in den Foyers, Kantinen, Ruheräumen, Tiefgaragen. Abhörsichere Räume gab es auf dem ganzen Areal nicht, und ein Mitarbeiterausweis verschaffte einem Zutritt zu allen Gebäuden und in alle Abteilungen.

»Mit anderen Worten: Wer sich bei GoSolar auf illegale Weise sensible Daten beschaffen will, hat leichtes Spiel?«

Willert zögerte. Erst jetzt schien er zu begreifen, worauf sie hinauswollte. »Das nicht. Aber wenn man sich Mühe gibt, dürfte das kein großes Problem sein. Geht es ... darum? Industriespionage? Haben die das deswegen gemacht?«

»›Das‹?«, warf Bermann ein.

Willert antwortete nicht.

»So einfach kommen Sie da nicht raus«, sagte Bermann. »Wenn mir irgendjemand erzählt, dass auf Ihrem Computer Pädophilenpornos gefunden wurden, haben Sie zwei Sekunden später die Staatsanwaltschaft am Hals.«

Er hatte den Satz gerade zu Ende gesprochen, als ein infernalisches Gelächter und Gekreische aus mehreren Kindermündern den Raum erfüllte. Louise fuhr herum.

Bermann zog das Handy aus der Jackentasche, der Lärm endete abrupt. »Ja?« Auf seiner Stirn erschienen strenge Falten, die Augen wurden schmal. »Sind unterwegs.« Er stand auf, ging zur Tür. »Wir müssen los.«

Sie erhob sich, suchte in seinem Blick nach einem Hinweis. Von einem Moment auf den anderen war die heiße Angst wieder da – nicht Esther, dachte sie, nicht Annette Mayerhöfer, die beide vielleicht in Gefahr waren, weil sie nicht aufgepasst, nicht konzentriert nachgedacht hatte … Dann lieber Nachricht von den Stuttgartern, dem Verfassungsschutz, dem Innenministerium, zieht endlich eure kinderlose Säuferin aus dem Verkehr, bevor eine internationale Krise ausbricht …

»Red schon, Rolf, verdammt!«

»Nur die Ruhe«, erwiderte Bermann und trat in die winzige Diele.

Sie zwang sich, tief durchzuatmen.

»Sprechen Sie mit Esther Graf«, sagte Willert leise. »Eine der Assistentinnen des Abteilungsleiters.«

»Weshalb?«

»Louise«, sagte Bermann drängend.

»Warte. Was ist mit Esther Graf?«

Willert hatte sie an einem späten Abend Ende Juni im Kopierraum gesehen, ohne dass sie ihn bemerkt hatte. Ein Blatt war zu Boden gefallen, sie hob es fast in Panik auf, und das machte ihn stutzig. Also beobachtete er sie eine Weile. Sie fertigte in großer Eile und eindeutig nervös von einer Vorlage zwei Kopien an. Eine davon ordnete sie in einen Schnellhefter ein und legte sie im Büro des Abteilungsleiters in den Safe. Was mit der anderen geschah, fand er nie heraus – seine Frau rief an, und nachdem das Telefonat beendet war, hatte Esther Graf die Firma schon verlassen.

»Wissen Sie, was sie kopiert hat?«

»Nein.«

Bermann öffnete die Wohnungstür. »Das können wir auch später klären, komm endlich.«

»Haben Sie jemandem davon erzählt?«

»Pete Monaghan, dem Abteilungsleiter, am nächsten Morgen.«

»Und?«

Monaghan und Willert hatten im Safe nachgesehen und ein Dutzend fast identisch aussehende Schnellhefter gefunden, die Esther Graf vorbereitet und nach Ziffern auf dem Deckblatt geordnet hatte – Skripte für Reden, die Monaghan halten musste, Protokolle von Sitzungen, technische Daten aus den Forschungslabors und so weiter. Willert hatte nicht sagen können, welchen Hefter er am Vorabend in Esther Grafs Hand gesehen hatte. »Herr Monaghan hat sich bedankt, und das war's.«

Louise nickte nachdenklich. Esther hatte sich also tatsächlich Firmenunterlagen angeeignet. Dass Monaghan der Angelegenheit nicht nachgegangen war, konnte viele Gründe haben – er hatte ihr keine Bedeutung zugemessen, hatte sie vergessen. Oder GoSolar hatte bereits mit dem Verfassungsschutz zusammengearbeitet, der sich der Sache angenommen und Esther seit dieser Zeit beobachtet hatte.

»Wir müssen noch mal reden«, sagte sie.

»Ich bin hier«, erwiderte Willert, und zum ersten Mal nahm sie in seiner Stimme Hoffnung wahr.

Sie folgte Bermann ins Treppenhaus. Für einen Moment sah sie nur seine Konturen, bis sich ihre Augen an das Dämmerlicht gewöhnt hatten. »Und? Ist der Verdacht jetzt begründet, Rolf?«

»Nerv mich nicht.«

Er eilte voran.

»Was ist passiert?«

»Schüsse im Wald bei Ebnet.«

»Wie wär's mit Jägern?«

»Tiere rufen nicht um Hilfe.«

Bevor sie nach Einzelheiten fragen konnte, hörte sie ein hölzernes Krachen, dann kippte der Schemen vor ihr fluchend zur einen Seite, gleich darauf zur anderen, während er in hohem Tempo nach unten schlidderte. Bermanns helle Hände flatterten durch die Luft, er stürzte wie ein gefällter Baum nach hinten, wieder krachte das Holz einer Stufe, er rutschte weiter, bis er am Treppenabsatz abrupt zu einem Halt kam.

Sie hörte ihn stöhnen.

»Hast du dir wehgetan?«

»Verdammte Scheiße, gibt's das?«

Vorsichtig stieg sie zu ihm hinunter, kniete sich neben ihn. Sein Kopf lag auf einer Kante, das Gesicht war, soweit sie es erkennen konnte, schmerzverzerrt.

Aber er lachte. »Das gibt's nicht ...«

»Rolf, alles okay?«

»Ja, ja.« Er richtete sich auf. Seine Haut leuchtete weißlich im Halbdunkel, mit der Hand fuhr er sich über den rechten Unterarm.

»Hast du dir was gebrochen?«

»Ach was, nur 'ne Prellung.«

Ein säuerlicher Geruch von Schweiß ging von ihm aus. Erst jetzt wurde ihr bewusst, dass ihr ein mächtiger Schreck in die Glieder gefahren war. Rolf Bermann, der Felsen, lag wie ein gestrandeter Wal vor ihr auf den Stufen.

Sie half ihm auf.

»So 'ne Scheiße.« Er rieb sich den Hinterkopf. »Die verklag ich.«

»Mach das.«

»Und dann hol ich mir Willert.«

»Jetzt fahren wir erst mal nach Ebnet. Geht's wieder?«

»Ja, ja.«

Langsam gingen sie auf die Eingangstür zu. Bermanns Schritte waren klein und unsicher, einmal schwankte er leicht. Sie wollte ihn unterhaken, er wehrte ab. Erneut fasste er sich an den Hinterkopf und fluchte.

»Du fährst mit mir«, sagte sie.

»Ach, lass mich in Ruhe.« Er lachte heiser. »Kommandierst du deinen Auslandsbullen auch so rum? Die arme Sau.« Er tastete nach der Türklinke, griff zweimal daneben, als hätte ihm die Hand nicht gehorcht.

Seine Kraft reichte nicht, um die Tür aufzuziehen. Louise half.

Sie traten hinaus. Im Licht der Sonne sah sie, dass jegliche Farbe aus seinem Gesicht gewichen war.

»Du kannst jetzt nicht fahren, Rolf.«

»Red keinen Schwachsinn.«

Sie legte die Hand an seine Wange, die kalt war und zitterte. Bermann zuckte zurück.

»Und wenn du eine Gehirnerschütterung hast?«

»Ich hab 'ne Prellung am Arm und am Arsch, das ist alles.«

»Lass dich untersuchen.«

»Geh mir nicht auf den Sack.« Er deutete mit der Hand eine Bewegung an. »Ich steh da drüben. Wir sehen uns in Ebnet.«

Er wandte sich ab, sie folgte ihm.

»Louise, hau ab, ich komm allein klar.«

»Das musst du mir erst beweisen.«

Sie bogen in die nächste Seitenstraße ein. Umständlich kramte Bermann den Autoschlüssel aus der Jackentasche, betätigte die Funkfernbedienung. Nichts geschah. Sein Blick glitt über die parkenden Wagen. Die Augen waren halb geschlossen, die Lider blinzelten unregelmäßig.

»Da vorn«, sagte Louise. »In der Einfahrt.«

Der fröhliche Singsang empfing sie. Bermann öffnete die Tür, ließ sich vorsichtig auf den Sitz sinken. »Scheiße, tut mir der Arsch weh.«

»Ich mache mir mehr Sorgen um deinen Kopf.«

»Kümmer dich um deinen eigenen Kopf.« Er wollte die Tür zuziehen, sie hielt sie auf.

»Sicher?«

»Ja, aber wenn du mich nicht endlich in Ruhe lässt, krieg ich doch noch 'ne Gehirnerschütterung.«

Sie musste lächeln. »Also gut. Wo in Ebnet?«

Ein Grillplatz östlich des Ortes – durchs Zentrum, dann die Steinhalde am Wald entlang, dann rechts hoch ins Welchental. »Links, meine ich«, sagte Bermann, startete den Motor und winkte sie zur Seite. Sie trat einen Schritt zurück. Mit einem aggressiven Knurren schoss der schwere Wagen davon.

Auf dem Weg zu ihrem Auto zog sie in Erwägung, über das Schwabentor zu fahren und sich Zutritt zu Philipp Schulz'

Wohnung zu verschaffen, falls er erneut nicht öffnete. Die Gelegenheit war günstig – der Chef nach Ebnet unterwegs und mehr mit seinem Hintern beschäftigt als mit ihren Methoden. Sie verwarf die Idee. Steinhoff mochte in der Stadt sein, der Schutzengel und seine Leute waren hier, vielleicht französische Agenten – und kaum einen Kilometer nördlich von Littenweiler, wo Esther wohnte, war geschossen worden. Da lag der Gedanke nahe, dass möglicherweise eine Verbindung bestand.

14

EBNET, IM ÄUSSERSTEN OSTEN Freiburgs an der alten B 31 gelegen, befand sich im Ausnahmezustand. Schon von weitem hatte Louise Blaulichter über dem Stadtteil gesehen, am Ortseingang war eine Straßensperre errichtet worden, am Ortsausgang eine weitere. Dort ließen die Kollegen nur Einsatzfahrzeuge durch. In der von Häusern gesäumten Steinhalde in Richtung Welchental parkten Streifen- und Mannschaftswagen mit Göppinger Kennzeichen – die Einsatzleitung hatte offenbar einen Zug Bereitschaftspolizisten angefordert.

An der Abzweigung musste sie das Auto stehen lassen, die schmale, im Schatten liegende Straße zu Fuß hochgehen. Hin und wieder kamen ihr Streifenbesatzungen entgegen, die nicht viel mehr wussten als sie: Schüsse in der Nähe eines Grillplatzes, man durchkämme das Gelände auf der Suche nach dem Schützen und einem möglichen Opfer, auch die Hundestaffel sei eingebunden. Es gebe eine Zeugin, doch was sie gesehen habe, wisse man nicht.

Dann war sie für Minuten allein. Hier, zwischen den Hügeln, zog die Dämmerung rasch herauf. Die Luft war kühl, fröstelnd schloss sie die Jacke. Vom Laufen war sie außer Atem, ihr Puls ging schnell. Kaum eine Viertelstunde zu Fuß unterwegs, und sie war erschöpft wie nach einem einstündigen Dauerlauf.

Gedämpftes Hundegebell riss sie aus den Gedanken.

Hinter dem Fenster eines Einsiedlerhofs sah sie einen aufgerichteten Dobermann, der wütend in ihre Richtung kläffte. Auf einer eingezäunten Wiese neben dem Haupthaus fingen zwei Männer aufgeregte Pferde ein. Linker Hand lag ein Parkplatz, daneben stand eine Hütte. An einem Steintisch ein paar Meter weiter saß Kilian.

Schwer atmend blieb sie vor ihm stehen. Erleichterung und Ärger durchfluteten sie – er war mit einem blauen Auge davongekommen, aber er hatte sich ihrer Anweisung widersetzt und sich ohne Sinn und Verstand in Gefahr begeben. Der Ärger gewann und musste sich Bahn brechen, obwohl sie aus anderen, dringlicheren Gründen hier waren. Scharf sagte sie: »Weißt du, was ich glaube? Du hast dir den falschen Job ausgesucht.«

Kilians schöne Augenbrauen hoben sich warnend.

Sie trat zu ihm, bohrte ihm den Finger in die Brust. »Eines Tages wirst du mit einem Loch im Rücken in irgendeiner dunklen Straße liegen, und daheim wird deine Witwe mit deinen Kindern sitzen und dich verfluchen.«

Kilian starrte sie schweigend an, als überlegte er, ob er sich auf die Auseinandersetzung einlassen wollte. Er räusperte sich. »Das sagt die Richtige.«

»Du hast den Unterschied nicht kapiert, Idiot.«

»Und der wäre?«

»Schau dich an, und dann schau mich an. Du bist jung und das blühende Leben, ich bin alt und ein Scheißwrack. Mich braucht keiner, und deswegen überlebe ich. Ich bin nicht leichtsinnig, ich bin nur wütend und verbohrt und nachtragend. Ich hab keine Angst, zumindest hab ich keine Angst, irgendwas zu verlieren, weil ich nichts habe, was ich verlieren könnte. Du schon!«

»Das sind viele Unterschiede.« Er stand auf.

»Verarsch mich nicht.«

Aus der Ferne drangen Rufe herüber. Ein Hund bellte, zwei weitere fielen ein. Scharfe Befehle, die schmerzend in ihr Gehör fuhren, brachten die Tiere zur Ruhe.

»Und was ist mit Loyalität? Freundschaft?«, fragte Kilian.

Erneut bohrte sie ihm ihren Zeigefinger in die Brust. Er ergriff ihre Hand, hielt sie fest. Seine Mundwinkel zitterten, und ihr wurde bewusst, wie sehr ihn ihre harsche Reaktion getroffen hatte. »Genau das ist der Punkt«, sagte sie ruhiger.

»Verstehe ich nicht.«

»Schau dir die alten Dramen an …«

»Was für alte Dramen?«

»Keine Ahnung, Shakespeare oder so. Antike Dramen.«

»Was ist damit?«

»Da *sterben* die Menschen aus Loyalität und Freundschaft. Lass mich endlich los.« Er gab ihre Hand frei. »Du willst *gut* sein, Kilian. Und dabei verdrängst du alles andere – deine Angst, deine Fluchtimpulse, deine Vernunft. Alles, was dir das Leben rettet, wenn es mal drauf ankommt.«

»Jeder will gut sein, du auch.«

»Nein, sicher nicht.«

»Was dann?«

Sie zuckte die Achseln. »Was weiß ich? Ich bin bloß irgendwie getrieben.«

Ihr Blick wurde von Bewegungen zwischen den Bäumen abgelenkt. In der Dämmerung waren zwei Männer in weißen Kunststoffanzügen zu erkennen. Einer davon war, der Größe nach zu urteilen, Lubowitz. Er beugte den Oberkörper hinunter, stand sekundenlang wie ein spitzwinkliges Dreieck da.

Sie wandte sich wieder Kilian zu. »Botschaft verstanden?«

Er nickte.

Sie gingen zum Waldrand, betraten einen Pfad. Zwanzig Meter weiter kreuzten zwei im Wind flatternde Absperrbänder den Weg, dazwischen staken Täfelchen der Spurensicherung. Eines markierte eine feuchte, dunkle Stelle – Blut, das in den Waldboden gesickert war. In der Erde waren deutlich die Konturen von Händen zu erkennen, außerdem zwei nebeneinanderliegende, fast rundflächige Spuren.

»Scheiße«, sagte Louise.

Das Opfer war auf die Knie gestürzt, dann weitergelaufen, vom Schützen gejagt.

Während sie auf Lubowitz und dessen Kollegen zueilten, berichtete Kilian.

Kurz vor sechzehn Uhr war ein Notruf eingegangen. Eine Joggerin, die von Ebnet das Welchental hochgelaufen war, hatte in unmittelbarer Nähe des Grillplatzes Schüsse und die Hilferufe eines Mannes gehört. Drei Schüsse, ungefähr ein Dutzend Rufe, das Ganze innerhalb von zwei, drei Minuten. Dann wieder Stille.

»Er hat es nicht geschafft«, sagte Louise.

»Sieht so aus.«

Über das Handy hatte die hysterische Zeugin den Notruf gewählt. Sie war nach Ebnet in ihre Wohnung gerannt, wo sie erneut die 110 angerufen hatte. Das Führungs- und Lagezentrum hatte sie ins D 11 verbunden, von dort war sie in Peter Schönes Büro durchgestellt worden, der die Soko stellvertretend leitete, weil Bermann unterwegs gewesen war. Schöne hatte als Wirtschaftsermittler kaum Erfahrung mit Außeneinsätzen – deswegen der große Bahnhof samt Bereitschaftspolizei und Hundestaffel.

Die ersten Streifen waren zehn Minuten, nachdem der Notruf eingegangen war, am Grillplatz gewesen – etwa zur gleichen Zeit, als Louise und Bermann bei Willert geklingelt hatten.

Sie legte die Hand an Kilians Arm, fragte nach Bermann. Er antwortete, er habe ihn noch nicht gesehen, womöglich sei er bei der Zeugin, die eben von der Soko vernommen werde. Vorhin sei von dort ein Anruf gekommen – die Zeugin habe ein Auto anspringen gehört, das sich nach Norden entfernt habe. Es müsse ein Stück weiter oben abgestellt gewesen sein, denn am Grillplatz oder auf dem Parkplatz habe keines gestanden.

Louise und Kilian hatten die beiden Erkennungsdienstler erreicht, die weitere Absperrbänder um versickertes Blut und Eindruckspuren zogen.

»Du hast schon wieder keinen Kaffee mitgebracht«, sagte Lubowitz.

»Für mich Cappuccino mit laktosefreier Milch«, sagte sein Kollege. »Falls ihr noch mal losgeht.«

Ohne die beiden zu beachten, sah Louise auf die Spuren im Waldboden. »Er ist wieder gestürzt.«

»Ja«, bestätigte Lubowitz. »Und hier hat er aus zwei Wunden geblutet.« Er zeigte auf eine längliche Eindruckspur, die vermutlich von einem Körper stammte, und dunklere Stellen daneben. Dort, wo sich Hüfte und Schultern befunden haben mussten, waren die Eindrücke tiefer. »Die erste Kugel in den linken Arm oder die linke Schulter, die zweite ins rechte Bein.«

Er hob die Hand, deutete auf den Weg jenseits der Absperrbänder, wo in unregelmäßigen Abständen andere weißgekleidete Kollegen knieten. »Von hier aus konnte er nicht mehr weiterlaufen, er hat das rechte Bein nachgezogen. Weit wird er es nicht geschafft haben, vielleicht zwei-, dreihundert Meter. Wenn sie ihn nicht weggetragen haben, werdet ihr da irgendwo eine Leiche finden.«

»Sie?«, fragte Louise.

»Sie waren zu zweit hinter ihm her. Einer ist groß und schwer, einer mittelgroß und leicht. Zwei Männer oder ein Mann und eine Frau.«

Er hatte den Satz kaum beendet, als im Dickicht abseits des Weges ein Hund anschlug. Zweige brachen, jemand hatte zu rennen begonnen. In etwa einhundertfünfzig Meter Entfernung sah Louise einen Rottweiler, hinter ihm den Diensthundeführer, dann waren die beiden zwischen Bäumen und Büschen verschwunden.

Rufe erklangen, die sich von Mann zu Mann fortsetzten.

»Immer das Gleiche«, murmelte Lubowitz knarzig.

»Eine Scheißelefantenherde«, sagte sein Kollege. »Da kannst du jede Spur vergessen.«

Plötzlich waren alle Stimmen und Geräusche verstummt.

Sie hatten die Leiche entdeckt.

Louise und Kilian erreichten den Fundort nach Lubowitz, der vier uniformierte Kollegen brummelnd zur Seite drängte. Ein wenig abseits saß der Hundeführer, streichelte den Rottweiler, sprach leise auf ihn ein.

Noch bevor Louise einen Blick auf den leblosen Körper warf, wusste sie, wer der Tote war. Etwa einen Meter vor ihm lag ein hellbrauner Loafer.

Der Fuß nackt, beige Flanellhose, weißes, von Blut durchtränktes Hemd. Philipp Schulz war in Oberschenkel, Arm und Hinterkopf getroffen worden.

»Bleibt mir bloß von ihm weg, ja?«, sagte Lubowitz und schlang das lose Ende des Absperrbandes um einen Baum.

Louise ging weiter, bis sie die linke Gesichtshälfte sehen konnte. Das herzliche Lächeln war erloschen, der Kiefer nach unten gesunken, die Augen standen einen Spalt offen. Die Muskeln waren erschlafft, das Gesicht zeigte keinerlei Ausdruck mehr. Sie hockte sich auf die Fersen, rief sich die Sekunden in der vergangenen Nacht in Erinnerung, als sie vor Esthers Haus in die Augen jenes Mannes gesehen hatte, den sie für deren Schutzengel hielt.

Sie konnte keine Ähnlichkeit erkennen.

Doch in Littenweiler war sie einem lebenden Menschen begegnet, hier lag ein Toter mit halb geschlossenen Augen.

Sie musste an Henning Ziller denken, der vor verheerenden Konsequenzen gewarnt hatte, falls die Kripo ihre Ermittlungen nicht einstelle. Er hatte recht behalten. Philipp Schulz wäre noch am Leben, wenn sie nicht Annette Mayerhöfer aufgesucht hätte.

Sie rieb sich die Brust, bemühte sich, ruhig zu bleiben. Dass man Schulz, der vielleicht nicht Esthers Schutzengel, doch vermutlich Teil des unsichtbaren Netzes um GoSolar gewesen war, ermordet hatte, passte überhaupt nicht ins Bild. War er in Panik geraten, nachdem er ihr am Mittag begegnet war? Vielleicht hatte er aussteigen wollen und war auf diese Weise daran gehindert worden. Doch von wem? Von Steinhoff? Dem Schutzengel?

Und wessen Schatten hatte sie hinter Schulz' Fenster gesehen?

Wieder fiel ihr Ziller ein. Er hatte von einem »hochkomplexen Fall« gesprochen. Niemand hatte ihn ernst genommen.

Auch sie nicht.

III

Die Spinne

15

DREI STREIFENWAGEN, zehn Schutzpolizisten, rund dreißig Schaulustige, die in sicherer Entfernung warteten, dazu Nachbarn in Haustüren oder an geöffneten Fenstern – wie Ebnet war auch die Herrenstraße am Schwabentor in Aufruhr. Und sie selbst, dachte Louise, während sie im hektischen Zucken der Blaulichter vor den Uniformierten abbremste, kam immer zu spät.

Kilian und sie stiegen aus. Die Sonne war untergegangen, der Himmel hatte sich bewölkt. Leichter Regen fiel, der die Neugierigen nicht weiter zu stören schien. In kleinen Gruppen standen sie entlang der Häuser gegenüber, beleuchtet von einer Straßenlaterne und den Blaulichtern, deren Widerschein von den Häuserwänden zurückgeworfen wurde, so dass die schmale Straße von einem hektischen, stummen Rhythmus erfüllt war. Eines der Gesichter in der Menge kam ihr bekannt vor, doch dann schoben sich andere davor, und die vage Erinnerung verblasste. Sie trat einen Schritt zur Seite, das Gesicht war verschwunden. Aus den Nebeltälern ihres Bewusstseins stieg das Wort »spießig«, und da wusste sie, wer der Mann gewesen war: Michael Bredik, einer von Zillers Verfassungsschutzadjutanten, denen sie am Morgen in Graeves Büro gegenübergesessen hatte.

Sie wandte sich Kilian zu. »Sag ihnen, ein Blaulicht reicht, das ist ja nicht auszuhalten.«

Der Rhythmus wurde ruhiger.

Die Streifenbesatzungen hatten drei Bewohner, die das Haus betreten oder verlassen hatten, überprüft, außerdem den Hausmeister ausfindig gemacht, der aus der Marienstraße herübergeeilt war. Louise wies sie in die Lage ein: Vermutlich war die Wohnung leer, aber man musste mit allem rechnen.

»Kein MEK?«, fragte ein Polizeikommissar mit rotem Haar und rotem Schnauzbart.

»Keine Zeit.«

Sie ließ sich den Hausmeister zeigen, erkannte ihn erst auf den zweiten Blick: Ronescu, der sanfte Rumäne aus ihrem Haus in der Gartenstraße, in dessen Küche sie zahllose Flaschen Tuica geleert hatte. Die Tränensäcke bedeckten mittlerweile die Hälfte des schwermütigen Gesichts, die Fleischwülste waren noch größer geworden, er ging gebückter als damals. Dutzende Äderchen auf seiner Nase ließen vermuten, dass er im Gegensatz zu ihr nicht vom Tuica gelassen hatte.

Dann nahm sie den Geruch von Alkohol wahr.

»Frau Louise«, murmelte er erstaunt und hob eine Hand zum Gruß.

Der Klang seiner Stimme, das rollende »R«, die dunklen Vokale jagten ihr einen Schauer über den Rücken. Ronescu gehörte in die Zeit *davor* – vor der Entgiftung und dem Entzug, vor der Rückkehr ins Leben, vor Ben. Die Zeit, als sich ihre Gedanken nur darum gedreht hatten, wo sie unbeobachtet trinken, wo sie die Flaschen verstecken konnte, wie lange der Vorrat reichen würde.

Sie ergriff Ronescus Hand. »Geht es Ihnen gut?«

»Ach, wissen Sie …« Er zuckte die Achseln. »Aber Sie sehen besser aus als damals. Müde, aber … gesund.«

Sie lächelte erschrocken. Ja, gesund in diesem Sinne,

in einem anderen wohl nicht. »Ich muss ins Haus, in die Wohnung von Philipp Schulz.«

»Und das ist … das dürfen Sie?«

»Ja.« Auf der Fahrt hatte sie Marianne Andrele angerufen, die Staatsanwältin. Die Durchsuchung war mündlich angeordnet worden, der Beschluss in Arbeit.

Ronescu hob einen Schlüsselbund. »Dann gehen wir.«

»Nein, Sie nicht.«

Er zeigte ihr zwei Schlüssel, reichte ihr den Bund.

»Wie ist die Wohnung geschnitten?«

Ronescu hob die Hände vor den Bauch, hielt sie parallel zueinander. »Sie kommen in den Flur.« Er klappte die rechte Hand zur Seite. »Hier ist das Bad, geradeaus die Küche, hier das Zimmer …« Er klappte die linke Hand zur Seite.

Mit Kilian, dem rothaarigen Polizeikommissar und drei von dessen Streifenkollegen besprach sie die Vorgehensweise, dann betraten sie das Haus, stiegen, die Waffe in der Hand, ins Dachgeschoss hinauf, wo zwei Wohnungen lagen, eine nach hinten, eine zur Herrenstraße. Am Klingelschild der Letzteren stand »Schulz«, auf dem Schuhabstreifer »Willkommen«.

Die Kollegen verteilten sich entlang der Treppe, nur Kilian blieb dicht neben ihr. Er wirkte konzentriert und ruhig, im Gegensatz zu ihr. Sie hasste Situationen wie diese. Eine geschlossene Tür, und keiner wusste, was dahinter wartete.

Sie läutete zweimal, sagte: »Kriminalpolizei, bitte öffnen Sie.«

Als nichts geschah, schloss sie auf und trat mit gehobener Waffe in die kleine Diele, die nur vom Licht aus dem Treppenhaus beleuchtet wurde. Sie spürte Kilian dicht hinter sich, hörte seine langsamen Atemzüge. Schrittgeräusche übertönten sie, Türen flogen auf, Kilian im Bad, die Streifenbesatzungen im Zimmer, sie selbst in der Küche.

Kilian gab als Erster Entwarnung, dann sie, als Letzter der Rothaarige.

Sie sank auf einen Stuhl, der an einem winzigen Tischchen stand. Ihre Beine zitterten, ihr Atem ging zu schnell. Sie ließ den Blick über die kaum zehn Quadratmeter große Küche gleiten. Keine Schränke, kein Regal, kein Kühlschrank, kein Herd. Neben der Spüle standen ein benutzter Pappteller mit Brotkrümeln und ein Plastikbecher, daneben lag eine Papiertüte aus einer Bäckerei. Philipp Schulz mochte hier gewohnt haben, niedergelassen hatte er sich nicht.

»Krasser Scheiß«, sagte Kilian aus dem Bad.

Sie zwang sich hoch, steckte die Waffe ins Holster, streifte Einweghandschuhe über.

Das Bad war kaum mehr als eine Nasszelle. Kilian hatte das Plastikschränkchen über dem Waschbecken geöffnet. Auf drei Ablagen standen zahlreiche Schminkutensilien, Mittel zum Färben und Entfärben der Haare, ein Behälter mit falschen Schnurrbärten und dergleichen mehr.

Erneut bestätigte sich Eberhardt Ebbe Rohwes früher Verdacht: Profis durch und durch.

Der Rothaarige trat in die Diele. »Wir warten unten.«

Sie nickte. »Danke für eure Hilfe.« Sie wartete, bis die Kollegen gegangen waren, sah dann von der Tür aus in das Zimmer. Ein einfaches Bett, ein Garderobenständer auf Rollen, an dem Hemden und Anzüge hingen, ein geöffneter Koffer mit vier Paar Schuhen, eine Reisetasche, ein kleiner Fernseher mit Zimmerantenne. Welche Ironie, dachte sie. Heinrich Willert, der Vorgänger, und Philipp Schulz, der Nachfolger, auf ähnliche Weise heimatlos.

»Wir brauchen den Erkennungsdienst«, sagte sie zu Kilian. »Und ruf Bermann an, er soll die Soko aufstocken.«

»Er soll?«

»Er möchte bitte.«

Kilian verschwand in der Küche. Sie machte ein paar Schritte in das halbleere Zimmer hinein. Falls Schulz hier verräterische Unterlagen aufbewahrt hatte, waren sie mittlerweile fort. Der Erkennungsdienst würde seine Fingerabdrücke finden, aber nicht viel mehr. Wer auch immer am Nachmittag in dieser Wohnung gewesen war, er hatte viel Zeit zum Aufräumen gehabt. Hier und an anderen Orten. Spätestens jetzt, nach Schulz' Tod, würde er damit beginnen, das Netz aufzuknüpfen.

Spätestens jetzt lief ihnen die Zeit davon.

»Der ED kommt, Bermann erreiche ich nicht«, sagte Kilian hinter ihr.

Sie wandte sich um. »Was heißt, du erreichst ihn nicht?«

»Er geht nicht dran.«

Sie zog ihr Handy heraus, wählte, vergeblich.

Während sie ins Erdgeschoss hinuntergingen, besorgte sie sich über das Führungs- und Lagezentrum die Nummer von Peter Schöne.

»Keine Zeit, Bonì«, sagte Schöne freudlos.

»Wo seid ihr?«

»Noch in Ebnet.«

»Bei der Zeugin?«

»Nein, im Wald bei dem Toten.«

Sie traten auf die Herrenstraße hinaus. Ein paar Schaulustige mehr, der Ring aus Neugierigen hatte sich um die Autos geschlossen. Dazwischen standen die Streifenbesatzungen. Ronescu und der Rothaarige lehnten an einem Einsatzwagen und rauchten. Ihr Blick glitt über die Menge, Michael Bredik war nicht zu sehen.

An ihrem Ohr knurrte Schöne.

»Ist Rolf bei dir?«, fragte sie.

»Der hat Kopfweh.«

»Hast du mit ihm gesprochen?«

»Nein.«

»Wo ist er?«

»Beim Arzt. Und wo bist du? Aber will ich das wissen? Nein. Sag's mir trotzdem. Bist ja in meiner Soko, auch wenn man dich nie zu Gesicht bekommt.« Schöne lachte.

»Ich war gerade in der Wohnung des Toten.«

»Du weißt, wer er ist?«

Sie stöhnte lautlos. Streifenbesatzungen angefordert, mit der Staatsanwältin gesprochen, die Soko zu informieren vergessen.

Sie erklärte die Situation, fügte hinzu, dass sie so schnell wie möglich mit den anderen fünfzehn Personen auf Annette Mayerhöfers Liste sprechen mussten. Falls Komplizen von Schulz darunter waren, würden sie möglicherweise bald abtauchen. Wenn sie nicht bereits verschwunden waren.

Peter Schöne schwieg. Sie war froh, dass seine starren kleinen Augen nicht auf ihr lagen.

»Um sieben in der Direktion?«, fragte sie.

»Um sieben stehe ich erst auf.«

»Heute Abend, Peter. Wir müssen jetzt dranbleiben.«

»Wirst du wieder hysterisch?«

»Ja.« Verärgert beendete sie die Verbindung, wandte sich dem Rothaarigen zu. Die Wohnung musste versiegelt werden, ein Streifenwagen vor dem Haus bleiben. Er versprach, sich darum zu kümmern.

Sie zog Ronescu zur Seite. »Ich muss los.«

»Dann wünsche ich Ihnen alles Gute, Frau Louise.«

»Hat mein Kollege Ihre Daten?«

Ronesco nickte.

»Ich rufe Sie an. Vielleicht finden wir mal Zeit für ein Gläschen.«

Er hob die Augenbrauen, in der Stirn entstanden tiefe Krater. »Sie enttäuschen mich, Frau Louise.«

»Nur Wasser, Herr Ronescu – bis in alle Ewigkeit.«

Eine Viertelstunde später saß sie mit Kilian in ihrem Büro und ließ sich widerwillig davon überzeugen, dass ein Großeinsatz an diesem Abend logistisch unmöglich war. Die Vernehmung von fünfzehn Personen möglichst zum selben Zeitpunkt erforderte umfassende Vorbereitungen. Weil sie vermutete, dass mindestens eine weitere Person auf Annette Mayerhöfers Liste bei GoSolar eingeschleust worden war und nach dem Mord an Schulz Fluchtgefahr bestand, wäre eine sofort beginnende Voraufklärung sinnvoll – wo hielten sich die fünfzehn Verdächtigen auf? Wer fuhr überstürzt wohin? Wer traf sich mit wem?

Dazu kam, dass die vernehmenden Teams genaue Sachstandskenntnisse haben und von ihr eingewiesen werden mussten. Vorgehensweise und Ziele mussten festgelegt, ein Fragenkatalog erarbeitet werden, außerdem mussten die Kollegen wissen, wie sie sich verhalten sollten, wenn die zu befragende Person nicht anzutreffen war. Und sie brauchten eine Koordinierungs- und Kommunikationsstelle, Schreib- und Telefonkräfte.

Vor allem jedoch brauchten sie dreißig Ermittler.

Der Soko gehörten bislang sechs Beamte aus dem D 11 und dem D 31 an. Rolf Bermann war beim Arzt, Ernesto

Freudenreich hatte sich im Keller eingeschlossen, Peter Schöne war mit den übrigen beiden Kollegen noch in Ebnet. Blieb an diesem Abend allein sie selbst.

»Und ich«, sagte Kilian. »Und Marc.«

»Hm.« Eine vollkommen erschöpfte Hauptkommissarin mit akustischen und seelischen Zuständen, zwei junge Draufgänger, die sich hatten einfangen lassen und die halbe Nacht im Wald verbracht hatten.

Frustriert warf sie einen Blick auf die zweihundert Seiten Informationen, die Ernesto Freudenreich aus polizeilichen Quellen und im Internet zu den fünfzehn Personen zusammengetragen hatte. Familienstand, private Websites, biographische Angaben, beruflicher Werdegang, Reisen, Hobbys, Fotos. Unter den Hunderten Details mochte sich der eine oder andere wertvolle Hinweis verbergen – doch wer sollte jetzt danach suchen? Und nach welchen Kriterien?

Kilian bot an nachzusehen, wie viele Fahnder noch im Haus waren. Vielleicht konnten sie ein paar der Verdächtigen beobachten lassen. Louise wollte eben sagen: Tu das, da war der Stuhl vor ihrem Schreibtisch schon leer. Im Flur entfernten sich Kilians Schritte. Ihr Bewusstsein hatte für fünf Sekunden pausiert.

Sie stützte das Kinn auf die Hände. Ihr Kopf war schwer, die Augen schmerzten, das Summen hallte zwischen ihren Ohren wider, ein unbarmherziges Echo, das zwischen Höhlenwänden hin- und hergeworfen wurde. In ihrem Hirn flogen Namen herum, die sie nur noch mit größter Mühe konkreten Personen und Zusammenhängen zuordnen konnte. Hans Peter Steinhoff, Journalist aus Hamburg, in Berlin verprügelt / Philipp Schulz, Nachfolger von Heinrich Willert bei GoSolar, tot im Wald / Willert, Kinderpornos, im August gefeuert, heruntergekommene Wohnung in der Belfortstraße / Gerhard Kleinert, Mitgründer und Mitvorstand von GoSolar, Liebhaber scheußlicher abstrakter Kunst / Annette Mayerhöfer, Bürogenossin von Esther Graf, ab Januar Windkraft in Hamburg / der Schutzengel, versuchte Tötung in Berlin, Wanzen und Kameras, Retter von Esther, hatte eventuell aus der Distanz über Kameralinsen und Schallwellen Gefühle entwickelt, Entführung von Marc, vielleicht identisch mit dem ermordeten Philipp Schulz.

Esther selbst, zu der sie noch jedes Detail wusste.

Dazu fünfzehn weitere Namen …

Gähnend sah sie auf die Uhr. Kurz nach sieben. Der bärtige Arzt – dessen Name ihr entfallen war – hatte noch eine Stunde Dienst. Aber sie musste nicht um acht im Krankenhaus sein, zehn reichte auch. Und elf hieße: dreieinhalb Stunden Schlaf.

Dann mit Esther sprechen, auf den Schutzengel warten – falls er noch lebte.

Die Tür öffnete sich, Kilian trat ein. Zwei Meter vor ihrem Schreibtisch blieb er stehen. »Sechs Kollegen. Macht mit uns acht.«

»Sechs plus drei ist acht? Na gut.«

»Marc ist heim. Ihm ging's nicht so gut.«

Louise schürzte die Lippen. Niemandem ging es gut in diesen seltsamen Tagen. Nicht einmal Rolf Bermann, dem es sonst immer gutging.

»Wir könnten Ernesto fragen, ob ihm bei jemandem was aufgefallen ist«, sagte Kilian.

Louise gähnte erneut. »Ich kann dir nicht folgen.«

»Bei jemandem auf Mayerhöfers Liste.«

»Warum stehst du da rum wie bestellt und nicht abgeholt? Kannst du dich bitte setzen?«

Er grinste. »Ich rieche nach Bier.«

»Wieso?«

»Weil ich drüben eins getrunken hab.«

Sie seufzte. »Setz dich, Kilian.«

Während er Platz nahm, schrieb Louise an Ernesto. Kaum eine Minute später kam die Antwort.

Fünf Namen, bei denen ihm biographische Lücken aufgefallen waren. Wege endeten in Sackgassen, Daten ließen sich nicht überprüfen, keine Fotos, seltsame Zufälle. Aber er übernehme keine Garantie, drei Ausrufezeichen. Nur weil sie gefragt habe, nicht seine Branche, vier Ausrufezeichen.

Sie schrieb *Seltsame Zufälle,* vier Fragezeichen.

Wieder musste sie nicht lange warten.

»Person 1« von diesen fünf, ein Physiker, war angeblich von 2000 bis Ende 2004 bei der Zentrale der *American Solar Energy Society* in Boulder, Colorado, beschäftigt gewesen. Ein Foto auf der Website von GoSolar zeigte den Mann, der dort seit Mai 2005 in der Forschungsabteilung angestellt war. Vor drei Wochen war eine Person gleichen Namens vom Berliner Zoll wegen Verstoßes gegen die Einfuhrbestimmungen und Widerstandes gegen Vollstreckungsbeamte festgenommen worden – der Betreffende hatte zwei neue, in den USA gekaufte Laptops und ein originalverpacktes Handy nicht deklariert und einen Beamten tätlich angegriffen. Das Foto des Zolls zeigte definitiv einen anderen Mann als den GoSolar-Angestellten. Zwei Deutsche mit demselben Namen bei der ASES in Boulder?

Beide Fotos siehe Dossier, drei Ausrufezeichen.

»Würde mich interessieren, wie er an diese Infos gekommen ist«, sagte Kilian.

»Mich nicht«, erwiderte Louise.

»Person 4« der fünf auffälligen neuen Mitarbeiter war

Ende Juni 2004 auf der Branchenmesse Intersolar in Freiburg akkreditiert gewesen – genau wie Hans Peter Steinhoff, ebenfalls als Journalist. Die beiden hatten im selben Hotel gewohnt, einer kleinen Pension in Kirchzarten. *Zufall,* vier Fragezeichen.

»Könnte doch sein«, sagte Kilian.

»Trotzdem, wir besuchen die beiden.« Louise zog bereits ihre Jacke an. Im Stehen tippte sie eine Mail an Ernesto: *Danke!!!!!*

»Wie viele von den Kollegen brauchst du?«

»Alle sechs. Wir bilden zwei Teams, du führst das eine, ich das andere.«

Kilian stand auf. »Cool. Hab noch nie ein Team geführt.«

»Ist ganz einfach. Du gibst Anweisungen, die anderen befolgen sie.«

Die sechs Ermittler warteten in Kilians Büro. Louise überließ ihm die Aufteilung. Nachdem sie die Kollegen eingewiesen hatte, rief sie vom Nachbarbüro aus Peter Schöne an, der mittlerweile auf dem Rückweg in die Polizeidirektion war. Er wirkte unruhig, aber er verhielt sich freundlich. Mangelnde Erfahrung mit Außeneinsätzen und ein Leichenfund machten selbst einen Wolf zahm.

Vielleicht imponierte ihm ja auch ihr Tempo.

Die Befragung der Zeugin, die Durchsuchung der Kleidung des Toten, die Fahndung hatten bislang nichts ergeben, berichtete er. Lubowitz war eine halbe Stunde zuvor mit der Spurensicherung fertig geworden und auf dem Weg zur Wohnung des Toten. Noch eine Stunde, hatte er geknurrt, dann ist Feierabend.

»Das gilt auch für uns, Bonì. Wir sind erledigt. Morgen

früh um acht geht's weiter. Wenn sich was tut, übernimmt das FLZ.«

Sie erzählte von Ernestos Funden. Von Person 1 und 4, die sie noch aufsuchen würden.

»Schläfst du nie?«

»Nur wenn Zeit ist.«

Schöne seufzte. »Grüße von Rolf.«

»Wo ist der eigentlich?«

»Noch beim Arzt. Die machen irgendwelche Untersuchungen.«

»Was für Untersuchungen?«

»Keine Ahnung.« Sie hörte ihn gähnen. »Morgen um acht, Bonì. Wär mir recht, wenn du dann auch da wärst.« Er räusperte sich. »Muss heute noch was erledigt werden?«

Sie bat ihn, die Vernehmung der übrigen dreizehn Personen vorzubereiten und die nötigen Formulare auszufüllen – Großeinsatz auf dem Gelände von GoSolar.

»Nicht gerade die subtilste Methode.«

Nein, dachte sie. Aber sie hatten keine Zeit mehr für subtile Methoden. »Hast du was von Graeve gehört?«

»Ja. Er hat gesagt, er erreicht dich nicht. Keiner erreicht dich. Dein Handy-Akku ist leer.«

Sie musste schmunzeln. Wenn sie auf eines achtete, dann darauf, dass das Telefon Strom hatte. »Was würde er mir sagen, wenn der Akku nicht leer wäre?«

»Dass Feierabend ist.«

Also hatte Graeve offenbar kapitulieren müssen, der Druck von oben war zu groß geworden. Immerhin, er hatte ihr noch ein paar Stunden verschafft.

»Aus Stuttgart ist ein Konvoi unterwegs«, erklärte Schöne.

»Gepanzerte Wagen?«

»Sehr gepanzert, sehr schwarz, sehr teuer.«

»Riecht nach Ärger.«

»Wie eine ganze Jauchegrube.« Der Verfassungsschutz sei angesichts des Verhaltens der Freiburger empört, das Innenministerium eingeschaltet, alle halbe Stunde gehe ein Anruf aus Stuttgart ein. Es hagele Vorwürfe – Ermittlungen verpfuscht, Menschenleben in Gefahr. Das Regierungspräsidium Freiburg bemühe sich, die Wogen zu glätten. Seit dem Nachmittag sei der Verfassungsschutz federführend, die Kripo nur noch als Juniorpartner im Spiel. Gemeinsam werde man erledigen, was zu erledigen sei.

Anschließend, sagte Schöne, würden Köpfe rollen.

Zu acht eilten sie die Treppen hinunter, jeweils zu viert stiegen sie in einen Dienstwagen. Louise setzte sich auf den Beifahrersitz, räkelte sich ins Polster hinein, lehnte den Kopf an die Stütze. Kilian hatte ihr die Namen der Fahnder ihres Teams genannt, sie hatte nicht einen behalten, obwohl sie den Kollegen die Hand geschüttelt, in die Augen gesehen, ein paar auflockernde Witzchen gerissen hatte. Im Treppenhaus hatte sie sie nach ihren Eigenschaften benannt: »der Ernste«, »der Sachse«, der »Schniefer« – alle zwei Minuten wurde in die Stirnhöhle gezogen, was sich in den Nasengängen befand.

Der Ernste fuhr, der Sachse und der Schniefer saßen im Fond.

Sie waren nach Freiburg-St. Georgen unterwegs, zu »Person 4« von Ernestos kleiner Liste, Ulrich Meier, der sich möglicherweise im Juni 2004 auf der Intersolar mit Hans Peter Steinhoff getroffen hatte.

Nicht nur die Namen, auch die Zahlen der vergangenen Stunden bereiteten ihr mittlerweile Schwierigkeiten.

Sie ging sie zum wiederholten Male durch. *Sechzehn* im Jahr 2005 von GoSolar eingestellte Personen standen auf Mayerhöfers Liste, minus Philipp Schulz, blieben *fünfzehn*. *Fünf* davon hatte Ernesto als auffällig eingestuft, bei *zwei* von diesen fünf – Person 1 und Person 4 – hatten ihn seltsame Zufälle irritiert.

Ganz einfach, dachte sie. Sechzehn, fünfzehn, fünf, zwei.

Gebäude rauschten vorbei, Ampellichter leuchteten auf und erloschen, am Himmel stand ein blasser Mond. Der Ernste fuhr aggressiv, bremste abrupt. Der Schniefer gähnte, der Sachse erzählte von einem Urlaub in Griechenland. Ein leichter Geruch von Alkohol lag in der Luft. Ein Bier pro Mann, der Dunst von drei Bier im Wageninnenraum.

Dann begann die Zeit wieder mit ihren merkwürdigen Sprüngen. Gerade war noch das Wort »Delphi« gefallen, da hielt der Ernste schon vor einem vierstöckigen Wohnhaus. Kaum waren sie ausgestiegen, standen sie vor der Eingangstür. Louise entzifferte noch den Namen »Ulrich Meier« auf dem Klingelbrett, da berichtete der Wohnungsnachbar im dritten Stock, dass er Meier am frühen Abend zweimal im Treppenhaus gehört habe. Ihr Handy klingelte, dann war das Gespräch schon wieder beendet – auch Person 1, hatte Kilian gesagt, war nicht daheim.

»Was?«, fragte sie.

»Und jetzt?«, wiederholte der Ernste und hielt ihr die Haustür auf. Sie traten ins Freie.

»Wer hat Lust auf eine Nachtschicht?«

Dann saß sie mit dem Ernsten in einem Streifenwagen und hatte mit dem Polizeiführer vom Dienst telefoniert und eine nächtliche Überwachung der Wohnungen der restlichen vierzehn neuen GoSolar-Mitarbeiter veranlasst.

Stand allein im Hof der Polizeidirektion und erwog, die Personen 2, 3 und 5 aufzusuchen. Hielt an einer roten Ampel in der Wiehre und wünschte, sie besäße ein Fahrrad, frische Luft tat ja manchmal gut, besonders in wirren Momenten wie diesen. Schloss die Tür zu ihrer Wohnung auf und fragte sich, wann sie den Gedanken, zu 2, 3 und 5 zu fahren, verworfen hatte.

Lag im Bett und programmierte den Wecker auf halb elf und dankte allen Göttern dieses Universums, dass sie der Versuchung zu trinken nicht nachgeben hatte.

Lauschte Bens Stimme auf dem lautgestellten Anrufbeantworter im Wohnzimmer und schlief irgendwo zwischen *Ich liebe dich* und *Vielleicht am Sonntag?* ein.

16

UM DREIUNDZWANZIG UHR fünf betrat Louise das Krankenhaus. Sie hatte geduscht, im Nieselregen unter einer Markise Pizzaschnitten gegessen, dazu einen doppelten Espresso getrunken. Für zwei, drei wache Stunden, dachte sie, würde die kurze Regeneration schon reichen.

Am Nachtschalter genügte ihr Kripoausweis, Fragen wurden nicht gestellt. Der Flur vor der Intensivstation lag verwaist bis auf zwei uniformierte Kollegen vom Revier Freiburg-Nord und eine Nachtschwester, die in dem kleinen Raum hinter der Glasscheibe mit Unterlagen beschäftigt war. Louise warf einen Blick auf die Deckenleuchte. Kein Summen mehr, nur noch der Ton in ihrem Kopf.

»Vorhin repariert«, sagte einer der Schutzpolizisten. »War ja nicht auszuhalten.«

Der andere hielt eine Liste mit den Namen des Krankenhauspersonals in der Hand. Zwei Verwandte von Patienten hatten die Intensivstation betreten, nachdem sie überprüft worden waren, ansonsten nur Ärzte, Pfleger und »Horden von Nonnen«. Niemand, der auffällig gewesen wäre. Niemand für Esther.

Louise wartete, bis sich die Stationsschleuse öffnete und eine Krankenschwester heraustrat. Dann ging sie hinein.

In einem kleinen Vorraum reinigte sie sich die Hände an einem Desinfektionsspender. Durch eine Tür gelangte sie in einen halbdunklen, offenen Raum mit sechs Betten, in denen Patienten schliefen. Tasten und Monitore von Geräten zur Überwachung der Vitalparameter leuchteten, leise Alarmtöne piepsten im immergleichen Rhythmus. Von der Decke drang das leise Rauschen der Luftfilteranlage herunter.

Schmale, von transparenten Kunststoffvorhängen abgetrennte Bereiche schlossen sich auf beiden Seiten an. Die ersten vier waren leer, im dritten links fand sie Esther.

Sie schien zu schlafen. Die Haare verklebt auf dem Kissen, die Wangen bleiche Täler, unter den geschlossenen Augen Schatten. Von ihrem rechten Arm führte ein Infusionsschlauch zu einer Lösungsflasche, ein Monitor über ihr zeigte die Vitalfunktionen an. Auf dem Tischchen neben ihrem Bett eine Zeitung, eine Flasche Mineralwasser, ein Glas, eine Armbanduhr, sonst nichts. Keine Dinge, die man von Besuchern mitgebracht bekam.

Bertram Fallers Frage fiel ihr ein – Besuch von wem?

Keine Eltern, keine Geschwister, keine Freunde, keine Kollegen. Nur eine Kripofrau, die zu Rücksicht nicht mehr in der Lage war.

Sie wünschte, sie wäre nicht gekommen.

Aber sie wusste, dass sie nicht gehen konnte, ohne mit Esther gesprochen zu haben. Über GoSolar, über Berlin. So war es nun einmal, so war *sie* nun einmal, seit ein paar Tagen oder Wochen oder Monaten.

Sie verabscheute sich dafür.

Diese Ermittlungen noch, dachte sie, dann endlich aufräumen, den Schutt beiseiteschaffen, der sich im Laufe von fünfundvierzig Jahren in ihr angehäuft hatte. Täglich Kaffee trinken mit Katrin Rein, der Lieblingspsychologin, oder gleich bei ihr einziehen. Dann eine Weile mit den freundlichen Bäumen ums Kanzan-an herum sprechen, die sie besser als jeder Mensch zu nehmen wussten.

»Esther?«, sagte sie leise.

Die verschatteten Augen öffneten sich, sahen Louise an. Dann richtete Esther sich halb auf, schob sich das Kopfkissen in den Rücken. »Irgendwo ist ein Stuhl.«

Louise holte ein unbequemes Metallmöbel aus einer Ecke und stellte es neben das Bett. »Wie geht es Ihnen?«

Esther senkte den Blick, antwortete nicht.

»Wenn ich irgendwas für Sie tun kann …«

»Danke.«

»Möchten Sie, dass ich Ihre Eltern anrufe?«

»Wozu?«

»Damit sie Sie besuchen kommen.«

»Sie leben in Australien.«

»Eine Freundin?«

Ein schwaches Kopfschütteln.

»Haben Sie niemanden, der …«

»Ich brauche niemanden.« Esther zog die Decke über die Brust, strich sie glatt. Ihre Augen wanderten zu dem Verband um ihr linkes Handgelenk. Nach einem Moment legte sie die rechte darauf. »Warum sind Sie hier?«

»Wegen GoSolar«, sagte Louise.

»Dann bringen wir es endlich hinter uns.«

Esther begann mit Berlin und wiederholte zunächst, was sie Louise in Littenweiler bereits erzählt hatte: Ihr Hausarzt hatte sie an seinen Schwager überwiesen, einen Spezialisten für Angsterkrankungen und Depressionen an der Charité. Freiburg wäre nicht in Frage gekommen, außerdem hatte sie die Reise nach Berlin als Herausforderung betrachtet, als ersten Schritt aus der Krankheit – sie hatte Angst zu reisen,

Angst zu fliegen, Angst, allein in einer fremden Stadt zu sein. Vielleicht tut es Ihnen gut, hatte der Hausarzt gesagt.

Also war sie nach Berlin geflogen.

Was im Hotelflur geschehen war, hatte sie nur am Rande mitbekommen – sie hatte in der Charité zur Beruhigung Antidepressiva erhalten. Kurz nach dem Tumult vor ihrer Tür schlief sie wieder ein.

Ein Anruf weckte sie, ein Kollege von GoSolar, der sagte, er sei zufällig auch in Berlin und würde gern mit ihr zu Abend essen. Sie sagte nein. Er versuchte, sie zu überreden, aber sie blieb beim Nein. Es ging ihr nicht gut, körperlich wie seelisch, sie hatte keine Lust.

Da sagte der Kollege, dass er mit ihr reden *müsse*. Über das, was sie bei GoSolar tue. Sie verstand nicht, wollte das Gespräch beenden.

Aber er wusste Bescheid.

»Worüber, Esther?«, fragte Louise sanft.

»Ich dachte, Sie wissen es.«

»Nicht genau.«

»Ich habe … Aber ich kann das nicht *so* erzählen, ich muss von vorn anfangen …«

»Okay, erzählen Sie erst von Berlin. Von Ihrem Kollegen. Wie heißt er?«

»Philipp.«

Louise erstarrte. »Philipp Schulz? Ihr Büronachbar?«

»Kennen Sie ihn?«

»Flüchtig. Sprechen Sie weiter.«

Esther hatte sich überreden lassen, war in Panik zu dem Restaurant gefahren, das Schulz vorgeschlagen hatte – ein Italiener an der U7, wie sie, Louise, vermutet habe. Schulz tat geheimnisvoll. Sein Verhalten machte ihr immer mehr Angst, er benahm sich, als glaubte er, dass sie beobachtet würden, in Gefahr wären. Als sie ihn darauf ansprach, wiegelte er ab.

Schließlich bot er einen Deal an: Sie solle mit dem Verfassungsschutz zusammenarbeiten, Namen nennen, dann garantiere er Straffreiheit.

»Mit dem Verfassungsschutz? Was genau hat er gesagt?«

»Dass er beim Verfassungsschutz ist und dass ich …«

»Hat er Ihnen einen Ausweis gezeigt?«

»Ja.«

»Haben Sie schon mal einen Ausweis vom Verfassungsschutz gesehen?«

»Nein.«

»Er kann also gefälscht gewesen sein?«

Esthers Augen lagen starr auf Louise, in ihrem kleinen Gesicht spiegelte sich Verwirrung wider. »Ja.«

Philipp Schulz ermordet, schon das passte überhaupt nicht in das Bild, dass Louise sich gemacht hatte, noch weniger, dass er für den Verfassungsschutz gearbeitet haben könnte … Andererseits gab es keinen Beleg dafür, dass er zu dem Spionagenetz gehört hatte, trotz der Umstände, unter denen er zu GoSolar gekommen war – die Pornos auf Heinrich Willerts Rechner.

War es denkbar, dass ihn der Verfassungsschutz als Willerts Nachfolger platziert hatte? Die belastenden Filme auf dessen Rechner kopiert und mit falschen Download-Daten versehen hatte, um das zu ermöglichen?

Esther griff mit der unverletzten Hand nach der Wasserflasche, konnte sie vor Aufregung oder Erschöpfung kaum halten. Louise nahm sie ihr ab, füllte das Glas, wartete, bis sie getrunken hatte.

»Wie haben Sie reagiert?«

»Ich … ich bin weggelaufen. Ich weiß, das war blöd, aber

Philipp hat sich so merkwürdig verhalten, und ich wusste nicht, wie ich ihm alles erklären soll, ich dachte, er glaubt mir sowieso nicht, und dann war mir schlecht, und ich hatte Angst, dass ich mich erbrechen muss ...«

Aus dem offenen Bereich der Station drangen leise Schrittgeräusche herüber, die sich rasch näherten. Jenseits des transparenten Vorhangs glitt ein kleiner, unförmiger Schemen vorbei. Als die Geräusche verklungen waren, fragte Louise: »Hat Schulz Sie in Berlin noch einmal kontaktiert?«

»Nein.«

»Haben Sie ihn seitdem wiedergesehen?«

»Im Büro, am Montag und am Dienstag.«

»Hat er noch etwas gesagt?«

Esther schüttelte den Kopf. »Nur komisch geschaut.« Sie schluckte hart, als müsste sie gegen die Tränen ankämpfen.

Louise widerstand der Versuchung, sich auf das Bett zu setzen, Esther zu trösten. Schon in Littenweiler hatte sie das Bedürfnis verspürt, sie in Decken zu hüllen, auf die Arme zu nehmen und irgendwohin zu tragen, wo sie vor der Welt geschützt war. Sich um sie zu kümmern, wie man sich um ein verzweifeltes Kind kümmerte. Sie fragte sich, ob es dem Mann, der Esther gerettet hatte, ähnlich ging, ob er ihre Bedürftigkeit über die Wanzen und Kameras gespürt hatte. Eine hübsche Frau, der man die tiefe Sehnsucht nach Zuneigung und Geborgenheit anmerkte.

»Was genau wusste ... weiß Schulz?«

»Er hat gesagt, er weiß, dass ich *spioniere.*« Esther wischte sich die Tränen aus den Augen. »Dass ich Unterlagen kopiere und ein *auffälliges Interesse* an technischen Details zeige.«

»Ist er konkreter geworden?«

Esther schüttelte den Kopf.

»Hat er denn recht?«

»Nein! Ich *spioniere* nicht! Das alles ist ein furchtbarer Irrtum!«

»Wollen Sie mir jetzt davon erzählen? Von dem Irrtum?«

Esther war im vergangenen April von einem Kollegen angesprochen worden. Auch dessen Namen kannte Louise, sie hatte wenige Stunden zuvor an seiner Wohnung geklingelt – Person 4 / Ulrich Meier / Freiburg-St. Georgen.

Die Firma, hatte Meier gesagt, plane, ein modernes Security Department für die IT- und Konzernsicherheit aufzubauen. Eine eigene große Abteilung mit Software-, Technik- und Sicherheitsexperten. Erst einmal wolle man sich jedoch einen Überblick darüber verschaffen, wo im Unternehmen welche Risiken bestünden. Auf Basis einer entsprechenden Analyse lasse man dann von einem externen Sicherheitsunternehmen eine Strategie entwickeln. Für diese Risikoerhebung sei eine Task Force gebildet worden, der er, Meier, angehöre. Das Team habe die Aufgabe, bis Ende des Jahres relevante Daten zu sammeln.

In jeder Abteilung werde zu diesem Zweck eine Person gebeten mitzuarbeiten. GoSolar solle zu einem Unternehmen gemacht werden, das den Herausforderungen der kommenden Jahre gewachsen und vor Know-how-Diebstahl, Plagiaten, Spitzelei und Ähnlichem geschützt sei. Wie bei ihren Solarprodukten wolle die Firma auch im Bereich Unternehmenssicherheit neue Standards setzen.

»Und Sie haben sich bereit erklärt mitzumachen?«

»Ich war … geschmeichelt. Ulrich hat *mich* gefragt. *Mich,* nicht Annette, die …«

»Annette Mayerhöfer?«

»Ja. Sie ist großartig. So intelligent. Sie kann sich durchsetzen, hat vor niemandem Angst.«

»Ist sie Ihre Vorgesetzte?«

»Eigentlich nicht. Aber sie übernimmt Verantwortung, sagt, was sie denkt, im Gegensatz zu mir. Sie möchte Karriere machen, ich fühle mich wohl damit, wie es ist.«

»Sie wissen, dass sie gekündigt hat?«

»Ja.« Der Gedanke, dass eine neue Kollegin komme, mache ihr Angst, gestand Esther, und sie könne sich die Arbeit ohne Annette nicht vorstellen. Sie hätten perfekt harmoniert, die eine zuverlässig und gründlich im Hintergrund, die andere willensstark und überzeugend im Vordergrund.

Die eine im Schatten, die andere in der Sonne, dachte Louise. »Was genau haben Sie für Meier getan?«

Esther hatte über mehrere Monate interne Unterlagen mit technischen Daten, Kalkulationen, Marktrecherchen und Umsatzerwartungen fotokopiert oder per E-Mail an eine externe Adresse weitergeleitet, die Meier ihr genannt hatte, außerdem Sitzungsprotokolle, Aufzeichnungen von Gesprächen mit Kooperationspartnern und Ähnliches mehr.

»Zu welchem Produkt?«

»Haben Sie von ›DriveSolar‹ gehört?«

»Ja. Solarzellen für Autodächer, oder?«

Esther nickte. Ulrich Meier hatte von ihr ausschließlich Informationen zu diesem Projekt gewollt, weil es für GoSolar sehr wichtig sei und die Task Force wissen müsse, wie gut solche sensiblen Daten geschützt seien. Fotokopien hatte Esther in ihrem Schreibtisch aufbewahrt, bis Meier sie im Firmenrestaurant angesprochen oder sich an ihren Tisch gesetzt hatte. Später am selben Tag hatte sie die Unterlagen in einem Umschlag auf die Damentoilette ihrer Abteilung mitgenommen und zwischen Klopapierhalterung und Wand einer bestimmten Kabine geschoben.

»Wer hat sie geholt?«

»Das weiß ich nicht.«

»Mit wem außer Meier haben Sie über die Task Force und die … geplante Sicherheitsabteilung gesprochen?«

»Mit niemandem.«

»Warum ist ›DriveSolar‹ eigentlich so wichtig? Solarzellen für Autodächer, das ist doch wohl kaum ein lukrativer Markt, oder?«

Nicht in den nächsten Jahren, erwiderte Esther, aber in der nahen Zukunft. Bislang gebe es nur einen einzigen Wettbewerber, und GoSolar wolle frühzeitig in den Markt. Die Firma baue in Kooperation mit einem Autokonzern und einem Zulieferer in Sachsen-Anhalt ein Werk, das für die vollautomatisierte Massenfertigung von Car-Modulen ausgelegt sei. Im Moment könne man mit einem herkömmlichen kristallinen Zellenmodul kaum die Innenraumlüftung mit Strom versorgen, wenn der Motor abgeschaltet sei. Aber die Forschungsabteilung arbeite mit Hochdruck an einer Verbesserung des Wirkungsgrades, außerdem an halbtransparenten Zellen für die seitlichen und hinteren Autofenster. Zusätzlich entwickele man Dünnschichtmodule, die eines Tages mittels Folien auf die Karosserie aufgebracht werden könnten.

Lächelnd rollte Louise die Augen. *Kristallin*, *Dünnschicht* – böhmische Dörfer für sie.

Doch Esther war nicht aufzuheitern. Mit gesenktem Kopf starrte sie auf das leere Glas in ihrer Hand. »Es *ist* doch alles ein Irrtum, oder?«

»Sieht so aus, ja.«

»Habe ich etwas Ungesetzliches getan?«

Beruhigend schüttelte Louise den Kopf.

»Aber was will der Verfassungsschutz dann von mir?«

»Ach, die interessieren sich nur für GoSolar. Sie kennen ja die Gerüchte, Insiderhandel und so weiter.«

»Haben die Philipp … Wie sagt man? Bei uns eingeschleust?«

»Ich nehme es an.«

»Und warum sind *Sie* hier? Arbeiten Sie mit dem Verfassungsschutz zusammen?«

»Nein. Ich will nur rausfinden, was genau in Berlin passiert ist. Wer der Mann ist, der das Zimmer neben Ihrem hatte.«

Esther nickte, glaubte ihr anscheinend, auch wenn ihre Antwort kaum die Hälfte dessen erklärte, was in Berlin und Freiburg geschehen war.

Louise wartete auf weitere Fragen, doch es kamen keine. Vielleicht, weil Esther bemüht war, das Konstrukt nicht zu sehr ins Wanken zu bringen, um noch daran glauben zu können – dass Ulrich Meier sie für die Task Force um Hilfe gebeten hatte. Dass sie nicht spioniert, sondern geholfen hatte.

Ihre Blicke begegneten sich. Esther hielt ein paar Sekunden lang stand, dann schlug sie die Augen nieder, und Louise begriff plötzlich, dass das Konstrukt längst zusammengebrochen war. Esther wusste, dass sie in eine Falle getappt war.

Deshalb der Suizidversuch.

Im offenen Bereich der Station hatte eine Frau angefangen zu weinen, eine Männerstimme murmelte tröstende Worte. Louise war aufgestanden und ging in dem kleinen

Kunststoffrechteck auf und ab. Philipp Schulz in Berlin, anscheinend beim Verfassungsschutz – ein furchtbarer Gedanke. Dann wäre nicht ein Spitzel ermordet worden, was schlimm genug gewesen wäre, sondern ein Kollege. Und wie sehr hätte sie sich getäuscht! Es musste andere plausible Möglichkeiten gegeben.

Doch so angestrengt sie auch nachdachte, sie fand keine. Dass Schulz in Berlin lediglich Esthers Loyalität der erfundenen »Task Force« gegenüber hatte testen oder herausfinden wollen, ob der Verfassungsschutz an sie herangetreten war, hielt sie für wenig logisch. Weshalb hätte er Esther in Panik versetzen sollen? Und die Gruppe hatte sie wochen-, vielleicht monatelang überwacht, musste wissen, ob sie Kontakt zum LfV gehabt hatte.

Sie setzte sich wieder. »Hat Schulz Sie zu der Schlägerei im Hotel befragt?«

»Ja.« Er hatte sich erkundigt, was sie mitbekommen habe. Ob sie das Opfer oder den Täter gesehen habe. Den Mann aus Zimmer 35 beschreiben könne.

Louise schwieg. In Berlin, dachte sie, mochte ja vieles möglich sein – doch dass Philipp Schulz sich Esther am Abend gezeigt hatte, wenn er am Nachmittag im Hotel Hans Peter Steinhoff beinahe getötet hatte, erschien ihr kaum denkbar.

»Haben Sie den Mann, der Sie in Ihrem Haus verbunden hat, gesehen?«

»Nur verschwommen. Ich war … nicht richtig wach.«

»Hat er sein Gesicht vor Ihnen versteckt? Eine Maske getragen?«

»Nein.«

»Könnten Sie ihn identifizieren?«

»Ich glaube schon. Wenn er vor mir stehen würde.«

Louise lehnte sich zurück. Irritiert nahm sie wahr, das sie ein Gefühl der Erleichterung durchströmte. Esthers Schutzengel war nicht identisch mit Schulz. Er lebte.

Irgendwann später schrak sie hoch. Zwanzig vor zwölf, sie war für ein paar Minuten eingenickt. Auch Esther schlief. Sie hatte den Kopf zur Seite gedreht, hielt noch immer das Glas in der Hand. Nur der leise Alarmton des Überwachungsmonitors war zu hören und, wie ungleichmäßige, ferne Echos, die der Geräte aus dem offenen Bereich der Station.

Sie streckte sich. Der unbequeme Metallstuhl, der nur aus Kanten und harten Flächen bestand, hatte sich an mehreren Stellen schmerzhaft in ihr Fleisch gedrückt.

Als sie aus dem Augenwinkel eine Bewegung wahrnahm, hielt sie inne. Sie drehte den Kopf – und schrak zusammen. Auf der anderen Seite des Trennvorhangs, kaum vier Meter entfernt, stand eine Gestalt. Ein Mann, der zu ihnen hereinblickte.

Wieder war sie gefunden worden, während sie schlief.

Zögernd erhob sie sich, um dem Mann zu signalisieren, dass sie ihn bemerkt hatte und nichts unternehmen würde. Sekundenlang standen sie reglos da, getrennt nur von dem Kunststoffvorhang. Weil der Mann weder Anstalten machte hereinzukommen noch weiterzugehen, war sie davon überzeugt, dass sie sich nicht täuschte – Esthers Schutzengel war zu ihrem Rendezvous erschienen.

Schließlich wich er langsam zurück, drehte sich um und ging lautlos davon.

Sie warf einen Blick auf Esther, vergewisserte sich, dass die Waffe im Gürtelholster steckte, und folgte ihm.

17

ALS SIE IN DEN OFFENEN BEREICH der Station hinaustrat, war der Mann nicht mehr zu sehen. Sie wandte sich nach links, in Richtung der zweiten Schleuse, dorthin war er verschwunden. Weitere, durch Vorhänge abgetrennte Betten, dann Besuchertoiletten, eine verschlossene Putzkammer, eine Handvoll Personalräume, die offen, aber leer waren. Sie rechnete nicht damit, hier auf ihn zu stoßen. Er war vorsichtig und erfahren, würde sie an einem für ihn sicheren Ort erwarten. Diesen Ort musste sie finden.

Schließlich stand sie vor der Schleuse. Sie öffnete sie, hielt die Tür mit einer Hand auf. Wie auf der anderen Seite der Station saßen zwei Streifenkollegen auf Stühlen an der Wand. Sie kannte keinen von beiden.

»Louise Bonì vom D 11.«

Sie erhoben sich. Einer sagte: »Marić, und das ist Heller, Revier-Nord.«

In den vergangenen zwanzig Minuten hatte niemand die Station betreten oder verlassen, abgesehen von einer Nonne, die zweimal gekommen und zweimal gegangen war.

Louise bat Marić, sie zu beschreiben.

Klein, dick, alt – der unförmige Schemen von vorhin. Sie glaubte nicht, dass der Schutzengel Zeit gefunden hatte, sich in eine kleine, dicke Nonne zu verwandeln.

Sie faltete den Gebäudeplan auf, den Kilian von Bertram Faller erhalten hatte. »Wo sind wir?«

Marić zeigte es ihr.

»Hast du einen Stift?«

Sie markierte die Stelle. Dem Plan zufolge hatte die Station zwei Eingänge. Beide wurden bewacht. Dass der Schutzengel durch eines der Fenster eingestiegen war, konnte sie sich nicht vorstellen. Sie waren geschlossen, und die Station lag im zweiten Stock. Es musste einen dritten Zugang geben.

Sie bat Marić, sich den Grundriss genau anzusehen.

»Definitiv nur zwei Schleusen«, sagte er nach einer Weile. Dann deutete er auf die Überschrift – »Neubau«. »Gibt's auch einen alten Teil?«

»Verflucht, du hast recht.« Das Krankenhaus hatte vor einigen Jahren einen Neubau bekommen, in dem unter anderem die Intensivstation lag. Sie hatte einen Zeitungsartikel gelesen, plötzlich auch ein Bild vor Augen, weißbekittelte Menschen mit Sektgläsern in den Händen, mitten unter ihnen ein Bischof in Schwarz.

Ein Neubau, der an den alten Teil angebaut worden war. Irgendwo musste es Übergänge geben.

Sie informierte Marić und Heller, dass sich ein Verdächtiger, nach dem gefahndet werde, im Gebäude aufhalte – nehmt ihn nicht fest, aber seid wachsam und informiert mich.

»Ist er gefährlich?«, fragte Marić.

»Vermutlich nicht.«

»Vermutlich?«, wiederholte Heller spöttisch.

Sie zuckte die Achseln. »So ist das Leben.«

Im Dämmerlicht der Station studierte sie den Grundriss. Der alte Teil der Klinik schloss sich im Westen an den Neubau an und verlief nach Süden, der horizontale Steg eines

»L«, wenn sie Lage und Form des ganzen Gebäudes richtig in Erinnerung hatte. Die Übergänge jenseits der zweiten Schleuse kamen nicht in Frage, da saßen Marić und Heller. Im Grunde blieb nur eine einzige Möglichkeit: Der letzte Raum auf der Südseite vor diesem Ausgang der Station, laut Plan ein Schwesternzimmer.

Sie steckte die Kopie ein, rieb sich erschöpft die Schläfen. Das vielstimmige Piepen der Überprüfungsmonitore hatte das Summen in ihrem Kopf verstärkt. Akustische Verwandte, die Botschaften auszutauschen schienen.

Das Schwesternzimmer war leer, das Licht ausgeschaltet. Durch ein Fenster schien mattgelbes Mondlicht herein. In der Mitte der Westwand befand sich eine Tür. Sie zog sie auf, tastete an der Außenwand nach einem Lichtschalter.

Stufen aus Holz, sie befand sich im alten Teil des Krankenhauses. Zwei Eingänge bewacht, den dritten übersehen, die Fehler mehrten sich. Vier Polizisten, und doch war Esther ohne Schutz gewesen.

Weil die Tür von außen nur mit einem Schlüssel zu öffnen war, nahm sie einen benutzten Kaffeebecher aus der Spüle und stellte ihn zwischen Türblatt und Rahmen auf den Boden.

Unschlüssig sah sie sich um. Nichts deutete darauf hin, dass der Mann in der Nähe war.

Warten oder weitersuchen?

Sie setzte sich auf den Treppenabsatz. Wenn er mit ihr sprechen wollte, würde er sie finden. Erst recht, dachte sie, falls sie wieder einschlief.

Er kam eine Viertelstunde später.

Die Treppenhausbeleuchtung war alle zwei, drei Minuten ausgegangen, sie hatte sie immer wieder eingeschaltet.

Als sie beim letzten Mal auf den Holzboden zurücksank, stand er auf den Stufen über ihr. Wie am frühen Morgen vor Esthers Haus trug er eine Gesichtsmaske und hielt die Walther in der behandschuhten Rechten. Diesmal zeigte die Mündung nach unten.

Auch die Augen erkannte sie wieder.

»Ihre Waffe«, sagte er ruhig.

Louise erhob sich und reichte ihm die Pistole, den Knauf voran. Sie hatte keine Ahnung, wie sie sich verhalten sollte, was sie erreichen wollte. Wieder einmal weder Ziel noch Strategie überlegt …

»Das Handy auch?«

»Kein Empfang hier. Schließen Sie die Tür.«

Mit der Fußspitze schob sie den Kaffeebecher in das Schwesternzimmer und zog die Tür zu. »Sie wissen, wer ich bin?«

Er nickte.

»Dann wär's nur fair, wenn Sie mir auch sagen, wer *Sie* sind.« Louise versuchte sich zu erinnern, wie er sich in Berlin genannt hatte, aber es fiel ihr nicht ein. Schon einmal hatte sie sich in einer Situation wie dieser befunden, im Sommer 2003. Der Mann, der damals in ihre Wohnung eingedrungen war, hatte den Namen ihres Nachbarn verwendet – Marcel. »Kommen Sie, irgendein Name, ist doch nicht schwer. Erfinden Sie einen.«

»Mike.«

»Könnten Sie bitte die Maske abnehmen, Mike? Ich rede nicht gern mit Leuten, die ihr Gesicht vor mir verstecken.«

»Vergessen Sie nicht, dass Sie mich treffen wollten.« Seine Stimme hatte sich nicht verändert, klang nach wie vor ruhig.

»Und Sie sind gekommen. Die Maske.«

»So weit sind wir noch nicht. Setzen Sie sich wieder.«

Bereitwillig ließ sie sich auf den Boden sinken, lehnte den Rücken gegen die Tür, sagte: »Fangen wir mit dem Ergebnis an. Am Ende dieses Gesprächs müssen Sie mich davon überzeugt haben, dass Sie kein Mörder sind.«

»Nein«, erwiderte Mike. »Am Ende dieses Gesprächs müssen Sie mir einen Deal angeboten haben.«

Mike war die Treppe heruntergestiegen, hatte sich an die Wand ihr gegenüber gestellt. Die beiden Pistolen hatte er auf die unterste Stufe gelegt, kein echtes Entgegenkommen, er konnte binnen einer Sekunde danach greifen, falls Louise auf dumme Gedanken kam.

Sie war zu müde, um auf dumme Gedanken zu kommen.

Aber sie war wach genug, um die Möglichkeit nicht außer Acht zu lassen, dass sie vor dem Mörder von Philipp Schulz saß. »Zeigen Sie mir Ihre Hände.«

Mike streifte die Handschuhe ab, hielt ihr die Hände hin, drehte sie langsam. Sie waren schmal, aber kräftig, die Finger fast elegant geschwungen. Keine sichtbaren Schmauchspuren, doch ohne Rasterelektronenmikroskop konnte sie nicht sicher sein. Sie beugte sich vor, nahm den Geruch von Schweiß, Metall, Waffenfett auf seiner Haut wahr.

Er reichte ihr die Handschuhe, sie roch daran – nichts.

»Die Jackenärmel.«

Er hob beide Arme.

Auch am Stoff der Jacke keine Hinweise darauf, dass er geschossen hatte. »Und jetzt die Walther«, sagte sie.

»Setzen Sie sich auf Ihre Hände.«

Sie gehorchte mit einem müden Lächeln, und Mike hielt ihr die Waffe unter die Nase. Nichts. Aber er hätte eine andere Pistole verwenden können. Hätte andere Handschuhe, eine andere Jacke tragen können.

»Fangen wir an«, sagte er, nachdem er die Walther wieder auf die Stufe gelegt hatte.

Louise rieb sich die Augen, versuchte sich zu konzentrieren. »Korrigieren Sie mich, wenn ich falsch liege. Hans Peter Steinhoff hat im Auftrag einer französischen Solarfirma seit Anfang des Jahres Leute bei GoSolar eingeschleust.« Sie deutete auf Mike. »Zu denen Sie nicht gehören. Vielleicht haben Sie das Ganze mit ihm organisiert, vielleicht sind Sie auch nur sein Mann fürs Grobe ... Was ich nicht verstehe, ist, warum Sie ihn in Berlin halbtot geschlagen haben. Eine kleine Meinungsverschiedenheit unter Spitzeln?«

Das Gesicht unter der Maske bewegte sich. Dann sagte Mike: »Der Reihe nach.«

»Na gut. Wie heißt die französische Firma?«

»Die kriegen Sie nicht dran.«

»Mit Ihnen als Zeuge schon.«

»Ich stehe nicht als Zeuge zur Verfügung.«

»Auch nicht gegen Steinhoff?«

Er schüttelte den Kopf. »Ich rede mit Ihnen, dabei bleibt es.«

Sie seufzte. Dies wäre, dachte sie, ein guter Moment für Dramatik gewesen. Aufstehen, gehen, zumindest so tun als ob, um zu zeigen, dass sie mehr brauchte als nur ein informelles Gespräch. Testen, ob Mike sie zurückhalten würde.

Aber sie hatte keine Kraft mehr für Dramatik.

»War der Geheimdienst beteiligt? Der französische, meine ich.«

»Hat Informationen geliefert. Wollen Sie den auch verklagen?«

»Ach, mal sehen.«

Er lachte leise.

Über ihnen war ein Geräusch zu hören, ein fernes Schlurfen. Mikes Augen glitten zur Decke, kehrten zu Louise zurück, als es verklungen war.

Sie wechselte die Sitzposition, die Beine drohten einzuschlafen. »Steinhoffs Leute sollten bei GoSolar einerseits Informationen zu ›DriveSolar‹ beschaffen, andererseits das gute Klima in der Firma zerstören.« Sie wedelte mit der Hand. »Mobbing, sexuelle Belästigung, Verleumdung, Konkurrenz, Gerüchte und so weiter.«

Sie wartete auf Widerspruch. Mike sagte nichts.

»Weil Esther in der Forschungsabteilung an der Quelle sitzt«, fuhr sie fort, »hat einer von Steinhoffs Leuten sie im April unter einem Vorwand dazu gebracht, ihm Daten und Informationen zu besorgen. Ende Juni hat ein Kollege, Heinrich Willert, Esther dabei beobachtet, wie sie Unterlagen doppelt kopiert hat. Willert hat den Abteilungsleiter, dessen Namen ich vergessen habe, informiert, aber der hat die Sache nicht weiterverfolgt. Weil er zu Steinhoffs Leuten gehört?«

»Nein«, sagte Mike.

Die Treppenhausbeleuchtung erlosch, Louise tastete nach dem Schalter, das Licht sprang an.

»Trotzdem haben Ihre Leute das mitbekommen.«

»Ja.«

»Und mit Willerts Computer Kinderpornos aus dem Internet heruntergeladen und dafür gesorgt, dass er auffliegt?«

»Er war zur Gefahr geworden.«

»Jetzt ist er keine Gefahr mehr. Er hockt in einer heruntergekommenen Wohnung und denkt an früher, als er noch eine Familie, einen Job und ein hübsches Haus hatte.«

Mike schwieg.

»Ist Ihnen egal, oder?«

»Wir haben jetzt keine Zeit für Moral, Frau Bonì.«

»Für Moral ist immer Zeit.«

»Dann reden wir über Ihre Besuche bei Esther.«

Louise zuckte die Achseln. »Sie meinen die Pizza? Ich hatte Hunger.« Sie versuchte, dem harten Blick seiner Augen standzuhalten, doch es gelang ihr nicht. Er wusste, dass er recht hatte. Auch deshalb saß sie hier, war noch an diesem Fall dran.

»Weiter«, sage er.

»GoSolar hat einen Nachfolger für Willert eingestellt, Philipp Schulz. Ich dachte erst, dass er zu Ihnen gehört hat, aber ich hab mich getäuscht. Er war beim Verfassungsschutz.«

Der schwarz vermummte Kopf nickte.

»Wussten Sie das von Anfang an?«

»Erst seit Berlin.«

»Und in Berlin waren Sie, weil Sie Esther observiert haben?«

»Sie hat im Oktober zweimal von einer Telefonzelle aus gesprochen. Dann hat sie das Hotel und den Flug gebucht.«

Verdächtig genug, aus der Sicht von Steinhoff und Mike. Was Louise nicht verstand, war, warum Esther observiert worden war. Hatte Steinhoff an ihrer Zuverlässigkeit gezweifelt?

»Sie war das schwächste Glied in der Kette«, sagte Mike. »Sie gehört nicht zu uns.«

»Und ist psychisch labil.«

Er nickte wieder.

»Trotzdem. Ziemlich viel Aufwand, finde ich.«

»Steinhoff wollte unbedingt, dass sie überwacht wird.«

»Sieh an, ein Paranoiker. Überhaupt, was für ein Aufwand.« Ein Produkt, das möglicherweise nicht einmal in der Zukunft Millionengewinne versprach – dennoch hatte Philipp Schulz sterben müssen, war Heinrich Willert in die Isolation, Esther beinahe in den Selbstmord getrieben worden. Ganz abgesehen von den immensen Summen, die die Infiltrierung von GoSolar verschlungen haben musste. »Sie können mir nicht erzählen, dass das in irgendeiner Relation steht.«

»Kommt wohl auf die Perspektive an«, sagte Mike.

»Mord ist keine Frage der Perspektive.«

»Das ist richtig.«

»Mehr haben Sie dazu nicht zu sagen?«

»Weiter, Frau Bonì.«

Louise starrte in die dunklen Augen, deren Ausdruck sich nicht deuten ließ, solange sie von schwarzem Stoff umgeben waren. »Esther fliegt also nach Berlin. Sie mieten sich im selben Hotel ein, installieren Ihre kleinen Maschinen, beobachten sie und folgen ihr, wohin sie auch geht. Sie müssen gut organisiert sein.«

»Wir hatten Hilfe.«

»Und der Verfassungsschutz?«

»War auch an ihr dran.«

»Und hat nicht gemerkt, dass Sie da sind?«

»Nein.«

»Waren Sie in der Charité?«

»Ja.«

»Und da dachten Sie, dass alles in Ordnung ist. Nur ein Arztbesuch, kein heimliches Treffen mit dem Amt.«

»Ja.«

»Dann die Sache mit Steinhoff. Das müssen Sie mir erklären.«

Ein dummer Zufall, entgegnete er. Nur sein Geschäftspartner habe Steinhoff vorher getroffen, er selbst nicht. Er habe nur mit ihm telefoniert – und ihn deshalb nicht erkannt.

»Haben Sie gedacht, er könnte Esther gefährlich werden?«

»Ja.«

»Also laufen Sie auf den Gang und prügeln ihn halbtot.«

»Wie gesagt, ein dummer Zufall.«

»Aber wer hätte ein Interesse daran haben können, Esther was zu tun? Der Verfassungsschutz? Wohl kaum.«

Mike antwortete nicht gleich. »Ich habe überreagiert.«

»Wie heute Nachmittag bei Philipp Schulz?«

»Der Reihe nach, Frau Bonì.«

Erneut veränderte sie ihre Position, jetzt schlief die linke Pobacke. »Warum war Steinhoff im Hotel?«

»Er wollte reden.«

»Mit Esther? Warum?«

»Nicht mit Esther. Mit mir.« Mike räusperte sich. Es hatte weitere Missverständnisse gegeben. Alle waren nervös gewesen wegen Esthers mysteriösen Telefonaten und ihrer Reise nach Berlin, vor allem Steinhoff, für den viel auf dem Spiel gestanden hatte. Nicht nur Geld – es war *seine* Operation gewesen, und er wollte um keinen Preis scheitern. Er hatte das Warten nicht ausgehalten, war nach Berlin gekommen, um Esthers Überwachung vor Ort mitzuverfolgen. In seiner Aufregung hatte er die Zimmernummern verwechselt.

»Und er hat Sie nicht informiert, dass er kommt?«

»Er hat auch die Telefonnummern verwechselt.«

Louise lachte ungläubig auf.

»Er hat auf einen Anrufbeantworter gesprochen«, sagte Mike. »Aber es war Samstag. Der Anrufbeantworter wurde erst am Montag abgehört.«

Sie schüttelte den Kopf. Mikes Angriff auf Steinhoff hatte die Ermittlungen der Kripo ins Rollen gebracht – Profis, die über Zahlen und dumme Zufälle stolperten.

Und über Gefühle. Eine hübsche, labile Frau, ein heimlicher Beobachter, der die Distanz verloren und überreagiert hatte.

»Ein Anrufbeantworter in einem Büro?«

»Mit Blick auf einen Fluss.«

»Die Spree? Die Dreisam?«

Mike antwortete nicht.

Das Licht erlosch, Louise klatschte die Hand auf den runden Schalter. »Also, Sie verlassen das Hotel, einer Ihrer Leute versteckt Steinhoff in der Toilette. Am Abend trifft sich Esther mit Schulz. Haben Sie das Gespräch abgehört?«

»Ja.«

Sie streckte sich, rieb sich den Nacken. »Jetzt wissen Sie, dass der Verfassungsschutz einen Mann bei GoSolar hat. Dieselbe Strategie, nur nicht ganz so effizient wie bei Ihnen. Dann tauche ich bei Esther in Littenweiler auf. Lassen Sie mich raten: Panik bricht aus.«

Mike ging nicht darauf ein. Sie hätten beschlossen, Esther fallenzulassen und abzuwarten, sagte er. Schulz und Esther hätten weiterhin observiert werden müssen, aber solange keine akute Gefahr bestanden habe, habe es keinen Handlungsbedarf gegeben. Die Identitäten der bei GoSolar eingeschleusten Leute seien falsch, ihre Legenden hätten einer oberflächlichen Überprüfung aber standgehalten.

Doch dann sei »das mit Esther« geschehen.

»Ihr Suizidversuch?«

»Ja. Wir mussten die Überwachung beenden und die Geräte aus ihrem Haus holen, bevor …«

»Moment. Sie haben es über die Kameras mitbekommen?«

»Ja.«

»Wo waren Sie?«

»In der Nähe.«

»Wo genau?«

Mike schüttelte den Kopf.

»Na, egal. Jedenfalls haben Sie ihr das Leben gerettet, und irgendjemand sollte Ihnen dafür danken. Esther wird dazu keine Gelegenheit haben, also tue ich's.« Sie verzog den Mund. Ein kleiner sentimentaler Anflug am Rande der Erschöpfung.

Mike spreizte die behandschuhten Hände, als wollte er sagen: Was spielt das noch für eine Rolle?

»Sie wollten also die Geräte holen, konnten aber nicht ins Haus, weil mein Kollege da war.«

»Ja.« Von diesem Moment an habe Chaos geherrscht, alles sei eskaliert. Die Konfrontation mit Louise und deren Einsatzkräften vor Esthers Haus, die Flucht durch den Wald mit zwei Geiseln, GoSolar im Fokus der Kripoermittlungen, der Verfassungsschutz aufgeschreckt, die Maulwürfe aufgeflogen …

Und dann der Mord an Schulz.

»Jetzt sind wir so weit, Mike«, sagte Louise. »Die Maske.«

Kein Schutzengel, wie man ihn sich vorstellte, eher ein gehetztes Nachtgespenst. Eher Ende als Anfang dreißig, seit einer Woche nicht rasiert, im schwarzen Haar leuchteten hellgraue Stellen, das Gesicht war hager. Ein Bruder in der

Schlaflosigkeit – gerötete, lichtempfindliche Augen, bläuliche Ringe darunter, der Teint grau.

Das Licht erlosch, das Licht ging an.

»Was ist mit Schulz passiert?«

Mikes Augen lagen geblendet auf ihr. »Ich weiß es nicht.«

»Keine gute Position für einen Deal. Wer hat ihn getötet?«

»Ich kann nur raten.«

»Dann raten Sie, verdammt.«

»Steinhoff war in Panik. Er hat Schulz irgendwo abgefangen und nach Ebnet gebracht. Vielleicht wollte er rausfinden, was Schulz wusste. Oder er wollte verhindern, dass er seine Kollegen informiert. Schulz hat nicht geredet, also hat er ihn getötet.«

»Ohne sich mit Ihnen oder Ihrem Partner abzusprechen?«

Mike nickte.

»Und Sie haben in der Zwischenzeit nicht mit ihm telefoniert?«

»Ich erreiche ihn nicht.«

»Eine Panne nach der anderen … Die Täter waren zu zweit. Waren Sie der zweite Mann?«

»Nein.«

»Wer dann?«

»Ich weiß es nicht. Keiner von meinen Leuten.«

»Sie meinen die Maulwürfe bei GoSolar?«

»Ich meine die beiden, mit denen Sie mich vor Esthers Haus gesehen haben. Von den Maulwürfen kommt keiner in Frage. Das sind Physiker, Ingenieure, Chemiker, keine Mörder.«

»Es sind Kriminelle. Sie benutzen falsche Identitäten,

stehlen Daten, ruinieren ein Unternehmen, die Angestellten. Vielleicht töten sie auch.«

»Nein«, sagte Mike.

Louise lehnte den Kopf an das Türblatt, musterte Mike, der ihren Blick erwiderte. Sie wartete auf ein Gefühl, die Stimme der Intuition, nichts kam. Sie hatte keine Ahnung, ob er die Wahrheit sagte oder log. »Warum sind Sie hier? Warum reden Sie mit mir?«

»Ich will die Branche wechseln.«

»In welcher Branche sind Sie?«

»Wir helfen.«

»Indem Sie Menschen ausspionieren und Firmen zerstören?«

»Wenn der Auftraggeber es verlangt.«

Sie wusste, welche Branche er meinte. Wirtschaftsdetekteien, die im rechtlichen Graubereich agierten und gelegentlich die Grenzen der Legalität überschritten. Die Branche boomte, und es gab genug Experten, die die nötige Ausbildung besaßen. Exgeheimdienstler, Expolizisten, Exsoldaten, dazu Hacker, Technikspezialisten und so weiter.

Doch Mord an einem Verfassungsschutzbeamten?

»Ich will Steinhoff«, sagte sie.

»Das ist der Deal. Sie kriegen Steinhoff, und ich tauche unter.«

Im selben Moment wurde die Tür zum Schwesternzimmer aufgerissen. Louise kippte nach hinten, landete zwischen den Beinen eines Mannes, sah einen ausgestreckten Arm, eine Pistole, die auf Mike gerichtet war. Auf der Holztreppe erklangen Schritte, Stimmen riefen: »Nicht bewegen!« Sie hob den Kopf. Mike hatte die Hände von sich gestreckt, war wie erstarrt. Auf halber Höhe der Treppe stand Antje Harth, auch sie zielte mit einer Waffe auf ihn.

Harth und Bredik, der Verfassungsschutz war aktiv geworden.

Niemand sagte etwas.

Dann ein sprödes Klacken, das laut in die Stille fuhr, die Treppenhausbeleuchtung war ausgegangen.

»Nicht schießen!«, rief Louise. Sie rappelte sich hoch, prallte gegen ein Bein, tastete nach dem Schalter an der Wand neben der Tür.

Das Licht sprang an.

»Verflucht«, sagte Antje Harth.

Mike hatte nach den zwei Pistolen auf der Treppenstufe gegriffen, eine zeigte auf Harth, die andere auf Michael Bredik.

»Ruhig bleiben, Leute«, sagte Louise.

»Nehmen Sie die Waffen runter«, befahl Bredik.

Mike hob die Augenbrauen. »Wie kommen die hierher?«

»Keine Ahnung«, sagte Louise.

»Waffen runter!«, wiederholte Bredik.

Mike reagierte nicht.

»Beruhigen wir uns, okay?«, sagte Louise. In ihrem Kopf hatte ein wirrer Mechanismus eingesetzt, der die Sekunden zählte, bis die Beleuchtung erneut ausgehen würde. Zwei Minuten? Drei? Sie verfluchte sich dafür, dass sie die Dauer der Lichtphasen nicht geschätzt hatte. Sie musste damit rechnen, dass Mike die nächste Dunkelheit nutzen würde. Er hatte genug Möglichkeiten – auf den unteren Treppenabsatz springen, Harth, Bredik oder sie selbst als Geisel nehmen. Sie zweifelte nicht daran, dass es ihm gelingen würde.

Die Frage war nur, ob Harth oder Bredik schießen würden.

Ihr blieben zwei, drei Minuten, um Mike davon zu überzeugen, dass ihre Abmachung noch galt. Aber ihr fiel nichts ein. Das Summen und der Zählmechanismus füllten ihr Bewusstsein aus, klare Gedanken zu fassen, war unmöglich geworden.

Sie wandte sich Antje Harth zu. »Wir brauchen ihn, er liefert uns Steinhoff.«

Harths Gesicht, das Louise am Morgen in Graeves Büro spröde vorgekommen war, erschien ihr nun wie eine vor Anspannung verkrampfte Fratze. Schweiß rann ihr in Strömen über Stirn und Wangen, lief ihr in die Augen, und sie blinzelte hektisch. »Hast du ihn festgenommen?«

»Nein.«

»Ist das der Mann, der Steinhoff töten wollte?«

Louise seufzte. »Der Steinhoff verprügelt hat, ja.«

»Sie sind festgenommen«, sagte Harth zu Mike. »Sie werden der versuchten Tötung und des Mordes an …«

»Bitte«, sagte Louise verzweifelt. »Er hat mit dem Mord an eurem Kollegen nichts zu tun.«

»Sagt wer?«, fragte Bredik.

»Na ja, ich.«

»Kannst du das beweisen?«

»Nein. Aber ich glaube ihm.«

Eine Minute dreißig? Eine Minute? Nein, dachte sie, länger, das Zählwerk in ihrem Kopf orientierte sich an ihrem rasenden Puls.

»Er hatte kein Motiv, im Gegensatz zu Steinhoff.«

»Und welches Motiv hatte Steinhoff?«, fragte Harth.

»Panik.«

Harth schnaubte durch die Nase. »Nicht sehr überzeugend.«

»Die Täter waren zu zweit«, sagte Bredik, an Mike gewandt. »Wer war die zweite Person?«

»Er weiß es nicht«, sagte Louise, als Mike nicht antwortete.

»Auch nicht sehr überzeugend«, meinte Harth.

»Wir müssen ihn mitnehmen, Bonì«, sagte Bredik.

Während Harth die Belehrungsformel nach § 136 herunterleierte, lag Mikes Blick auf Louise. Sie hob die Schultern, hoffte, dass er die Botschaft verstand: Ich weiß nicht weiter, tu, was du für richtig hältst, ich vertraue dir.

Eine Minute? Dreißig Sekunden?

Keine fünf Sekunden später ging die Beleuchtung aus. Harth und Bredik fluchten, riefen Warnungen, Louise schloss die Augen, wartete. Ein Arm legte sich kraftvoll um ihre Brust und presste sie an einen Körper. Sie wurde mit dem Körper einmal um die eigene Achse gedreht, spürte einen Stoß, hörte Bredik aufschreien, rasche Schritte auf dem Holzboden, ein dumpfes Geräusch, als jemand stürzte. Mikes Atem an ihrem Ohr, die Mündung einer Pistole stieß gegen ihren Hinterkopf. Sie wurde nach hinten mitgerissen, prallte mit dem Ellbogen gegen den Türrahmen, schrie vor Schmerz auf. Plötzlich fiel das Licht des Mondes auf ihr Gesicht, dann flog kaum zwanzig Zentimeter von ihrem Kopf entfernt die Tür an ihr vorbei und krachte ins Schloss.

Ohne seinen Griff zu lockern, schob Mike sie durch das dunkle Schwesternzimmer. Sie nahm den Geruch von ungewaschener Kleidung, einem ungewaschenen Körper, Schweiß wahr. »Nach links oder rechts?«, fragte er.

Vor dem linken Ausgang der Intensivstation saßen Marić und Heller, der Probleme machen könnte. »Nach rechts.«

An der Tür gab Mike sie frei. Sie traten hinaus, durchquerten die Station rasch in Richtung Hauptschleuse, an den abgetrennten Bereichen vorbei, wo Esther lag, dann durch den offenen Raum. Bis auf die leisen Monitortöne und das Rauschen der Luftfilteranlage war nichts zu hören.

Im Vorraum mit dem Desinfektionsspender zog Louise die Schleuse auf. An den überraschten Blicken der beiden uniformierten Kollegen erkannte sie, dass sie begriffen hatten, wer der Mann neben ihr war. Zwei Hände fuhren zum Pistolenholster.

»Alles okay«, sagte sie.

Der Linke, ein älterer Polizeiobermeister, hatte Mike fixiert, schien nicht überzeugt.

»Meine Waffe«, sagte Louise und streckte die Hand aus.

Mike legte die Heckler & Koch hinein.

»Alles okay«, wiederholte sie.

Der Ältere nickte.

Sie liefen weiter, Mike voraus. Er führte Louise in einen Nebengang, bog erneut ab, blieb vor einem Aufzug mit der Aufschrift »Nur für Personal« stehen.

Sie reichte ihm ihre Waffe. »Sie können sie wiederhaben.«

»Warum?«

»Ich bin müde, am Ende verwechsle ich sie mit einem Bleistift und tu mir weh.«

Sie fuhren in den Keller, eilten durch die menschenleere Wäscherei, Lagerräume voller Regale mit Kleidung, Handtüchern, Bettwäsche, hielten vor einer Brandschutztür. Mike zog einen Schlüssel hervor und öffnete sie. Eine steinerne Rampe führte zu einem geteerten Weg, dahinter lag der Krankenhauspark.

»Warten Sie«, sagte Louise.

Sie ging die Rampe hinunter. Wind erfasste sie, auf der

Haut spürte sie kühlen Nieselregen. Soweit sich das in der Dunkelheit erkennen ließ, waren sie allein.

Mike tauchte neben ihr auf. »Durch den Park.«

Wegen der Schrittgeräusche mieden sie die Wege, liefen entlang der Seitenmauer über nasses Gras und unter kahlen Laubbäumen hindurch. Vom Klinikgebäude aus wären sie nur zu erkennen gewesen, wenn man genau hingesehen hätte, zwei Schatten, die lediglich für ein paar Sekunden aus dem Dunkel auftauchten, als sie vom Lichtschein einer Parklampe erfasst wurden. Louise hielt sich die Seite, wo ein Stechen eingesetzt hatte, den Kopf hatte sie eingezogen, da wütete das Summen. Mike war langsamer geworden, ein rücksichtsvoller Mensch immerhin, dachte sie, wenn auch zu eigensinnig. Zwei weißgekleidete Nonnen unter einem Regenschirm auf einem Nachtspaziergang in der Ferne, ansonsten keine Fußgänger – und kein Hinweis auf weitere Kollegen vom Verfassungsschutz, obwohl Bredik und Harth sicher nicht allein gekommen waren. Solche Methoden kannte man nur von der kinderlosen Kollegin Bonì, die langwierige Ermittlungen in hochkomplexen Fällen gefährdete und Katastrophen heraufbeschwor und doch meistens die richtigen Entscheidungen traf.

Zumindest, dachte sie, hielt sie sich an den richtigen Orten auf, dort, wo die Entscheidungen vorbeikamen.

»Ich kann nicht mehr.«

Mike wandte sich um. »Noch fünfzig Meter.«

»Zehn, dann ist Schluss.«

Er reagierte nicht.

Schließlich erreichten sie eine schmiedeeiserne Pforte. Louise lehnte sich keuchend an die Mauer, während Mike einen weiteren Schlüssel aus der Tasche zog und aufschloss.

»Ich wär ja nicht überrascht, wenn Sie zu meiner Wohnung auch einen hätten«, sagte sie.

Wieder bekam sie keine Antwort. Ein Schutzengel ohne Humor.

Und ohne Vertrauen. Er ließ sich ihr Mobiltelefon geben, schaltete es aus, entfernte den Akku.

»Keine Überraschungen mehr«, sagte er.

Ein paar Straßen weiter stiegen sie in einen alten blauen Golf mit Freiburger Kennzeichen.

»Wohin fahren wir?«

Mike nannte ein Hotel in der Altstadt.

»Und da ist Steinhoff?«

»Ja.«

»Dann brauche ich Unterstützung.«

»Sie haben mich.«

»Und der zweite Mann?«

Er zuckte die Achseln.

»Kann ich meinen Bleistift wiederhaben?«

Sie bekam die Waffe.

Mike fuhr mit normalem Tempo, achtete darauf, dass sie nicht auffielen. Nach wenigen Minuten sank Louise in einen unruhigen Halbschlaf. Grelle Bilder zogen vor ihrem inneren Auge vorbei, kantige, nackte Körper auf Orange und Blau.

Dann lag ein Körper in Rot, und sie erwachte mit einem leisen Schrei.

18

DAS KLEINE, SCHÄBIGE HOTEL befand sich im nördlichen Teil der Altstadt. An der Rezeption saß ein Junge mit Aknenarben. Während sie auf ihn zugingen, sagte Mike: »Fragen Sie nach Ralf Schuster.«

Louise nickte. Schuster, Schulz, Meier, die Liste der Allerweltsnamen wurde immer länger, als hätten die Gruppe um Steinhoff und der Verfassungsschutz dasselbe Spionagehandbuch gelesen.

Sie wies sich aus, bekam von dem erschrockenen Jungen einen Zweitschlüssel.

Zu Fuß gingen sie in die vierte Etage. Kitschige Gemälde von Breisgauer Sehenswürdigkeiten zierten die Wände – Schauinsland, Kaiserstuhl, Freiburger Münster, Schwarzwald, Weinberge, die Faust-Stadt Staufen. Mit plötzlicher Sehnsucht dachte sie, dass sie Ben all das zeigen wollte, der Breisgau war immerhin ihre Heimat, doch bislang kannte er davon kaum mehr als ein kahles Apartment im Stühlinger, eine chaotische Wohnung in der Wiehre, einen Parkplatz in Freiburg-St. Georgen, ein paar Kneipen und Lokale. Ihr fiel ein, dass sie im Sommer ähnliche Gedanken gehabt hatte, als sie von Colmar zurückgefahren war, da hatte sie sich vorgenommen, ihm dieses schöne Land zwischen Schwarzwald und Vogesen zu zeigen. Das musste nachgeholt werden, beschloss sie, und es blieben ja noch ein paar Monate, bis Ben fortgehen würde.

Aber erst die Schusters, Meiers, Schulzes.

Sie hatten Steinhoffs Etage erreicht. Vor dem Hotel hatten sie rasch besprochen, wie sie vorgehen würden. Ein einfacher Plan mit zwei Alternativen. Mike würde Steinhoff anrufen, fragen, ob sie sich im Hotel treffen könnten, er sei in der Nähe. Falls Steinhoff ablehnte, würden sie ihn in seinem Zimmer überraschen. Falls er nicht da oder nicht erreichbar war, würden sie dort auf ihn warten.

Sie betraten eine Toilette, Mike wählte eine Nummer, wartete. Dann schüttelte er den Kopf.

»Mist«, sagte Louise. »Noch mal.«

Auch beim zweiten Versuch meldete Steinhoff sich nicht.

Ihre Blicke begegneten sich. Außer Müdigkeit war in Mikes Gesicht nichts zu erkennen, keine Unruhe, keine Falschheit, keine Sorge, keinerlei Gefühl. Vielleicht führte er sie in eine Falle, vielleicht hielt er sein Versprechen. Sie musste die Unsicherheit in Kauf nehmen.

»Gehen wir rein.«

Mike schloss auf, Louise hielt sich schräg hinter ihm. Als er die Tür aufstieß, drang ein spezifischer Geruch an ihre Nase, den sie nur zu gut kannte – Blut und Exkremente. »Vorsicht, Mike!«

Das Licht sprang an, das Zimmer schien leer zu sein.

Sie hatte mit einem Toten gerechnet, fand nur das Chaos eines Mannes vor, dem Ordnung unwichtig war. Überall lagen Kleidungsstücke herum, leere Bierflaschen auf Nachttisch und Fernseher, persönliche Gegenstände, Zeitungen, Ladekabel, zwei Laptops, drei Handys auf dem ungemachten Bett, auf Stühlen, dem schmalen Schreibtisch.

Und der Geruch, der immer intensiver wurde.

Sie fanden Steinhoff hinter dem Bett. Er lag auf dem Bauch, war in Kopf und Rücken geschossen worden.

Als der Kriminaldauerdienst, mehrere Streifenbesatzungen und der Rettungsdienst eintrafen, war es halb zwei. Louise saß im Foyer auf einem nach Staub und Alter riechenden Sessel, verzweifelt bemüht, die Augen offen zu halten. Sie hatte den jungen Rezeptionisten befragt, aber keine brauchbaren Informationen erhalten. Er hatte seinen Dienst um zweiundzwanzig Uhr begonnen und Steinhoff – Ralf Schuster – seitdem nicht gesehen. Zehn, elf Personen hatten das Hotel in den vergangenen dreieinhalb Stunden betreten oder verlassen, die eine Hälfte kannte der Junge, die andere musste kürzlich angereist sein.

Louise wies die Kollegen in die Lage ein, bat sie, die Befragung der Zimmernachbarn zu übernehmen, sank dann wieder in ihren Sessel. Sie würde noch auf Peter Schöne warten, den das Führungs- und Lagezentrum aus dem Bett geklingelt hatte, und dann zur Dreisam fahren, wo sie mit Mike verabredet war.

Ein letztes Treffen, hatte er gesagt.

Hauptsache, Sie kommen, hatte sie erwidert.

Sie konnte sich nicht vorstellen, dass er nicht wenigstens eine Vermutung hatte, wer für die Morde an Philipp Schulz und Hans Peter Steinhoff verantwortlich war. Zusammen mit seinem Partner und Steinhoff hatte er sei Beginn dieses Jahres das Netz um GoSolar geknüpft – die Operation vorbereitet, Wohnungen gesucht, abhörsichere Mobiltelefone besorgt, geeignete Spitzel ausgewählt, den richtigen Moment abgepasst, um sie einzuschleusen, Esther überwacht, Treffen organisiert, wenn es notwendig geworden war. Er kannte alle Beteiligten, hatte gemeinsam mit Steinhoff die

Fäden in der Hand gehalten, an denen die Marionetten getanzt hatten. Kaum denkbar, dass im Hintergrund jemand agierte, von dem er nichts wusste.

Die Franzosen?, hatte sie gefragt.

Können sich einen Mord nicht leisten, hatte er erwidert.

Der Geheimdienst?

Ist längst aus dem Spiel.

»Bonì«, brummte es über ihr.

Sie öffnete die Lider, starrte in Peter Schönes kleine, von den Tränensäcken halb verdeckte Augen.

»Ich weiß schon, warum ich beim D 31 bin und nicht beim D 11. Jeden Tag eine Leiche, und man kommt nicht mehr zum Schlafen.«

Schöne saß zusammengesunken auf dem Sofa gegenüber, hatte sich mit tief gefurchter Stirn angehört, was seit ihrem Telefonat am frühen Abend geschehen war. Als stellvertretender Leiter der Soko wurde er oben am Tatort erwartet, aber er schien sich nicht aufraffen zu können. Sie dachte an ihre Begegnung vom Dienstagnachmittag, als er sie in seinem Büro hatte auflaufen lassen. Der Vorwurf, sie wildere in seinem Revier, die Frage, ob sie wieder hysterisch sei. Nun hockte er apathisch vor ihr und sehnte sich nach seinem Bett.

»Vertraust du dem Kerl?«

Sie zuckte die Achseln.

»Ich würde dir ja anbieten, dass ich mitkomme …« Verlegen schürzte er die Lippen. »Aber ich wäre keine große Hilfe.« Eine Fliege trippelte langsam über seine Schulter, als hätte seine Müdigkeit auf sie abgefärbt. Er bemerkte sie nicht.

»Schon okay. Kümmerst du dich um alles andere? Die Techniker, den Staatsanwalt, morgen früh GoSolar … *heute* früh.«

Er nickte seufzend. Das Bett musste warten.

Einer der Kollegen vom KDD trat zu ihnen. Sie hatten zwei Hülsen gefunden – und die beiden Projektile, eines in der Zimmerwand, eines im Holzboden unter Steinhoffs Leiche. »Definitiv keine Walther P5«, sagte er. »Genügt dir das?«

»Ja.« Kein Beweis natürlich, aber es stützte ihre Vermutung, dass Mike nicht der Täter war. Wenn er eine zweite Schusswaffe bei sich hätte, dachte sie, hätte er sie in der Klinik gezogen, sich nicht nach den Pistolen auf der Stufe gebückt. Bücken dauerte doch länger als ziehen.

»Und die Zimmernachbarn?«

»Haben nichts gehört und niemanden gesehen.«

»Danke.«

Als sich der Kollege abwandte, flog die Fliege davon.

»Dann gehe ich wohl auch mal hoch«, sagte Schöne.

Sie erhoben sich.

»Was von Rolf gehört?«, fragte Louise.

»Unverändert.«

»Unverändert was?«

Schöne zögerte. »Hat Rita dich nicht angerufen?«

»Nein.« Louise sank auf den Sessel zurück. Ein kaltes Kribbeln lief über ihre Haut.

»Hm. Sie wollte dich anrufen.«

»Was ist mit Rolf?«

»Na ja, er hat ein Hämatom.« Schöne rieb die gespreizten Hände über seine Hüften, räusperte sich, als wäre es ihm unangenehm, dass ausgerechnet er die schlechte Nachricht überbringen musste.

»Im Kopf?«

Er nickte, setzte sich ebenfalls wieder.

Bermann hatte die Fahrt nach Ebnet abgebrochen, weil er starke Kopfschmerzen bekommen hatte und ihm schwindlig gewesen war. Zehn, zwanzig Minuten lang wartete er im Wagen, doch sein Zustand besserte sich nicht. Mit einem Taxi fuhr er in die Polizeidirektion, setzte sich an den Schreibtisch. Kollegen überredeten ihn schließlich, sich in die Notaufnahme bringen zu lassen. Auf dem Weg dorthin verlor er kurzzeitig das Bewusstsein. Den Ärzten sagte er, er habe wohl eine Gehirnerschütterung. Wieder verlor er das Bewusstsein. Untersuchungen am Abend ergaben, dass er sich keine Gehirnerschütterung, sondern ein Schädelhirntrauma mit Hämatom zugezogen hatte.

Er lag im Koma.

Um Viertel nach zwei verließ Louise das Hotel. Peter Schöne hatte ihr den Gedanken, sofort an Bermanns Krankenbett zu fahren, ausgeredet. Die lassen dich jetzt sicher nicht rein, und du kannst sowieso nichts tun. Der wird schon wieder, der hat einen harten Schädel.

Einen Schädel mit einem Riss.

Während sie durch die nächtlich leeren Straßen in Richtung Kaiserbrücke raste, rief sie sich wieder und wieder den Moment vor Augen, als Bermann nach der Befragung von Heinrich Willert im Treppenhaus gestürzt war. So sehr sie sich auch wünschte, es wäre anders, die Szene endete immer gleich: mit einem dumpfen Krachen, als Bermann mit dem Hinterkopf aufschlug.

Dann sah sie ihn zur Haustür schwanken, zum Auto, er sank auf den Sitz. Sie wusste, dass sie ihn nicht vom Fahren hätte abbringen können, ganz gleich, was sie gesagt hätte. Er hätte ihr gegenüber niemals zugegeben, dass es ihm schlechtging.

Du kannst jetzt nicht fahren, Rolf.

Red keinen Schwachsinn.

Lass dich untersuchen.

Geh mir nicht auf den Sack.

So war es nun einmal zwischen ihnen – Rolf Bermann und Louise Bonì, das war eine komplizierte Geschichte. Wäre nicht sie, sondern Schöne oder irgendjemand sonst mit ihm bei Willert gewesen, hätte er sich vielleicht helfen lassen, wäre vielleicht sofort in die Notaufnahme gebracht, zwei Stunden früher operiert worden.

Zwei Stunden, die vielleicht entscheidend waren.

19

WIEDER LIESS MIKE SICH ZEIT.

Louise saß seit zwanzig Minuten nahe der Kaiserbrücke auf einer Bank an der Dreisam und versuchte, die Sorge um Bermann für den Moment zu verdrängen.

Viertel vor drei, leichter Regen fiel, die feuchte Kälte kroch ihr durch die Kleidung in die Knochen. Die Dreisam kam ihr breiter vor als sonst, die Herbstniederschläge hatten den Pegel hochgetrieben. Bis auf einen Radfahrer war auf dem Uferweg niemand an ihr vorbeigekommen, war niemand zu sehen gewesen.

Sie stellte den Kragen der Jeansjacke auf, wärmte die Hände unter den Achseln. Mühsam hielt sie den Kopf hoch.

Sie zweifelte nicht daran, dass Mike die Verabredung einhalten würde. Er musste längst in der Nähe sein, beobachtete sie, überprüfte, ob sie allein gekommen war. Ob sie vom Verfassungsschutz verfolgt worden war, ohne es zu bemerken.

Eine weitere Viertelstunde verging, dann hörte sie ein leises Rascheln im Blattwerk hinter sich.

Er setzte sich neben sie. Regenwasser lief ihm über Stirn und Schläfen, die dunklen Augen waren unergründlich.

»Versuchte Tötung, illegale Telekommunikationsüberwachung, Dokumentenfälschung, Einbruch, Widerstand gegen Vollstreckungsbeamte, Anstiftung zu verschiedenen anderen Straftaten – sagen Sie mir einen Grund, warum ich Sie nicht festnehmen soll.«

»Weil in Ihrer Waffe keine Patronen sind.«

Sie zog die Heckler & Koch aus dem Holster, ließ das Magazin herausspringen. Es war leer. Ein lang vermisstes Gefühl rührte sich – Wut. Er hatte sie unbewaffnet in Steinhoffs Zimmer gehen lassen.

Sie schloss die Augen, ließ sich von der Wut ergreifen, die sie von innen wärmte und ein weiteres lang vermisstes Gefühl brachte: Plötzlich fühlte sie sich wieder lebendig.

»Außerdem hat Ihre Kollegin das schon getan.«

Sie sah ihn an. »Stimmt, hatte ich vergessen. Das kommt noch dazu: Sie haben sich der Festnahme entzogen.«

Von der Dreisam drang ein aufgeregtes Plätschern an ihr Ohr, von der Brücke Motorengeräusche, ansonsten Stille. Um drei Uhr nachts war dies ein einsamer Ort, wenn man mit einem Mann hier saß, der mehr Gespenst war als ein Mensch aus Fleisch und Blut. An dem nichts greifbar war bis auf seine bizarre Verbundenheit mit Esther, und dass er aussteigen wollte.

Und seine Nervosität – immer wieder richtete er den Blick auf das Ufer gegenüber, wandte sich nach links, nach rechts. Ein Gespenst, das nie zur Ruhe kam.

»Sind die Maulwürfe in ihren Löchern verschwunden?«

»Ja.«

»Alle?«

Er nickte.

»Wie viele waren es?«

»Acht.«

»Acht bei GoSolar?«

»Ja.«

Natürlich würde die Soko versuchen sie aufzuspüren.

Nicht alle würden gefunden werden, aber ein paar, nicht in den nächsten Tagen, aber in einigen Wochen oder Monaten. Die übrigen würden unbehelligt bleiben, im Schutz ihrer richtigen Identität den Alltagsgeschäften nachgehen, bis irgendjemand eine neue Operation plante, ein neues Netz knüpfte. Industriespione waren begehrt, das Ausspähen hatte Hochkonjunktur und war schwer nachzuweisen.

Der alte Zorn regte sich. Man fing den einen und musste machtlos mit ansehen, wie andere in ihren Schlupflöchern verschwanden. Das Netz zerschnitten, doch unter der Oberfläche blieb das System perforiert.

Sie versuchte sich zu beruhigen. Was in den kommenden Stunden geschah, war wichtig, alles andere gehörte zu einer fernen Galaxie. Sie wusste nicht, wo sie in einigen Wochen, einigen Monaten sein würde, wusste nur, wo sie nicht sein würde: in ihrem Büro in der Polizeidirektion.

Wichtig war natürlich auch, dass Ben dann in der Nähe wäre. Dass in der Ferne Rolf Bermanns Stimme wieder durch die neonhellen Flure der Kripo hallte.

Sie sah Mike an. »Wer hat Schulz und Steinhoff getötet?«

»Ich weiß es nicht.«

»Wen decken Sie, Mike?«

Er antwortete nicht.

»An der Operation ist noch jemand beteiligt, richtig? Jemand, von dem ich nichts weiß.«

»Nein.«

»Und Ihr Geschäftspartner? Hat *er* die Morde begangen?«

»Nein.«

»Warum sind Sie so sicher?«

»Weil ich ihn seit vielen Jahren kenne.«

»Was nichts heißt.«

»In diesem Fall schon.«

»Wer kommt dann in Frage?«

»Wir drehen uns im Kreis.«

Louise warf die Hände in die Luft. Ein Rest Wut war geblieben, aber sie spürte, dass die Erschöpfung daran zu nagen begann. »Ich brauche einen Namen, verdammt. Eine Idee. Deswegen sind Sie doch hier, oder? Weil Sie mir helfen wollen, den Mörder zu finden.«

Mike nickte bedächtig.

»Fangen wir von vorn an. Steinhoff tritt an Sie oder Ihren Geschäftspartner heran. Was will er?«

»Organisation, Manpower, Ausrüstung. Eine Strategie.«

»Wie kommt er auf Sie?«

»Er hat sich umgehört.«

»In der Branche, aus der Sie rauswollen.«

»Ja.«

»Zusammen knüpfen Sie das Netz und legen es aus.«

»Ja.« Mikes Blick glitt über das Ufer gegenüber. Erst jetzt bemerkte sie, dass seine rechte Hand in der geöffneten Jacke verschwunden war.

»Die schlafen nachts, Mike.«

»Wer?«

»Die Kollegen vom Verfassungsschutz.«

Über seine Lippen huschte ein überraschtes Lächeln.

»Sie entwickeln also eine Strategie. Woher haben Sie Ihre Informationen über GoSolar? Sie müssen doch genau Bescheid wissen, wie Sie da reinkommen. Wo Sie Ihre Leute platzieren können.«

»Das meiste kommt von Steinhoff, der Rest von uns.«

»Durch Observierung?«

»Zum Beispiel.«

»Und woher hat Steinhoff seine Informationen?«

»Er kennt Leute.«

»Bei GoSolar?«

Mike zögerte. »Vielleicht.«

Sie lehnte sich zurück, faltete die Hände im Schoß, als könnte sie den vagen Gedanken auf diese Weise vor dem Chaos in ihrem Gehirn schützen, in dem Bilder, Wörter, Geräusche, Ereignisse durcheinanderwirbelten. »Er hatte von Anfang an jemanden in der Firma«, sagte sie. »Jemanden, dessen Identität nur er kannte.«

»Und der ihn getötet hat, um nicht aufzufliegen?«

»Was anderes fällt mir nicht ein.«

»Zu viel Zufall.«

»Wie meinen Sie das?«

»Steinhoff bekommt den Auftrag aus Frankreich und hat zufällig schon jemanden bei GoSolar, der ihm hilft?«

Louise antwortete nicht.

»Er hätte uns informiert.« Mike wandte sich ihr zu. Das Risiko, dass der eine Maulwurf den anderen unabsichtlich in Gefahr brächte, nur weil sie nichts voneinander wussten, wäre zu groß gewesen. Abgesehen davon, dass sie sich viel Arbeit gespart hätten, wenn Steinhoff seinen Kontakt genannt hätte.

»Und wenn es anders herum war? Wenn Steinhoff von jemandem bei GoSolar beauftragt worden ist? Wenn es gar keine Franzosen gibt?«

»Mein Geschäftspartner war bei einem Treffen mit den Franzosen dabei.«

»Sieh an. Mit welchen Franzosen?«

Er lächelte schmal. »Solarfranzosen.«

»Trotzdem«, sagte Louise. »In einem Netz sitzt eine Spinne.«

»Manchmal drei – Steinhoff, mein Partner, ich.«

Sie schüttelte den Kopf. Die drei hatten das Netz geknüpft, doch im Hintergrund agierte jemand, der für alle außer für Steinhoff unsichtbar geblieben war. Nicht *irgend*-jemand, kein kleines Rädchen im Getriebe. Jemand, der zwei Morde begangen hatte, um sich zu schützen.

Ein paar Minuten lang sprachen sie nicht. Wieder und wieder spielte Louise die Möglichkeiten durch. Steinhoff, die Franzosen, ein Kontakt bei GoSolar. Sie war davon überzeugt, dass die Antwort allein eine Frage der richtigen Chronologie war.

Die Franzosen, der Kontakt, Steinhoff.

Der Kontakt, Steinhoff, die Franzosen.

»Sie wissen, worauf es hinausläuft«, sagte Mike.

Sie sah ihn überrascht an. »Nein. Worauf?«

»Wer außer uns ist noch involviert? Wer ist noch seit Monaten an GoSolar dran? Wer hat versucht, Ihre Ermittlungen zu behindern?«

»Das ist nicht Ihr Ernst.«

Er zuckte die Achseln.

»Die begehen keine Morde, Mike. Das sind Kollegen, viele von denen waren bei der Kriminalpolizei. Die gehen nicht nach Stuttgart und werden zu Mördern und töten ihre eigenen Leute. Und wir sind keine Scheißbananenrepublik.«

»Es gibt keine andere Erklärung.«

»Es *muss* eine geben.« Louise hätte nicht für vieles die Hand ins Feuer gelegt, doch dafür schon: Der Mörder von Steinhoff und Schulz kam nicht aus den Reihen des Verfassungsschutzes.

Plötzlich erstarrte Mike. Er senkte den Kopf, hielt den

Atem an. Hob eine Hand, um ihr zu signalisieren, dass sie schweigen sollte.

So angestrengt sie auch lauschte, sie hörte nichts.

Er stand auf. »Wir müssen weg.«

»Was? Warum?«

Ohne zu antworten, zerrte er sie hoch und drängte sie in Richtung Brücke. Sie rutschte auf dem glitschigen Weg aus, fiel nur deshalb nicht, weil seine Hand noch an ihrem Arm lag und sie hielt. Angst ergriff sie, Angst vor Mike, Angst vor dem, der da lauern mochte, immer mehr Angst, und ihr wurde endgültig klar, dass dies schon lange nicht mehr ihr Spiel war, dass sie an die Grenze dessen gekommen war, was sie ertrug.

»Ich will meine Patronen!«

»Später, jetzt ist keine Zeit.«

Sie rannten zur Brücke, Louise voran, Mike dicht hinter ihr. Seine Hand umklammerte noch immer ihren Arm, ließ nicht locker, so heftig sie sich auch loszureißen versuchte. »Verdammt«, zischte sie, »ich kann allein laufen!«

Die Hand gab sie frei.

Und lag Sekunden später schwer an ihrem Nacken. »Ducken!«

»Was?« Sie warf einen Blick auf Mike, verstand, als sie sah, dass er gebückt rannte.

Auf dem Weg hinter ihnen war noch immer niemand.

Wieder rutschte sie aus, wieder hielt er sie.

Dann hatten sie die Brücke erreicht. In dem schmalen Streifen Dunkelheit unter dem Dach aus Stein hielten sie inne. »Meine … Patronen«, stieß Louise keuchend hervor.

Mike antwortete nicht. Er stand mit dem Rücken zu ihr, beobachtete den Uferweg, auf dem sie gekommen waren.

Seine Schultern bewegten sich vor dem Laternenschein im Rhythmus seiner Atemzüge, die Arme hingen zu beiden Seiten herab, die rechte Hand hielt die Pistole.

»Ich will meine Patronen, klar?«

Abrupt drehte er sich zu ihr um, und für einen Augenblick zeichnete sich sein Gesicht im Dunkeln ab. Bevor sie reagieren konnte, war er mit einem raschen Schritt hinter ihr. Die freie Hand legte sich auf ihren Mund und drückte sie an seine Schulter, die Rechte schwebte dicht neben ihrem Gesicht.

Sie hörte, wie der Hahn sehr langsam gespannt wurde.

»Können Sie für einen Moment still sein?«, wisperte er dicht an ihrem Ohr.

Als sie nickte, gab die Hand ihren Mund frei.

»Meine Patr…«

Die Hand erstickte den Rest des Wortes. Panisch begann Louise sich zu wehren, griff nach Mikes Arm, um seinen Griff zu lockern, gewann keinen Millimeter Spielraum, während eine hysterische Stimme durch ihren Kopf gellte, in die Falle gegangen, Bonì, ohne nachzudenken, ohne Unterstützung, einmal zu sehr aufs Glück verlassen …

Plötzlich drang ein Knall, begleitet von Mechanikgeräuschen, an ihr Ohr. Im selben Moment erlosch auf der anderen Flussseite die der Brücke am nächsten stehende Wegleuchte.

Ein Schuss aus einer Nachladeautomatik, der Schall reduziert von einem Dämpfer …

Mike hatte den Arm hochgerissen, zielte auf den Laternenmasten. »Linke Tasche«, flüsterte er.

Sie griff hinter sich, fand die Tasche seiner Jacke, zerrte die Hand mit den Patronen heraus.

»Kein Wort, okay?« Mike löste sich von ihr.

So rasch wie möglich lud sie das Magazin. »Sehen Sie jemanden?«

Wieder antwortete er nicht, zog sie nur stumm hinter sich. Mit angehaltenem Atem ließ sie die Augen über das gegenüberliegende Ufer gleiten. Noch immer war niemand zu sehen, lediglich der Weg, unmittelbar vor der Brücke ein grauweißes Band, dann verschwand er, wurde erst jenseits der zerschossenen Laterne wieder sichtbar.

»Runter!«, flüsterte Mike. »Auf den Bauch!«

Sie ließen sich fallen. Kurze Lichtblitze von drüben, wieder ertönte ein Knall, ein trockenes Echo unmittelbar hinter ihnen antwortete. Gesteinssplitter fielen Louise auf Kopf und Nacken. Fluchend legte sie beide Hände um den Waffengriff, zielte, ohne viel mehr zu sehen als eine schwarze Fläche von dreißig Meter Breite.

»Noch nicht«, zischte Mike.

»Glauben Sie, ich warte, bis er vor mir steht?«

»Gesicht nach unten!«

Sie presste die Stirn auf den Weg, spürte, wie sich spitze Steinchen schmerzhaft in ihre Haut drückten. Weitere Schüsse fielen, die Kugeln prallten an unterschiedlichen Stellen von der Brückenwand ab. Weitere Splitter, das Sirren von Querschlägern.

Dann nichts mehr.

Über ihnen dröhnte ein Motorrad, aus einem nahen Haus drang Hundegebell. Louise hörte den Regen auf dem Uferweg, das Plätschern der Dreisam – aber kein Geräusch von drüben. Sie drehte den Kopf, bis sie freie Sicht hatte. Noch immer war niemand zu sehen.

»Ist er weg?«

»Nein.«

Mike hatte sich die Maske übers Gesicht gezogen, war

in die Handschuhe geschlüpft und nun fast vollständig mit der Nacht verschmolzen. »Was auch passiert, Sie bleiben liegen«, flüsterte er.

»Kann ich nicht versprechen.«

In den konturlosen Körper neben ihr kam Bewegung. Fast lautlos drehte er sich um, so dass er flach auf dem Rücken zu liegen kam, die Füße Richtung Fluss. Sie hörte seine tiefen Atemzüge, rätselte noch, weshalb er den Blick nach oben gerichtet hatte, nicht mehr nach drüben, als die Dreisam kaum einen Meter von ihr entfernt zu tosen begann, eine Art Keuchen von sich gab und Wasser auf sie spuckte. Undeutlich sah sie Mikes Kopf hochfahren, die Pistole in der Luft schweben, da zerrten Finger an ihren Haaren, als wollten sie sie mit aller Gewalt in den Fluss ziehen, blitzte aus Mikes Waffe Mündungsfeuer auf, begleitet von einem gewaltigen Krachen, das tausendfach vom Beton widerhallte. Knapp über ihr erklang ein Schrei, die Finger in ihren Haaren lösten sich, wieder toste die Dreisam für einen Moment, regnete Wasser auf sie herab.

Mike stand bereits und begann flussabwärts zu laufen, als Louise endlich hochkam, erst einmal auf die Knie, mehr ging noch nicht, in den zitternden Beinen fehlte alle Kraft. Ihr Blick wurde von einem silbrigen Glitzern im Ufergras angezogen – keine dreißig Zentimeter vor ihr lag ein Kampfmesser.

Sie zwang sich hoch, stolperte aus dem Schutz der Brückenwölbung. In ihren Ohren explodierten unablässig Echos des Schusses. Mike war langsamer geworden, hielt die Pistole auf den Fluss gerichtet, blieb jetzt stehen. Im Wasser schwamm jemand, ein schwarzer Leib, umhüllt von aufgeblähtem Kleidungsstoff, der sich rasch in Richtung des gegenüberliegenden Ufers entfernte.

Louise legte die Hände auf die Ohren, wartete auf den tödlichen Schuss. Doch er fiel nicht.

Schweigend sahen sie zu, wie nahe der Brücke ein schmächtiger Mann aus dem Wasser stieg. Er hielt sich den rechten Arm, wo ihn Mikes Kugel getroffen haben musste. Sekunden später war er im Gebüsch verschwunden. Oben an der Straße tauchte er noch einmal für einen Moment auf, dann verlor Louise ihn aus den Augen.

Sie zweifelte nicht daran, dass dies der Mann war, den sie suchte. Der Mann, der im Wald bei Ebnet zusammen mit Steinhoff Philipp Schulz gejagt und getötet hatte. Der Stunden später Steinhoff in dessen Hotelzimmer erschossen hatte.

Sie rieb sich über den Scheitel. Der Schmerz und die Echos verebbten nur allmählich, darunter saß der Schreck. Um Haaresbreite hätte er sie erwischt.

Ein Scherz für Lubowitz: um Haaresbreite.

»Kennen Sie ihn?«

Mike zog sich die Maske vom Gesicht. »Nein.«

»Hatte er es auf Sie abgesehen oder auf mich?«

»Sie wissen zu viel, ich rede zu viel.«

Sie tastete nach dem Handy. »Wird er es noch mal versuchen?«

»Nicht gleich. Er ist Rechtshänder.«

In der Ferne erklangen Martinshörner. Das Führungs- und Lagezentrum hatte bereits Streifen losgeschickt.

»Guter Schuss übrigens. Danke.«

»Hätte schiefgehen können, so zappelig, wie Sie sind.«

Sie zuckte die Achseln. »Haben Sie nie Angst?«

Mike antwortete nicht.

Während sie das Handy aus der Tasche zog, richtete sie den Blick auf das andere Ufer. Die Angst und der Schmerz hatten einen Gedanken freigesetzt. Wörter, die sich irgendwo jenseits der Erschöpfung zu Fragen an Mike zusammenzusetzen begannen.

»Jede Wette, dass es noch jemanden gibt.«

Er sah sie abwartend an.

»Der Kerl ist nicht die unsichtbare Spinne im Netz.«

»Nein?«

»Er ist ein Profi, oder?«

»Ein überheblicher Profi.«

Sie nickte. »Ein Auftragsmörder. Nicht der Auftraggeber.«

Eine Stunde später saß Louise auf ihrem Sofa und versuchte, die Fragen an Mike in Gedanken zu formulieren. Sie hatte das Licht nicht eingeschaltet, Fenster und Balkontür geöffnet. Der feuchte Nachtwind strich durch den Raum. Am Anrufbeantworter blinkte das rote Signal. Sie ließ es blinken, Ben musste warten.

Noch am Dreisamufer hatte sie mit dem Polizeiführer vom Dienst telefoniert. Streifenbesatzungen und der Kriminaldauerdienst waren eingetroffen, Straßensperren um die Innenstadt errichtet worden. Wie Mike vermutete sie, dass sie den Mann nicht finden würden – wenn er auch überheblich war, so blieb er doch ein Profi. Immerhin würden ihn die Sperren und die Streifen zwingen, in Deckung zu bleiben.

Sie sah Mike an, der auf einem Stuhl am Esstisch wartete. Im matten Licht der Straßenleuchte schimmerte sein Gesicht. Eine Hand lag auf dem Tisch, die andere im Schoß, er hatte sich, seit er sich vor zehn Minuten gesetzt hatte, nicht bewegt. Sie spürte, dass er sich unwohl fühlte. Wie Gerhard Kleinert, der Mitgründer von GoSolar, schien er urplötzlich in eine Welt gefallen zu sein, die ihm fremd und unheimlich war. Eine Wohnung, ein Zuhause. Chaos auf dem Boden, eine Frau auf einem Sofa.

»Woher wussten Sie, dass Ihre Maulwürfe aufgeflogen sind?«

»Von Steinhoff.«

»Und woher wusste er es?«

»Keine Ahnung.«

»Was hat er zu Ihnen gesagt?«

»Dass Sie die Namen kennen und dass die Operation beendet werden muss.«

Louise räusperte sich. In ihrem Nacken setzte ein leichtes Kribbeln ein, das sich über Schultern und Arme fortsetzte. Sie war dicht dran.

Aber Schritt für Schritt.

»Welche Namen?«

»Die von unseren Leuten.«

»Was genau hat er gesagt?«

Mike fuhr sich mit der Hand über das Gesicht. »Dass Sie die Namen kennen und dass die Operation beendet werden muss«, wiederholte er. Zum ersten Mal lag eine Spur von Ungeduld in seiner Stimme.

»Hat er von einer Liste gesprochen?«

»Nein.«

Sie ließ sich zur Seite sinken, bettete den Kopf auf ein Kissen, zog die Beine an. Die Luft war kalt geworden, die Erschöpfung übermächtig. »Hat er Sie angerufen?«

»Ja.«

»Wann?«

»Am Nachmittag.«

»Wann genau?«

Mike antwortete nicht sofort. »Gegen zwei.«

Sie gähnte. »Sehen Sie nach, Mike.«

Aus halb geschlossenen Augen beobachtete sie, wie er sein Handy hervorzog und zu suchen begann.

»Dreizehn Uhr neunundvierzig.«

»Um dreizehn Uhr neunundvierzig hat Steinhoff Sie angerufen und gesagt, dass ich die Namen kenne?«

»Ja.«

Sie nickte zufrieden.

Treffer.

Fehlte nur noch der Beweis.

Sie schloss die Augen ganz. »Eine letzte Bitte, Mike.«

20

GERHARD KLEINERT SASS wie am Vortag an seinem Schreibtisch, und wie am Vortag wirkte er, als wäre er am Ende seiner Kräfte. Bleich, zittrig und zutiefst beunruhigt blickte er von einem Besucher zum nächsten und schien nicht zu begreifen, was geschah. Wie am Vortag gab er das von den Ereignissen überrollte Mitglied der Chefetage und erwies sich als schlechter Schauspieler.

Anders als am Vortag standen nicht Louise und Rolf Bermann neben ihm, sondern Kripoleiter Reinhard Graeve – links – sowie Henning Ziller, Antje Harth und Michael Bredik vom Verfassungsschutz – rechts. Vor ihm hatte sich Marianne Andrele aufgebaut, die Staatsanwältin, deren knappe Fragen die Zusammenkunft bislang bestimmt hatten. Louise selbst hatte sich an den einzigen Platz zurückgezogen, von dem aus sie dieses Gespräch ertrug – die minimalistische Couch unter den Leibern auf Orange und Blau, fünf Meter von Ziller und sechs von Kleinert entfernt.

Sie hatte von halb fünf bis sieben Uhr geschlafen, dann eiskalt geduscht, die Haare gewaschen und frische Kleidung angezogen, Bluse, Rock, Pumps, Blazer. Falls sie an diesem Morgen unterging, sollte das wenigstens in Eleganz geschehen.

Halb zehn, und noch immer keine Nachricht von Mike. Sie spürte einen Anflug von Nervosität, nichts Dramatisches, nur ein kühler Hauch, tief in ihren Eingeweiden.

Selbst für Nervosität war sie zu erschöpft, obwohl sie beschlossen hatte, an diesem Morgen alles auf eine Karte zu setzen. Im Grunde war es ihr gleichgültig, ob sie unterging oder nicht. Nur hätte sie sich und Reinhard Graeve gern eine Blamage erspart.

Sie wusste nicht, wann Mike ihre Wohnung verlassen hatte. Kurz bevor sie eingeschlafen war, hatte sie ihn noch am Esstisch sitzen gesehen. Als der Handywecker geklingelt hatte, war er fort gewesen.

Eine letzte Bitte, Mike.

Mal sehen, was ich tun kann.

Ein Mensch wie Mike, dachte sie, konnte viel tun, wenn er wollte. Er konnte halbtot schlagen, er konnte Leben retten. Menschen heimlich ausspionieren, auf die Seite der Guten wechseln. Irgendwo dazwischen lag der Weg, den er von nun an gehen wollte. Vielleicht hatte er erkannt, dass sich dieser Weg besser gehen ließe, wenn er KHK Louise Bonì deren letzte Bitte erfüllte.

Ja, sagte Kleinert gerade, er und der – auf einem Kongress in den USA weilende – Vorstandsvorsitzende hätten sich vor Monaten wegen des Verdachts auf Spionage durch ein ausländisches Unternehmen an den Verfassungsschutz gewandt. Ja, das Amt habe in Absprache mit ihnen begonnen, Informationen über Mitarbeiter einzuholen. Ja, nachdem Willert entlassen worden sei, habe das LfV die Gelegenheit genutzt, Herrn Schulz als dessen Nachfolger zu platzieren. Nein, Willerts Computer sei zu diesem Zweck nicht manipuliert worden. Ja, Herr Schulz habe ab einem bestimmten Zeitpunkt Frau Graf verdächtigt, an der vermuteten Spionage beteiligt zu sein.

Ja, nein, ja, ja, nein, dazwischen die nüchternen Fragen Andreles, die ihre graublonden Haare mit zu viel Haarfestiger aufgetürmt hatte und ganz in Dunkelblau erschienen war. Sie stand mit dem Rücken zu Louise, eine stämmige Säule, die den Blick auf Kleinert verstellte.

Heute eine Säule, am Vortag ein Felsen.

Noch von zu Hause aus hatte Louise mit Rita Bermann telefoniert, die die Nacht in der Uniklinik verbracht hatte. Bermann war am späten Abend operiert worden, es hatte Komplikationen gegeben. Er lag noch im Koma, sein Zustand war kritisch. Am frühen Nachmittag würde er erneut operiert werden.

Louise tat sich noch immer schwer damit zu glauben, dass sich in Bermanns hartem Schädel ein Riss befand, der sein Leben bedrohte. Jahrelang hatte ihn die Aura der Unverletzbarkeit umgeben. Er war immer da gewesen, seit ihrem ersten Tag im Dezernat für Kapitalverbrechen, er würde immer da sein, etwas anderes war unvorstellbar.

Und doch waren das Kindergeschrei, das Hundegebell, die Fernseherstimmen verstummt, an ihre Stelle Ritas tränenerstickte Stimme und das Flüstern seiner Eltern im Hintergrund getreten.

»Alles hätte sich in Wohlgefallen aufgelöst«, sagte Henning Ziller und ließ das Insektenuhrband klicken, »wären uns nicht die Kripo Freiburg und namentlich die Kollegin Bonì in die Quere …«

»Dies ist nicht der geeignete Moment, um die Kompetenzen zu diskutieren«, unterbrach Andrele.

»Ein einziges Desaster!«, fuhr Ziller erregt fort. »Bonì fängt an zu ermitteln, und was passiert? Ein Suizidversuch, zwei Morde, den festgenommenen Mörder lässt sie gehen, seine Komplizen …«

»Den Mord*verdächtigen*«, sagte Andrele.

»Rein formal, ja.«

»Können Sie seine Schuld beweisen?«

»Das wird nicht weiter schwierig sein.«

»Hat er ein Geständnis abgelegt?«

»Uns gegenüber nicht«, antwortete Michael Bredik.

»Bonì?«

Louise räusperte sich. Andrele hatte sich halb umgedreht und sah sie an. Auch Graeve und Bredik schauten herüber. »Er hat diverse Straftaten begangen, aber keinen Mord.«

Zillers Gesicht lief rot an, er warf die Hände in die Luft.

»Wir haben also keinen Beweis, weder für seine Schuld noch für seine Unschuld«, sagte Andrele. »Wird nach ihm gefahndet?«

»Natürlich«, erwiderte Ziller. »Zwei Männer wurden ermordet, einer davon ein Mitarbeiter des Amtes mit Frau und zwei kleinen Kindern. Als Täter kommt nur *er* in Frage.«

»Nein«, sagte Louise.

»Wer denn sonst?«, brüllte Ziller.

»Der Mann, der auf uns geschossen hat.«

»Und wer ist das?«, fragte Andrele.

»Das weiß ich nicht.«

Ziller lachte auf.

»Aber ich kenne jemanden, der es weiß.«

Für einen Moment lag Schweigen über dem großen Raum.

»Wer soll das sein?«, fragte Ziller.

»Jemand von GoSolar.«

»Undenkbar!«

»Vorsicht, Bonì«, sagte Andrele. »Keine Anschuldigungen ohne Beweise.«

»Sie verdächtigen doch nicht etwa *mich*?«, fragte Kleinert, der sich zur Seite gelehnt hatte, um Louise an Andrele vorbei ansehen zu können.

»Bonì«, warnte Andrele erneut.

»Wie kommen Sie zu dieser Annahme?«, fragte Reinhard Graeve.

Louise wandte sich ihm zu, sprach langsam und mit Bedacht. Schritt für Schritt, das war ein gutes Motto für diese letzten Stunden im Dienst. Schritt für Schritt, um nicht am Ende doch zu stolpern.

Esther Graf, sagte sie, war von Steinhoffs Leuten als Spitzel ausgewählt worden, weil die meisten relevanten Unterlagen aus der Abteilung Research & Development früher oder später über ihren Tisch gingen. Obwohl sie sich aufgrund einer Fehleinschätzung der Situation bereit erklärt hatte mitzumachen, war sie von Anfang an überwacht worden – zu Hause, im Büro, unterwegs. Mike hatte das damit begründet, dass sie das schwächste Glied in der Kette gewesen sei, weil sie nicht zu der Gruppe gehöre und darüber hinaus psychisch labil sei.

Aber es gab einen weiteren möglichen Grund: Esther hatte im unmittelbaren Umfeld jener Person gearbeitet, die die ganze Operation initiiert hatte. Wenn sie Verdacht geschöpft hätte oder vom Verfassungsschutz kontaktiert worden wäre, wäre diese Person vielleicht gefährdet gewesen. Also hatte Steinhoff durch die Überwachung dafür Sorge getragen, dass eine solche Entwicklung frühzeitig bemerkt worden wäre.

»Und diese Person …«, begann Ziller.

Diesmal unterbrach ihn Kleinert. »Ein GoSolar-Mitarbeiter soll das alles in Auftrag gegeben haben?«

»In Zusammenarbeit mit einem französischen Konkurrenten.« Louise ließ den Blick über ihre Zuhörer gleiten. Niemand schien überzeugt zu sein. Andrele und Graeve wirkten nachdenklich, in den Augen der anderen stand Skepsis.

Sie fuhr fort. »Esther ist noch aus einem anderen Grund der perfekte Spitzel gewesen. Wenn GoSolar oder eine Ermittlungsbehörde herausgefunden hätten, dass die meisten Daten in ihrer Abteilung gestohlen wurden, wäre sie als Täterin schnell identifiziert gewesen. Dann hätte niemand nach einem weiteren Spion gesucht – der unsichtbaren Spinne, die auch die Morde in Auftrag gegeben hat, um zu verhindern, dass sie enttarnt wird.«

Ziller strich sich mit der Hand über den Kopf. »Der unsichtbaren Spinne? Werden wir am Ende auch noch pathetisch?«

»Lässt sich das beweisen?«, fragte Andrele.

»Ich hoffe es«, erwiderte Louise.

»Und Sie denken, dass *ich* etwas damit zu tun habe?«, fragte Kleinert mit sich überschlagender Stimme, als hätte er kurz vor dem hysterischen Kollaps gestanden.

»Bonì«, sagte Andrele. »Erst der Beweis, dann die Beschuldigung.«

Der Beweis …

Mal sehen, was ich tun kann.

Sie hatte nicht den Eindruck gehabt, dass Mike Stunden brauchen würde. Aber möglicherweise hatte sie schon halb geschlafen und nicht mehr alles gehört, was er gesagt hatte. Ihr fiel ein, dass *sie* noch etwas gesagt hatte, sie hatte nachgefragt, und in der Frage waren ein Fluss und ein Büro vorgekommen …

In dem Büro mit Blick auf den Fluss?

Ja.

Jetzt erinnerte sie sich auch, weshalb sie nachgefragt hatte.

Nicht in Freiburg, hatte Mike gesagt.

Aber in dem Büro mit Blick auf den Fluss?

Ja. Wenn mein … Geschäftspartner nicht aufgeräumt hat.

Und wenn er es getan hat?

Kann ich Ihnen nicht mehr helfen.

Sie sah auf die Uhr – zehn. Sie musste mit dem Schlimmsten rechnen.

Doch vielleicht konnte man sein Schicksal ja erzwingen. Sie erhob sich und ging zur Tür. »Kommen Sie.«

»Wohin?«, fragte Andrele.

»Wir besuchen die Spinne.«

Ziller lachte, die anderen musterten sie reglos. Eine Front aus sechs Menschen mit den unterschiedlichsten Interessen, die in diesem Moment derselbe Gedanke zu einen schien: Was phantasiert die Verrückte jetzt wieder zusammen?

»Sie wollen einen Beweis«, sagte Louise. »Mal sehen, ob's klappt.«

Andrele senkte den Kopf, schickte einen strengen Blick über ihre schmale, goldgefasste Brille. Louise wandte sich Reinhard Graeve zu, der ebenfalls keine Anstalten machte, sich aus der Front zu lösen. In seinem teuren Anzug wirkte er mehr wie ein Vorstandsmitglied von GoSolar, weniger wie ein Kripoleiter. Sie spürte, dass er auf seine zurückhaltende Weise bemüht war, im Machtkampf mit Ziller und Andrele und im allgemeinen Ermittlungschaos die Position zu halten. Sie wusste, dass sie ihm dabei keine große Hilfe war. Das Chaos war auch ihrem Ermittlungsstil geschuldet.

Trotzdem erwartete sie von ihm, dass er zu ihr stand.

»Kommen Sie, Chef.«

Er rührte sich nicht. »Wen haben Sie im Verdacht, Louise?«

»Erst der Beweis, dann die Beschuldigung.« Sie versuchte zu lächeln, was ihr nicht gelang. Ihr Blick streifte Ziller, der stille Triumphe auszukosten schien, Harth, die wieder in ihrer Sprödigkeit gefangen war, Bredik, der sie mit Bedauern ansah. Sie fragte sich, ob diese letzten Stunden auch eine letzte Demütigung bringen würden, ob wirklich alles draufgehen musste, selbst ihre Zuneigung zu Graeve, ihr Respekt für Andrele.

Auch daran wäre sie schuld. Sie hatte nicht nur die eigenen Grenzen weit überschritten, sondern genauso die der Menschen, die mit ihr arbeiteten.

»Chef …«

»Später, Louise. Wir sind hier noch nicht fertig.«

Sie nickte, öffnete die Tür, zog sie leise hinter sich zu.

Sie nahm die Treppe, stieg über dem Foyer langsam in den vierten Stock hinunter. Stimmengemurmel drang herauf, tief unter ihr am Empfang läutete ein Telefon. Draußen, auf dem Parkplatz, stand inmitten zahlreicher Streifenwagen und der schweren dunklen Dienstautos der hohen Herren ihr roter Peugeot, ein mickriger, verlorener Farbfleck in all dem offiziösen Glanz. Fahren wir heim, rief er ihr zu, und für einen Moment empfand sie den Gedanken als verlockend. Heimfahren, all das hinter sich lassen, die Demütigung, ihr waghalsiges Spiel, die letzten Stunden.

Doch dann wäre die Fahndung nach Mike weitergelaufen, und irgendwann hätte man ihn gefasst und wegen zweifachen Mordes angeklagt. Wenigstens das wollte sie sich nicht vorwerfen müssen.

Plötzlich waren die Autos fort, der Parkplatz fast leer. Rolf Bermann lehnte, das Handy am Ohr, an seinem Wagen.

Dann war auch Bermann fort.

Im zweiten Stock war das Stimmengemurmel deutlicher zu hören. Wieder klingelte am Empfang ein Telefon, ein zweites kam dazu. Draußen wurde die Ordnung der Autoreihen von hastigen Bewegungen gestört. Ein Junge rannte quer über den Parkplatz, schlängelte sich im Zickzack an den Wagen vorbei. Auf dem Fußweg, der zum Eingang des Gebäudes führte, wurde er von einer Schutzpolizistin gestoppt.

Louise blieb stehen.

Die Polizistin verdeckte den Jungen, und Louise sah nur einen schmalen Arm, der sich hob und zur Straße wies. Dann wandte sich die Polizistin um und führte den Jungen unter dem Solarpanzer hindurch zum Eingang.

Louise ging zur Brüstung. Zehn Meter unter ihr betraten die beiden das Foyer. Jetzt erkannte sie die Kollegin – Hesse vom Revier Freiburg-Süd, die sie während des Falls »Merzhausen« kennengelernt hatte. Sie hielt einen rechteckigen silbernen Gegenstand in der Hand, hatte den Jungen an die andere genommen. Vor dem Empfang sprach sie mit einem uniformierten Kollegen, wurde an Peter Schöne verwiesen, der ein paar Meter weiter auf einem grünen Polstersessel saß und an einem Kaffeebecher nippte.

Schöne zog ein Telefon hervor.

Ihr Handy klingelte.

»Post für dich. Wo bist du?«

»Direkt über euch«, sagte sie.

Ein Mann, der sehr müde aussah und schlecht roch, ein Freund der Kommissarin Louise Bonì. Gib ihr das, hatte er gesagt, sie wartet darauf.

Sie starrte auf den Digitalrekorder in ihrer Hand.

»Was machen wir mit dem Jungen?«, fragte Hesse.

»Lass ihn gehen.«

Hesse zögerte. »Du erinnerst dich an mich? Merzhausen.«

»Ja«, sagte Louise.

»Ich kann das nicht vergessen. Das Feuer, die beiden Kinder.«

»Nicht jetzt, Kollegin.«

Louise wandte sich ab, folgte dem Gang, der an dem Großraumbüro vorbei zu den Räumen der Abteilungsleitung führte. Die himmelblauen Buchstaben an der Wand, HEAD OF DEPARTMENT, dann das Schild mit den beiden Frauennamen – *Annette Mayerhöfer / Esther Graf.*

21

ANNETTE MAYERHÖFER STAND VOR EINEM der Regale in ihrer Hälfte des Büros, einen Ordner in der Hand. An der Seitenwand waren Umzugskartons gestapelt, einer davon geöffnet, Orchideenspitzen schauten heraus.

»Der letzte Tag …«, sagte Louise.

Mayerhöfer stellte den Ordner ins Regal, schob die Brille an die Nasenwurzel, dann reichte sie Louise die Hand. »Ja. Und es wird Zeit. Wir gehen in die Insolvenz.«

»So schnell?«

»Gestern Nachmittag wurden die Aufträge der Landesbehörden storniert. Allein da entfallen zig Millionen Euro Umsatz, die eingeplant waren. Der Bund wird sich früher oder später sicher auch zurückziehen.«

»Und ›DriveSolar‹?«

»Gestorben, die Partner springen ab.« Mayerhöfer zuckte die Achseln. »Das ganze Jahr war Gift für unser Image. Jetzt wurde auch noch ein Mitarbeiter ermordet, und in den Nachrichten hieß es, dass Kripo und Verfassungsschutz ermitteln. Das steht kein mittelständisches Unternehmen durch.«

»Sie haben also die richtige Entscheidung getroffen.«

»Ja. Aber das wusste ich schon länger.«

»Wohin gehen Sie noch mal? Hannover?«

»Hamburg. Aber erst im Januar.«

»Und was machen Sie bis dahin?«

»Urlaub. Dann der Umzug, das wird noch was.« Mayerhöfer lächelte. »Viele Schuhe, viele Klamotten. Hübsches Outfit übrigens. Steht Ihnen besser als der Jeanskram.«

»Danke. Für die besonderen Tage.«

»Haben Sie Geburtstag?«

Louise schüttelte den Kopf.

Sie trat an die Fensterfront. Etwa einhundert Meter entfernt lag Gebäude 2, links dahinter Gebäude 3, fast identische Würfel, nur deutlich kleiner als Gebäude 1 und ohne die Solarmodule vor der Südseite. Eine schmale, nichtöffentliche Straße und Fußwege verbanden die drei Häuser miteinander, dazwischen lagen Grünflächen mit Bäumen, Bänken, Brunnen. Auch vor den Gebäuden 2 und 3 standen Streifenwagen und uniformierte Kollegen.

»Und der Fall?«, fragte Mayerhöfer. »Kommen Sie voran?«

Louise antwortete nicht. Auf dem Gelände der Nachbarfirma stand ein Mann, der zu ihr heraufzublicken schien, ein regloser Schatten im sonnenüberfluteten Hof jenseits einer Mauer aus Gebüsch.

Ein Mann, der sehr müde aussah und schlecht roch, ein Freund der Kommissarin Louise Bonì.

Sie hob eine Hand. Der Schatten grüßte zurück.

Dann ging er über den Hof, verschwand um eine Ecke, tauchte nicht mehr auf. Sie spürte einen Stich des Bedauerns. Sie hätte gern mehr über ihn erfahren, sich gern für seine Hilfe erkenntlich gezeigt. Und sie hätte gern erfahren, wie es ihm ergehen würde. Ob er Esther eines Tages kontaktieren würde, ohne Wanzen und Kameras.

Dann fiel ihr die lange Liste der Straftaten ein, die Mike begangen hatte, und sie wunderte sich darüber, dass ihr das gleichgültig war. Als hätte er allein durch seine Unterstützung Absolution verdient.

Sie drehte sich um. Zu vieles war durcheinandergeraten.

»Ja, ich komme voran. Darf ich?« Sie zeigte auf Esther Grafs Schreibtischstuhl.

»Natürlich.«

Langsam ließ sie sich auf den schwarzen Rollsessel sinken. Die Lehne gab nach, fing sie in einem unerhört bequemen Winkel auf. Sogar das Summen in ihrem Kopf ließ ein wenig nach. Sie schloss die Augen. »Ich hab einen Kollegen«, sagte sie, »Ernesto Freudenreich, ein komischer Kauz, er trägt im Büro Filzpantoffeln und hat sich im Keller versteckt, um seine Ruhe zu haben. Er arbeitet am liebsten mit dem Internet, hin und wieder telefoniert er auch. Heute Morgen hat er oft telefoniert.« Sie öffnete die Augen. »Er sagt, Sie gehen nicht nach Hamburg. In keinem Unternehmen dort, das sich mit Windkraft befasst, kennt man Ihren Namen.«

In Mayerhöfers Miene zeigte sich keine Regung. Nur der Blick war ein klein wenig wachsamer geworden.

Louise nahm den Digitalrekorder aus der Innentasche des Blazers. Er lag angenehm in der Hand, Daumen und Zeigefinger befanden sich exakt auf Höhe der Tasten. Sanft strich sie mit den Fingern über die Oberfläche. Das Gerät sah neu aus, und sie vermutete, dass es erst an diesem Morgen gekauft worden war, in irgendeiner namenlosen Stadt zwischen einem Büro mit Blick auf einen Fluss und Freiburg-Haid.

»Ich weiß noch nicht, was drauf ist«, sagte sie. »Vielleicht haben Sie Glück.«

Sie stellte den Rekorder vor sich auf den Schreibtisch, drückte die Play-Taste.

... zusehen, wie hier alles vor die Hunde geht, sagte eine Frauenstimme – Mayerhöfer. *Verstehen Sie?*

Nein, erwiderte eine zweite Frauenstimme – Louise.

Pause.

Mayerhöfer hatte sich an ihren Schreibtisch gesetzt, strich sich langsam die schwarzen Haare aus der Stirn.

Was wussten Sie? Und warum geht die Firma vor die Hunde?

Sind Sie nicht wegen der Gerüchte hier?

Ich dachte, die wären widerlegt?

Offiziell ja.

Aber?

Louise spulte vor. Nicht ihr Gespräch mit Mayerhöfer war wichtig, sondern das, was danach geschehen war.

Falls danach etwas geschehen war.

Erst in der vergangenen Nacht am Dreisamufer war sie auf den Gedanken gekommen, dass vielleicht nicht nur Esthers Telefon und Computer überwacht worden waren, sondern auch der Büroraum. Mike hatte es bestätigt – zwei Wanzen, eine Kamera, die am Nachmittag noch aktiv gewesen waren. Gegen Mitternacht hatten seine Leute das Büro gesäubert. Die Aufnahmen dieses Tages waren naturgemäß nicht mehr abgehört worden.

… schon zu Mittag gegessen? Die Stimme eines Toten – Philipp Schulz.

Ja.

Schade.

Nehmen Sie die Lasagne, schmeckt hervorragend.

Mein Leibgericht.

Das Klicken, als Schulz die Tür zuzog.

Wow. Louise.

Sie können ihn haben, ich fange nichts mit Kollegen an. Aber beeilen Sie sich, die halbe Belegschaft ist hinter ihm her. Auch die Männer.

Alle Aufnahmen, die während der Überwachung von Esther entstanden waren, hatten Mike oder einer seiner Leute spätabends per E-Mail an seinen Geschäftspartner weitergeleitet und in Freiburg aus Sicherheitsgründen gelöscht. Im Halbschlaf hatte Louise ihn gebeten, sich die fragliche Datei schicken zu lassen. Mike hatte erwidert, dass das nicht möglich sei. Vielleicht hatte sie nachgefragt, vielleicht nicht, auf jeden Fall war ihr klar, weshalb er die Datei persönlich hatte holen müssen: Sein Partner wusste nicht, dass er aussteigen wollte, dass er mit ihr gesprochen hatte.

Erneut spulte sie vor.

… meinen Resturlaub antreten würde, hätten Sie das nicht bekommen. Mayerhöfer.

Ich weiß. Danke. Kann ich Ihr Fax benutzen? Louise.

Nimmt das nie ein Ende?

Haben Sie einen Stift?

Schrittgeräusche, dann das Surren, als das Blatt mit den Namen der neuen GoSolar-Mitarbeiter in das Multifunktionsgerät gezogen wurde.

Rufen Sie an, wenn's regnet, dann bringe ich Ihnen einen Schirm vorbei.

Eine Pizza wäre mir lieber.

Der kurze Abschied, anschließend Stille.

Sekunden verstrichen, in denen Mayerhöfers Augen durch den Raum wanderten und schließlich auf Louise liegenblieben.

Sie erwiderte den Blick, während sie wartete.

Steinhoff hatte keine zwanzig Minuten, nachdem sie Mayerhöfers Büro am Vortag verlassen hatte, gewusst, dass sie die Namen hatte, darunter die der acht Maulwürfe – um dreizehn Uhr neunundvierzig hatte er Mike informiert. Er *konnte* es nur von Mayerhöfer erfahren haben.

Oder, dachte sie, von jemandem, der Mayerhöfers Gespräch mit ihr doch noch abgehört und sofort zum Telefon gegriffen hatte. Oder von jemandem, der Mayerhöfers Computerbefehle überwacht hatte – sie hatte die Liste aus den Daten der Personalabteilung zusammengestellt.

Louise spürte, dass sie zu schwitzen begonnen hatte. Immer mehr Zweifel kamen. Annette Mayerhöfer hatte sich, abgesehen von ihrer Hamburg-Lüge, in keiner Weise verdächtig gemacht. Sie wäre lediglich das perfekte Missing Link, das fehlende Puzzleteil, mit dem sich das komplexe Bild erklären ließe. Das Bild, das Louise sich gemacht hatte … Vielleicht existierte ja ein weiteres, ganz anderes Bild, das sie aus unerfindlichen Gründen nie hatte sehen wollen und das viel mehr Abbild der Realität war als ihres.

Eine albtraumhafte Vorstellung, die ihr die Übelkeit in den Magen trieb. Am liebsten wäre sie aufgestanden und gegangen, um nicht erleben zu müssen, dass diese Vorstellung Wirklichkeit wurde. Sie wollte nach Hause, sich dort verkriechen – und wusste plötzlich nicht mehr, wo das war, zu Hause. Die Wohnung am Annaplatz war es nicht, auch nicht Bens Apartment im Stühlinger, das Häuschen ihrer Mutter in der Provence, Kehl mit ihrem Vater und dem neuen Bruder.

Irgendwohin nach Hause.

Annette Mayerhöfers klare Konturen hatten sich aufgelöst, waren unscharf und zittrig geworden. Louise ließ die Tränen laufen, es war ihr gleichgültig, und genauso gleichgültig war ihr, dass mit den Tränen das Summen aus ihrem Kopf hinauszufließen schien und plötzlich Ruhe und Leichtigkeit herrschten da oben in der Mitte. Jetzt ging es nur noch darum, die Kraft zu finden, aufzustehen, irgendeinem Kollegen ein paar abschließende Worte zu sagen, sich ins Auto zu setzen, heil in die Wiehre zu kommen.

Dem Drang nach einem Gläschen zu widerstehen. Zu schlafen.

Später einem Mann, der im Koma lag, über die Wange zu streicheln, morgen einem Mann, der aus einem Flugzeug stieg, in die Arme zu fallen.

Einen Koffer zu packen. Irgendwohin nach Hause zu fahren.

Aus dem Rekorder drang Mayerhöfers gedämpfte Stimme.

Sie hat die Namen … Nein … Hans … Hör mir einen Moment zu, okay? … Hans! … Die Operation wird abgebrochen … Richtig. Informier deine Leute, sie müssen verschwinden … Was? … Wohin fährt er? … Scheiße, du musst ihn aus dem Verkehr ziehen! Sie darf nicht mit ihm sprechen, sie glaubt, er gehört zu uns, und wenn sie erfährt … Ja, ja, weiß ich, ich schick dir Claude …

Dann war das Gespräch beendet.

Louise wischte sich die Wangen mit einem Taschentuch trocken, schnäuzte sich die Nase. Nach wie vor lag Mayerhöfers Blick starr auf ihr und zeigte keine Regung.

Wieder erklang ihre Stimme aus dem Rekorder, diesmal sprach sie Französisch, am anderen Ende der Leitung Claude, ein schmächtiger Mann in dunkler Kleidung, der aus der Dreisam stieg, ein überheblicher Profi, der in hastigen Worten den Auftrag erhielt, sich mit Steinhoff in Verbindung zu setzen und gemeinsam mit ihm einen Mann namens Philipp Schulz aus dem Verkehr zu ziehen und später, sobald sich die Gelegenheit ergäbe, Steinhoff selbst.

Louise stoppte das Band. Die Tränen liefen weiter. »Verdammt, *Sie* sollten heulen, nicht ich.«

Sie sank zurück, bis die weiche Lehne des Sessels sie hielt. Die Staatsanwaltschaft würde sich über die Art des Beweises nicht gerade freuen – eine illegale Aufzeichnung vertraulich gesprochener Worte, erstellt immerhin nicht von einer Ermittlungsbehörde, was verheerend gewesen wäre, sondern von Straftätern, was den Beweis vor Gericht vermutlich zulässig machte. Die Früchte des vergifteten Baumes waren hierzulande schmackhaft.

Aber damit sollten sich andere herumschlagen.

»Dieses ganze Getue um Philipp Schulz … Ein Flirt, ein nichtplatonisches Finale … So hat mich schon lange niemand mehr verkohlt.« Sie lachte beeindruckt und ein bisschen beleidigt. Sie hatte sich auf ganzer Linie ins Bockshorn jagen lassen. Hatte an den unsichtbaren Fäden in den Händen Mayerhöfers getanzt wie Steinhoff, Mike, Esther und all die anderen Beteiligten

Sie drehte den Kopf, um Mayerhöfer anschauen, zumindest den dunklen Flecken sehen zu können. Auch während sie ihr die Gründe für die vorläufige Festnahme vortrug – Verdacht auf Anstiftung zu zwei Morden, auf Bildung einer kriminellen Vereinigung, auf Verletzung der Vertraulichkeit des Wortes, auf Verstoß gegen § 17 des Gesetzes gegen den unlauteren Wettbewerb –, rührte Mayerhöfer keine Miene, als wäre ihr alles egal. Louise ahnte, dass der Eindruck trog. Mayerhöfer stellte eine Kosten-Nutzen-Rechnung auf.

Im Verlauf ihres Gesprächs am Vortag musste sie begriffen haben, dass die Operation und sie selbst gefährdet waren. Innerhalb von wenigen Sekunden hatte sie von Ablenkung – der Flirt mit Schulz – auf Kooperation umgeschaltet – den Flirt abgeschrieben, ohne Not von Heinrich Willert erzählt. Der riskante Versuch, sich den Rücken für ein paar weitere Tage freizuhalten, indem sie deutlich mehr gegeben hatte, als von ihr verlangt worden war.

Vielleicht hätte es funktioniert, wenn Louise nicht um die Liste mit den Namen gebeten hätte. Da hatte Mayerhöfer gewusst, dass die Operation nicht nur gefährdet, sondern gescheitert war.

Sie war ruhig geblieben, an diesem Morgen ins Büro gekommen, um wenige Stunden später für immer zu verschwinden. Ein kapitaler Fehler, aber das hatte sie nicht wissen können.

»Was ich immer noch nicht verstehe … Solarzellen für Autos, das ist doch höchstens ein Nischenmarkt, oder hab ich das falsch verstanden? Da verdient man doch noch jahrelang kein Geld. Und deswegen werden zwei Menschen ermordet und eine Firma zerstört?«

»Lassen Sie das Band weiterlaufen«, sagte Mayerhöfer statt einer Antwort.

Louise drückte auf »Play«.

Ein paar Sekunden Rauschen, ein geflüstertes *»Scheiße!«*. Dann Mayerhöfers klare Stimme, wieder sprach sie Französisch, es ist vorbei, es bleibt nicht mehr viel Zeit, aber wir haben ja, was wir brauchen, und GoSolar wird es nicht überstehen, nein, noch keine Gefahr, die Spuren zu mir werden gelöscht, und bis sie Verdacht schöpfen, bin ich längst bei dir … Ich melde mich morgen Abend, *je t'aime*. Die Stimme war von einem Moment auf den anderen sanft geworden, als hätten die Wörter *»chez toi«* einen automatischen Moduswechsel ausgelöst. Wie bloße akustische Reize, die eine Klangänderung bewirkten, weil irgendein neurobiologisches Gesetz dies verlangte.

Mayerhöfers Zeigefinger wies auf den Rekorder. »Das war's.«

Louise drückte die »Stopp«-Taste. Sie ahnte, weshalb sie dieses letzte Telefonat hatte hören sollen. Ein weiterer Schritt aus Berechnung, eine liebende Täterin, sie sollte weichgekocht werden. Mayerhöfer schien zu spüren, dass Louise auf dünnes Eis geriet in diesen Tagen, wenn es um Liebe ging.

»Sie schicken nicht zwei Menschen aus *Liebe* in den Tod«, sagte sie. »Das passt nicht zu Ihnen.«

»Natürlich nicht. Man hat nur Erfolg, wenn man konsequent ist. In einem Jahr hätte ich im Vorstand von ...« Mayerhöfer hob die Brauen. »Hätte ich in einem Vorstand gesessen und sehr viel Geld verdient.«

»Und den ganzen Tag Französisch geredet?«

»Haben wir einen Deal? Ich sage aus, und Sie sorgen für Strafminderung?«

Louise schüttelte den Kopf. »Nicht bei Mord.«

»Aber ein Geständnis würde sich positiv auswirken?«

»Kommt auf den Richter an.«

»Dann ist das der Deal. Ja, ich hätte den ganzen Tag Französisch geredet.«

»Ich kann Ihnen nichts versprechen, Frau Mayerhöfer.«

»Mein Risiko.«

Wie froh sie war, dachte Louise, dass sie bald nichts mehr mit Menschen wie Annette Mayerhöfer zu tun haben würde. All den kaltblütigen oder hitzköpfigen Kriminellen, die sich zu Herrschern über Leben und Tod aufgeschwungen hatten und ihre Tage und Nächte bevölkerten.

An deren Fäden sie tanzen musste.

»Welche Firma?«

»Soleilfrance.«

Louise zuckte die Achseln. Nie gehört, aber das war nicht weiter verwunderlich. »Und Sie haben private Beziehungen zu Soleilfrance?«

»Seit einem Urlaub in Nizza vor fünf Jahren.«

»Wie heißt er?«

»Georges Lapierre.«

Für eine Weile fiel kein Wort. Mayerhöfer schien auf weitere Fragen zu warten, Louise überlegte, ob sie erneut manipuliert wurde, was mit jeder Minute leichter wäre. Die Erschöpfung hatte sich irgendwo in der Mitte ihres Körpers in totale Kraftlosigkeit verwandelt und sich in alle Richtungen auf den Weg gemacht, um ihre letzten Reserven zu fressen. Bald, dachte sie, wäre sie nicht einmal mehr in der Lage, den Stuhl ohne fremde Hilfe zu verlassen.

Je t'aime, sagte Mayerhöfers Stimme in ihrem Kopf. Keine vierundzwanzig Stunden später verriet sie Georges Lapierre.

Mayerhöfer schien ihre Gedanken erraten zu haben. »Nichts, was sich nicht ersetzen ließe.«

»Dann ist es doch keine Liebe.«

»Für mich schon. Fünf wunderschöne, aufregende Jahre, die zu einem faszinierenden Plan geführt haben. Der Plan ist gescheitert, die Liebe wird eine schöne Erinnerung. In der Realität ist sie nicht mehr wichtig. Was nützt sie mir im Gefängnis?«

Louise stützte die Ellbogen auf die Lehnen, legte die Finger an die Schläfen. Sie hatte Mühe, mit Mayerhöfers Tempo mitzukommen. Die Sätze schnell und überlegt, als wären sie lange geplant, die Volten in der Strategie ebenso. Was sie am meisten irritierte, war, dass Mayerhöfer auch nicht ansatzweise wütend, enttäuscht oder verängstigt wirkte. Sie hatte verloren und schien sich nicht daran zu stören.

Selbst in der Niederlage gehörte ihr der Sieg.

»Sie und Georges haben die Operation allein geplant?«

»Mit zwei Partnern von Soleilfrance.«

»Deren Namen Sie nennen werden?«

»Ja.«

»War der französische Geheimdienst involviert?«

»Nicht aktiv. Georges hat gute Kontakte, die DGSE hat Informationen zur Verfügung gestellt.«

»Über GoSolar?«

Mayerhöfer nickte. »Was im Lauf der Jahre über die Abhöranlagen so reingekommen ist.«

»Die Organisation in Deutschland haben Sie übernommen?«

»Ich habe den Grundstein gelegt. Alles Weitere war Steinhoffs Aufgabe.«

»Woher kannten Sie ihn?«

»Ich kannte ihn nicht. Ich habe jemand Geeignetes gesucht und ihn gefunden.« Eigentlich, sagte Mayerhöfer, sei sie skeptisch gewesen. Steinhoff sei ihr zu unruhig gewesen, zu wenig strategisch, zu impulsiv. Aber seine Verbindungen und seine Kenntnis der Branche hätten sie überzeugt. Und allmählich habe die Zeit gedrängt. Die Lage der Solarindustrie in Frankreich werde sich in absehbarer Zeit verbessern. 2006 trete eine neue Einspeisevergütung in Kraft, außerdem sei ein Umweltprogramm in Vorbereitung, das 2009 anlaufen solle. »Soleilfrance musste in Position gebracht werden.«

»Aber mit Solarzellen für Autos?«

»Ein Nischenmarkt im Moment, ja. Aber eben auch ein potentieller Zukunftsmarkt. Auf den Straßen fahren Millionen Autos. Wer da zur richtigen Zeit mit dem richtigen Produkt und den richtigen Partnern präsent ist, macht das Geschäft, wer zu spät kommt, ist draußen. Eine einzige Firma, Sunways in Konstanz, beliefert den Weltmarkt, GoSolar beziehungsweise Soleilfrance wäre als zweite dazugekommen. Wir wissen, dass andere Firmen zu ähnlichen

Konzepten forschen. Toyota soll für etwa 2012 ein serienmäßiges Auto planen, das nur von Solarenergie angetrieben wird – über im Dach und in der Karosserie integrierte Zellen.«

»Wie bei ›DriveSolar‹.«

»Richtig.«

»Wäre Sunways Ihr nächstes Ziel gewesen?«

Mayerhöfer wiegte den Kopf hin und her. »Es gab Überlegungen. Aber das wäre schwieriger geworden.«

»Weil es dort keine Annette Mayerhöfer gegeben hätte.«

»Genau.«

»Kennen Sie die richtigen Namen der Maulwürfe?«

»Nicht auswendig. Sie liegen im Safe meines Anwalts, Sie bekommen sie später.«

»Und Willert?«

»Der Plan war gut, aber der Verfassungsschutz war schneller.«

»Wer außer Ihnen und Steinhoff war noch beteiligt?«

»Eine Frankfurter Wirtschaftsdetektei. Reuter Unternehmenssicherheit, geleitet von Wilhelm Reuter und seinem Sohn Mike.«

Ein Büro mit Blick auf den Main also, ein Vater als Geschäftspartner – und ein vermeintlich erfundener Name, der echt war. Sie ließ sich die Überraschung und die Ratlosigkeit nicht anmerken. Wenn Mayerhöfer bei der Vernehmung durch Marianne Andrele alle Beteiligten nannte, standen Mikes Chancen, unbehelligt davonzukommen, schlecht. Mayerhöfer konnte nicht beweisen, dass er für Steinhoff gearbeitet hatte, weil sie ihn nicht persönlich gesprochen hatte. Aber die Maulwürfe würden ihn belasten. Vielleicht, dachte sie, ließe sich mit einem Anruf in Frankfurt das Schlimmste verhindern.

»Wer ist Claude?«

»Der Mann für alle Fälle.«

»Der mich töten sollte.«

»Nehmen Sie's nicht persönlich, Frau Bonì. Ich wollte Zeit gewinnen. Und ich wollte wissen, wer der Mann ist, mit dem Sie sich morgens um drei zu einem Rendezvous am Fluss treffen.«

»Claude ist mir von Steinhoffs Hotel aus gefolgt?«

»Ja.«

»Sie hätten tatsächlich zwei weitere Morde in Kauf genommen.«

»Wenn Sie die Chance haben, pro Jahr zwei Millionen plus eine Erfolgsbeteiligung zu verdienen und in ein paar Jahren einen riesigen Coup zu landen … Ich mag Geld. Und ich mag es nicht, wenn man versucht, mir etwas wegzunehmen.«

»Ich habe Ihnen Ihr Geld und Ihre Freiheit genommen.«

Mayerhöfer lächelte. »Ja, wir werden in diesem Leben wohl keine Freundinnen mehr.«

Louise nahm den Digitalrekorder, steckte ihn ein, nahm ihr Telefon, wog es in der Hand. Sie ertrug dieses Gespräch nicht länger, Mayerhöfers kühle Freundlichkeit, ihre nüchternen Erklärungen, ihre Unverletzbarkeit. Zum ersten Mal in all den Jahren als Polizistin sehnte sie sich danach, in den Augen eines Straftäters Verzweiflung zu sehen, und das war keine angenehme Erkenntnis.

Noch immer tanzte sie an Mayerhöfers Fäden.

Sie wählte Andreles Nummer, bat sie und Graeve in den zweiten Stock herunter. Ein Beweis, ein Geständnis. Ein schaler Triumph an ihrem letzten Tag.

Sie ließ das Handy sinken. »Es ist Zeit.«

Mayerhöfer erhob sich. »Kann ich meine Orchideen mitnehmen?«

»Werden Ihnen zugestellt.«

»Danke.« Mayerhöfer strich den Blazer glatt und trat zu dem Metallschrank, die Absätze der High Heels klackten stumpf auf dem Teppichboden, ein gedämpftes, doch immer noch energisches Geräusch. Sie nahm eine Handtasche heraus, zog sich mit Hilfe eines an der Innenseite der Tür angebrachten Spiegels Lippen und Lidstrich nach, kämmte sich die Haare. Dann schlüpfte sie in einen leichten Mantel und sagte: »Und Sie?«

»Ich bleibe noch ein bisschen.«

Es klopfte, Marianne Andrele trat ein, gefolgt von Reinhard Graeve, die Tür blieb offen, draußen warteten zwei uniformierte Kollegen.

Andrele sah auf Annette Mayerhöfer, dann auf Louise. »Eine Frau?«

»Ja.« Louise wandte sich Graeve zu, der schwieg, nichts sagte, was ihre Enttäuschung von vorhin hätte wettmachen können. Mit kleinen, betrübten Augen sah er sie an, als könnten selbst ein Beweis und ein Geständnis *seine* Enttäuschung nicht wettmachen.

Sie brachte ihn und Andrele auf den aktuellen Stand, während Mayerhöfer mit stoischer Ruhe dastand, als ginge es nicht um ihren Kopf, sondern um den einer fernen Unbekannten.

»Das Band«, sagte Andrele.

Louise reichte es ihr.

Andrele lächelte knapp. »Was lernen wir daraus? Man kann sich auf Sie verlassen. Man wird es sich merken.« Sie wandte sich Mayerhöfer zu, hob die Hand in Richtung Tür. Mayerhöfer ging voran, geriet kaum merklich ins Taumeln, als sie mit dem rechten Fuß umknickte, fing sich sofort wieder.

Das kleine Signal, das Louise gebraucht hatte.

Die Tür blieb offen, die Schritte entfernten sich.

»Soll ich Sie nach Hause bringen?«, fragte Graeve sehr leise. Er war neben sie getreten und schien von weit oben auf sie herunterzublicken. Er wirkte nun doch freundlich, aber auch steif und erschöpft und zutiefst betroffen. Sie wollte ihn aufmuntern, alles nicht so wild, Chef, passiert jedem mal, und wir haben es beide ja nicht leicht mit mir. Doch sie brachte kein Wort heraus.

Irgendwohin nach Hause, dachte sie, und nachdem ihre Sicht vorhin wieder klar geworden war, verschwammen nun Graeves Konturen, und ihre Wangen wurden wieder nass. Sie spürte etwas Sanftes, Leichtes auf ihrer Schulter und rätselte, was da auf sie herabgefallen sein mochte, bis sie begriff, dass sich so nur eine Kripochefhand anfühlen konnte.

Sie schüttelte den Kopf. »Bringen Sie mich zu Rolf.«

Der Druck der Hand verstärkte sich, das verschwommene Gesicht kam langsam näher, bis es sich auf einer Höhe mit ihrem befand, als hätte Graeve sich neben sie gekniet. Sie hörte ihn sprechen, wünschte sich, der Quader hätte sich noch in ihrem Kopf befunden und Graeves Worte nicht durchgelassen. Er hatte vor wenigen Minuten einen Anruf aus dem Krankenhaus erhalten. Rolf Bermann war seinen Verletzungen erlegen.

EPILOG

ÜBER BASEL GLITTEN glitzernde Flugzeuge durch das kräftige Blau des Nachmittagshimmels, ein stummer Zeitlupentanz in der Ferne. Bens Anschlussflug aus München hatte eine halbe Stunde Verspätung, sie wartete im Freien vor der Ankunftshalle auf einer Bank, beobachtete, wie der Himmel allmählich von der im Osten heraufziehenden Dämmerung erfasst wurde. Die Positionsleuchten der Maschinen glommen von Minute zu Minute intensiver, ihre Körper zeichneten sich immer weniger deutlich ab. Plötzlich waren sie ganz verschwunden, am dunklen Himmel bewegten sich nur noch zahllose rote, grüne und weiße Lichtpunkte. Sie dachte, dass sie jetzt hineingehen sollte, auf einen der herabsinkenden Körper hatte sie schließlich gewartet. Doch dann blieb ihr Blick wieder an den farbigen Punkten hängen, die sich von einer Seite langsam näherten und sich auf der anderen Seite langsam entfernten, als hätten sie alle Zeit der Welt oder wären sehr, sehr müde. Sie versuchte, den Rhythmus zu ergründen, in dem die bunten Lichter kamen und gingen, und stellte sich dabei vor, dass sie sich irgendwo hoch oben in der Dunkelheit aus allen Richtungen zu einem Strang bündelten, bevor sie heruntersanken. Über einen anderen gemeinsamen Strang stiegen sie wieder auf, um sich erneut in alle Richtungen zu verstreuen und schließlich in der Dunkelheit zu verglimmen.

Irgendwann später stand der Mann vor ihr, den sie halten wollte, wenn er denn warten würde, zu viel Chaos, dachte sie, ertrug ja keiner, nicht einmal sie selbst, das musste berücksichtigt werden, bevor man Entscheidungen für die Zukunft traf – dass da noch etwas zu erledigen war, bevor man die Zukunft angehen konnte.

Ohne ein Wort zu wechseln, sahen sie sich an.

Dann stellte Ben seine Reisetasche ab und setzte sich schweigend neben sie, ließ sie sein, was sie war, kam in ihre Abgründe herunter, ohne zu stören, wie er es vor einem Jahr im bosnischen Štrpci auch getan hatte.

Und wie damals sprangen die Moleküle wild hin und her.

»Ich muss mal wieder für eine Weile mit den Bäumen reden«, sagte sie.

Ben nickte.

»Und dann möchte ich mit dir Urlaub machen.«

Er lächelte, und da wusste sie, dass er die paar Wochen oder Monate warten würde, die sie brauchte, um aufzuräumen, den Schutt endgültig beiseitezuschaffen, der sich in fünfundvierzig Jahren in ihr angehäuft hatte.

»Im Schnee?«, fragte er.

»Auf keinen Fall im Schnee.«

»Gut.«

»Und dann … Na, dann werde ich wohl wieder arbeiten.«

Sie schaute zu den bunten Lichtpunkten hinauf, die sich am Himmel entfernten, fand einen weißen, der genauso aussah wie alle anderen und ihr doch besonders vorkam. Sie blickte ihm nach, bis er nicht mehr zu erkennen war. Sah ein Gesicht vor sich, nahm Abschied.

Dank

Ich danke allen, die mich bei der Arbeit an diesem Roman unterstützt haben, vor allem Kriminalhauptkommissar Karl-Heinz Schmid (Polizeidirektion Freiburg), Kriminalhauptkommissar Roland Braunwarth (Kriminaltechnische Untersuchungsstelle) und Kriminalrat Arno Wöhrle (Leiter des Dezernates Wirtschaftskriminalität), beide Regierungspräsidium Freiburg, Abt. 6, Landespolizeidirektion, der Ersten Kriminalhauptkommissarin Iris Tappendorf (Leiterin des Kommissariats VB III 1 der Polizeidirektion 2, Berlin), Bernd Litzenburger von der Solon SE, der Presseabteilung des Solarstrommagazins PHOTON, dem Sicherheitsforum Baden-Württemberg für die SiFo-Studie 2009/10, allen, die namentlich nicht genannt werden wollten, sowie Annina Luzie Schmid für die wertvolle Arbeit am Text.

Die Firmen GoSolar, Soleilfrance und Reuter Unternehmenssicherheit sowie alle Personen in diesem Roman sind fiktiv und keinen realen Vorbildern nachempfunden.